THE MOTHER-IN-LAW
驗屍報告

莎莉・赫普沃斯——著　趙丕慧——譯

SALLY HEPWORTH

獻給我的婆婆安，對她我從來沒有起過殺意，

也獻給我的公公彼得，偶爾，我會想殺了他。

謝辭

又來了，另一篇的感謝文——我的第五篇。第五耶！我還真不敢相信。

我想要先指出雖然在我這一輩子裡有很多次想要殺人（至於是誰那個人心裡有數！），我卻從來沒有幻想過要殺害我的婆婆，大概就是因為這個緣故我才能寫出這本書來而沒把整個家弄得眾叛親離。所以，謝謝妳，安，在這個過程中是那麼的有幽默感。我不確定別的婆婆聽見了媳婦在寫的書叫這種書名也能這麼雍容大度。

感謝我那幫神奇的警察幫我解答一堆非正統的問題——梅根．麥克因斯、安卓莉亞．理察森和凱琳．梅瑞特。謝謝妳們答覆我的電郵，讀我的稿子，甚至還幫我腦力激盪，想出殺人的手法（提醒了我要是我婆婆猝死，而死因不明，我的信件就成了最佳物證了）。女士們，我欠妳們太多了。

而少了我的天才編輯珍妮佛．安德林，我能有今天嗎？謝謝妳相信我的直覺，在我失去信心時幫助我重新掌控我的手稿。妳就是好編輯的化身。同時也感謝聖馬丁的團隊，去年我有幸在紐約見到了很多人，我很期待將來能再多多見面。

另外我還想要感謝全球的出版商，特別是澳洲的PanMacmillan的凱特．派特森和亞歷克斯．羅伊德，編輯的眼光那麼的獨到……而且偶爾還請我吃午餐。我愛死午餐了。

感謝我的公關——無可取代的凱蒂．貝索和神奇的露西．英格里斯——要是我能把妳們兩個裝瓶帶走，我會的。有誰知道該怎麼做，千萬要教教我。

感謝了不起的羅伯．魏斯巴赫。我怎麼會這麼幸運？你是出版業的頂尖人物，也是一位真正的紳士。我真的非常感激你做的一切。（也謝謝你率先使用表情符號——真是深得我心。）

感謝我的寫作小組，又名「貝珞塔女孩」（很好聽，是不是？），謝謝妳們跟我分享了跟一個出過書的作家相處的喜樂和屈辱。據我所知，只有我在簽書會中有一本書被順手牽羊偷走，而我會把這件事像勳章一樣佩掛著。特別感謝珍．卡克蘭和麗莎．愛爾蘭讀了這本書的草稿，給我建議。也特別感謝梅瑞笛絲．葉格，我的評論家夥伴兼朋友。

謝謝我的親朋好友，每個人都戰戰兢兢，唯恐會被我寫成惡棍。這種恐懼是有根據的。所以，對我好一點。

最後，感謝我的讀者——謝謝你們讓我跟你們分享這些人物。我希望他們能打動你們，多少觸動了你們或是讓你們看得有趣。是的話，我的任務就圓滿達成了。

1

露西

我正在餐廳的桌子上摺衣服，警車突然開到門前。沒有半點預兆——警笛沒響，警示燈也沒閃——然而我的胃卻打了個小小的結，彷彿在給我示警。天色漸漸黑了，傍晚時分，鄰居的門廊燈也一一亮起。現在是*晚餐時刻*。警察不會在晚餐時刻上門來，除非是出了大事。

我瞄向拱門，看著客廳裡我那幾個發懶的孩子癱在不同的家具上，面對著各自的玩具。活得好好的，毫髮無傷，健健康康的，可能只有輕微的螢幕上癮症。七歲大的阿契用大iPad在看一家人玩Wii遊戲，四歲大的海莉葉用小iPad在看美國的小女孩拆玩具，就連兩歲的艾笛都張著嘴巴，緊盯著電視。我多少覺得欣慰，一家人都在這片屋簷下。至少大多數是。*爸*，我猛地想到。*天啊，拜託不是爸*。

我回頭看警車。大燈照亮了毛毛細雨。

至少不是孩子們，一個愧疚的小小聲音在我的腦子裡低語。*至少不是奧利*。奧利正在後面陽台上烤漢堡。平安無恙。他今天提早下班，顯然是覺得不舒服，不過看氣色並沒有很差。反正，他仍活著，而我衷心感激。

雨稍微大了一點，毛毛細雨變成了一顆顆的雨珠。警察關掉了引擎，卻沒有立刻下車。我把一雙奧利的襪子捲成球，擺在他的衣服上層，又伸手去拿另一雙。我應該站起來，走到門口，可我的兩隻手仍像自動導航一樣摺著衣服，彷彿是繼續正常行動警車就會消失，一切又會恢復常態。可是不管用。反而是駕駛座那邊出現了一名制服警察。

「媽啊啊啊！」海莉葉大叫。「艾笛在看電視！」

兩週前，一位家喻戶曉的新聞記者公開談到她對於三歲不到的孩子就看電視覺得「反感」，甚至還稱之為「虐兒」。跟大多數的澳洲母親一樣，我一聽就很火大，想也知道我也跟著怒斥她「知道個屁！她八成有一隊保姆，這輩子沒有親自照顧過孩子一天！」之後又立刻實施「艾笛什麼螢幕都不准看」的家規，但是法條的效力只到二十分鐘前，我在和電力公司通電話，艾笛決定要試試那一套「媽，媽啊啊，**媽啊啊啊……**」的老把戲，吵得我只好不再嚴格施法，打開了電視，讓她看兒童節目《大家一起扭一扭》（*The Wiggles*），然後躲進臥室去講電話。

「沒關係，海莉葉。」我說，眼睛仍盯著窗戶。

海莉葉不悅的小臉出現在我的面前，深褐色頭髮和濃密的劉海像拖把一樣掃過她的臉。「可是妳**明明**說——」

「不要管我說什麼。看個幾分鐘沒關係。」

警察看來二十好幾，最多三十歲。他把帽子拿在手上，一會兒又夾到腋下，空出手來拉扯太緊的長褲前襠。一名矮小圓潤的女警從另一邊下車，年紀也差不多，帽子穩穩地戴在頭上。兩人繞過警車，並肩走上小徑。他們絕對是要來我們家。妮蒂，我突然想，是妮蒂。

有可能。奧利的妹妹近來身體並不好。會不會是派崔克？或者壓根就是另一碼的事？

說真的，我多少知道不會是妮蒂或派崔克，或是爸。真奇怪，有時候你就是知道。

「漢堡好了。」

紗門嘎的一聲開了，奧利站在後門，端著一盤肉。兩個女兒衝上去，他弄得「鱷魚嘴夾」喀嗒響，而她們跳上跳下，大聲尖叫，幾乎蓋過了敲門聲。

幾乎。

「是有人敲門嗎？」奧利揚起一道眉毛，好奇多過於擔心。其實，他一臉來了精神的模樣。

週末夜的不速之客！會是誰呢？

奧利是我們兩個之中愛熱鬧的那一個，是孩子學校的家長會裡自告奮勇的人，因為「那是認識別人的好機會」；是他在聽見鄰居在花園裡說話就會到後院籬笆徘徊；看見隱約覺得面熟的人就會趨前搭訕，弄清楚兩人是否認識。他是個合群的人。對奧利來說，週間有不速之客來敲門就表示刺激好玩，而不是大禍臨頭。

不過，當然是因為他沒看見警車。

艾笛衝向門口。「我來開，我來開。」

「別那麼急，艾笛小蟲。」奧利說，東張西望，找地方把盤子放下。不過他的動作不夠快，因為等他在流理台上找到地方時，艾笛已經拉開了大門。

「警察杯杯！」她說，充滿了敬畏。

當然，這個時候我應該要追上去，把警察攔在門口，同時致歉，可是我的兩隻腳像被水泥糊住了。幸好，奧利已經小跑過去，玩鬧地揉亂艾笛的頭髮。

「你們好，」他對警察說，扭頭瞧了屋子一眼，心思回溯前幾秒，可能在猜測是否記得把瓦斯瓶關上，或是查看是否把那盤漢堡肉穩當地擺在流理台上。準備要接收噩耗的人經典的低調的行為。我真的覺得是在電視節目上看著我們——英俊的、茫然的爸爸，可愛的小娃娃。就是郊區的一般家庭生活，卻馬上要天翻地覆……毀於一旦。

「請問有什麼事嗎？」奧利終於說，注意力轉回警察身上。

「我是亞瑟巡官，」我聽見一個女人說，不過看不見她的人。「這位是柏金斯警員。你是奧利佛．古德溫嗎？」

「是的。」奧利低頭朝艾笛微笑，甚至還跟她眨眼睛，足以讓我相信我是想太多了。就算是壞消息，也不至於那麼壞。甚至不是我們家的壞消息。會是鄰居家遭小偷了嗎？發生偷竊案警察總是會展開「地毯式搜索」，不是嗎？

一瞬間，我非常期待幾分鐘之後的那一刻，就是得知一切平安的那一刻。我想著奧利跟我會如何因為我的疑神疑鬼而哈哈大笑。你都不知道我想到什麼，我會這麼跟他說，而他會翻白眼，微笑。老是擔心那麼多，他會這麼說。那麼愛操心，那還怎麼做事情？

可是我向前挪了幾步，就發現我的擔心並不是多餘的。我從女警嚴肅的表情上看出來了，從她向下撇的嘴唇看出來了。

女警瞧了艾笛一眼，再回頭看奧利。「有沒有我們能談一談……私下談的地方？」

奧利這時臉上出現了不確定的表情。他的肩膀僵硬，站得比較挺。可能是無意識的，他把艾笛從門口推開，推到他背後，護著她。

「艾笛小蟲，要不要我開電視給妳看？」我說，終於上前來了。

艾笛斷然搖頭，兩眼兀自盯著警察。柔軟的圓臉發亮，興致勃勃；肥嘟嘟、顫巍巍的小腿像生了根一樣。

「來嘛，甜心，」我再試一次，一手拂過她的淡金色頭髮。「那吃冰淇淋好不好？」

艾笛這下子可不知道該如何是好了。她瞄向我，看了好長一會兒，評估我是否可以相信。最後我出聲要阿契把雪糕拿出來，她才三步併作兩步離開門廳。

「請進，」奧利對警察說，他們也不客氣，同時朝我露出禮貌的笑容。*道歉的笑容*。刺穿了我的心，害我多了幾分慌亂。*不是鄰居*，那抹笑容說。壞消息是你們家的。

我們家裡沒有很多隱密的公共區域，所以奧利就把警察帶進了餐廳，拉出兩把椅子。我跟著進去，把剛摺好的衣服都推進籃子裡。衣服就像崩塌的建築似的全都跌落在一塊。警察坐下，奧利坐在沙發扶手上，而我仍然站得直挺挺的，僵硬得像根棍子。硬著頭皮。

「首先我需要確認你們是黛安娜．古德溫的親人——」

「對，」奧利說。「她是我母親。」

「那，很遺憾必須通知你，」女警才剛開口，我就閉上了眼睛，因為我已經知道她要說什麼了。

我的婆婆死了。

2

露西

十年前……

曾有人跟我說人的一生中有兩個家庭——一個是你原生的家庭，一個是你選擇的家庭。這話不太對，是不是？沒錯，你是可以選擇你的另一半，可是，比方說，你就不能選擇你的孩子。你也不能選擇連襟或是妯娌，你不能選擇你另一半有酗酒問題的老處女姑姑，或是女朋友一個接一個換而且都不會說英語的表哥。更重要的是，你沒法選擇婆婆。這些都是由嘎嘎笑的命運的傭兵來決定的。

「哈囉？」奧利高喊。「有人在家嗎？」

我站在古德溫家有如一張大嘴的玄關裡，環顧四面八方的大理石。一座迴旋梯從一樓向二樓延伸，上頭是一具恢宏的水晶大吊燈。我覺得自己是踏進了《哈囉！》（*Hello!*）雜誌的內頁，就是那種名人斜倚在華麗的家具上，以及在青翠的小山丘上穿著騎馬鞋，還有黃金獵犬跟在腳邊的奢華照片。我一直都認為白金漢宮的內部一定就是這個樣子，就算不是白金漢宮，那起碼也是小一點的宮殿，像是聖詹姆斯宮或溫莎宮。

我想吸引奧利的目光，幹嘛？責備他？歡呼？坦白說，我也不知道，不過反正都不重要了，因為他已經往屋子裡衝，宣布我們來了。用我沒有心理準備來描述那就是有史以來最輕描淡寫的說法。奧利建議我們去他父母家吃晚餐時，我想像的是千層麵和沙拉，一棟古怪的金黃色磚築平房，跟我自己的家差不多。我想像中的母親是一位散發著母愛，拿著一本相簿，裡頭貼滿了紅棕色的嬰兒照片，而父親則是直率得意、卻不善應酬的人，緊抓著一罐啤酒，臉上掛著謹慎的笑容。豈料卻是處處高掛著藝術品和雕像，耀眼生輝，而那對父母，不管是不是不善應酬，都不見人影。

「奧利！」我捉住奧利的手肘，正打算忿忿低語，只見一名臉色紅潤的福泰男人從屋子深處衝出來，手上還抓著一杯紅酒，衝過了大拱門。

「爸！」奧利高聲喊。「你總算出來了！」

「唉呀呀，看貓把什麼拖進來了。」

湯姆．古德溫跟他高大黑髮的兒子完全相反。個子矮，體重超重，毫不優雅，紅格子襯衫塞進斜紋棉布褲裡，皮帶則繫在他很有分量的啤酒肚之下。他張開雙臂擁抱兒子，而奧利則用力拍打他老爸的背。

「妳一定是露西了，」湯姆放開奧利之後說。他握住我的手，親熱地直搖，還低低吹了聲口哨。「唉呀呀，有眼光，兒子。」

「很高興認識你，古德溫先生。」我微笑以對。

「湯姆！叫我湯姆。」他朝我笑的樣子活像是贏了復活節彩券，然後他像是發現自己失態。

「黛安娜！黛安娜，妳在哪兒？他們來了！」

一兩分鐘後，奧利的母親從裡間出來，穿著白襯衫和海軍藍休閒褲，一面拂開前襟上完全不存在的麵包屑。霎時間我就對自己挑選的衣著起了懷疑：一件一九五〇年代的紅底白點裙裝，是我媽媽的。我本來覺得會很迷人，可現在卻只顯得古怪蠢笨，尤其是和奧利的媽媽樸實端莊的衣著相較之下。

「不好意思，」她在幾步之外就說話了。「我沒聽見門鈴聲。」

「這是露西。」湯姆說。

黛安娜伸出了手。我迎上去時注意到她比她先生高了幾乎一個頭，儘管她穿著平底鞋，而且她瘦得像燈柱，只是腰部微微有點中年發福。她的銀髮剪成高雅的鮑伯頭，長及下巴，挺直的鼻梁像羅馬人，而且不像湯姆，她跟兒子極其酷似。

我也注意到她的握手很冷淡。

「真高興見到妳，古德溫太太，」我說，放開了她的手，送上我帶來的花束。來的路上我堅持要拐到花店一趟，即使奧利說：「她不怎麼喜歡花。」

「每個女人都喜歡花。」我回答時還翻了個白眼。可是我一發現她不戴珠寶、不搽指甲油，還穿實用的平底鞋，我就有點感覺自己錯了。

「嗨，媽。」奧利說，把她母親拉過來給了她一個熊抱，她接受了，即使不是很樂意。從我和奧利的諸多談話中我知道他非常愛他的母親，他的母親負責一個慈善基金會，一心一意幫助澳洲的難民，有許多是懷孕婦女或是帶著幼小的孩子，他說起來臉上的驕傲簡直都快滴出來了。當然她會覺得花束微不足道，我恍然大悟。我是白痴。說不定我應該帶嬰兒服或是育兒用品來？

「好了，奧利，」一兩分鐘後她說，可是奧利沒放開她。她挺直了上半身。「我都還沒能好好跟露西打個招呼呢！」

「我們何不到起居室去喝幾杯，讓大家熟悉熟悉。」湯姆說，於是大家都轉身朝屋子裡頭走。就在這時我發覺有張臉從角落窺視。

「妮蒂！」奧利高聲喊。

奧利和湯姆完全不像，但是安東妮特一看就知道是湯姆的女兒。她也一樣臉頰紅潤，身材矮壯，可同時漂亮可愛。也有格調，一身灰色羊毛洋裝，腳下是黑色麂皮靴。聽奧利說，他妹妹已婚，沒有孩子，在行銷公司負責行政工作，經常會應邀在會議中發言，談論女性以及玻璃天花板的事。她三十二歲，只比我大兩歲，我承認，我那時覺得很佩服，還有點膽怯，可是她以天大的熊抱來歡迎我，這些疑慮就被踩在腳下了。古德溫家的人似乎都愛摟摟抱抱的。

三個都是，大概只有黛安娜例外。

「我聽說了好多妳的事，」她說。挽住我的胳臂，我被包在一陣昂貴的香水味裡。「來見見我先生派崔克。」

妮蒂拖著我穿過拱門，經過了像是電梯的東西——電梯耶！途中我們經過了裱框的畫作和許多插花，以及全家的度假照片，在滑雪勝地和海灘上。有一張相片是湯姆、黛安娜、妮蒂和奧利在沙漠騎駱駝，背景是金字塔，四個人手牽手高舉向天空。

小時候我都到波塔靈頓的海邊去度假，從我家開車過去不到一個小時。

我們停在一個房間裡，差不多有我的整間公寓那麼大，擺滿了沙發和扶手椅，龐大昂貴的地毯和沉重的木頭邊桌。有個巨人從一張扶手椅上站起來。

「派崔克。」他說。他的手心黏答答的，不過他一臉不好意思，所以我就假裝沒注意到。

「露西，幸會幸會。」

我也不知道想像中妮蒂的先生是什麼模樣——可能是某個矮小、精明、急於討好的人，跟她一樣。奧利六呎三吋（一九〇公分），我覺得很高了，可是派崔克卻像是一座大山——起碼有六呎七（二〇〇公分）。除了身高以外，他卻讓我覺得有點像湯姆，因為他的格子襯衫和卡其褲、圓臉和殷切的笑容。他的肩上披著一件針織毛衣，走貴族學校風。

應酬話都說完了之後，奧利、湯姆、派崔克就坐進大沙發裡，而黛安娜和妮蒂則晃向飲料台。我遲疑了一下就跟上了兩個女人。

「妳坐，露西。」黛安娜指示我。

「喔，我很樂意幫忙——」

可是黛安娜舉起一隻手，像舉起停止牌。「拜託，」她說。「只管坐。」

黛安娜顯然是盡量有禮貌，可我忍不住覺得有點被排斥。她當然不會知道我的幻想是跟她在廚房裡手肘互撞，說不定還一塊面對沙拉危機，而我急就章調出沙拉醬，解決問題（按照我的下廚本領，沙拉危機已經是極限了）。她不會知道我的想像是黏在她的旁邊，而她帶著我翻閱相簿、族譜，囉囉嗦嗦說著故事，而奧利會哀聲抱怨。她不會知道我的計畫是整晚陪在她身邊，等我們回家時，她會整個愛上我，而我也會整個愛上她。

誰知，我只是坐著。

「那，妳跟奧利是同事嗎？」湯姆問我，我讓自己坐在奧利旁邊。

「是的，」我說。「我們同事三年了。」

「三年？」湯姆假裝震驚。「你還真不急啊，小子？」

「這叫慢工出細活。」奧利說。

奧利在職場上是那種典型的穩重可靠的同事，總是傾聽我最恐怖的約會經歷，提供我同情的肩膀。奧利跟我慣常約會的強勢混蛋不一樣，總是開開心心的、無可不可，而且絕對善良和氣。最重要的是，他珍惜我。我花了一點時間才明白過來，被珍惜比被有魅力的王八蛋唬嚨要好得多了。

「他不是妳老闆吧？」湯姆的眼睛閃呀閃的。這鐵定是性別歧視，可是要跟湯姆生氣實在很難。

「湯姆！」黛安娜斥責道，但是顯然她也發現沒辦法跟他發脾氣。她端著飲料回來了，而且抿著唇，像母親在教訓她非常可愛又不聽話的小娃。她遞給我一杯紅酒，在奧利的另一邊坐下來。

「我們是同儕，」我跟湯姆說。「我負責招募技術人員，奧利負責行政人員。我們分工合作。」

而且近來合作無間。怪的是，是從一場夢開始的。一場詭誕曲折的夢，始於我的姨婆葛雯的烤肉會，終於我小學死黨的家，不過她不再是個小女孩，而是一位老太太。也就在起點與終點之間，奧利出現了。就跟我的小學死黨一樣，他也變了個人。更性感。隔天，上班時，我發了電郵給他，說我昨晚夢到他。他果然開玩笑地問：「我在做什麼？」並且語意曖昧。奧利的辦公室就在我的隔壁，可是我們總是互發電郵——機伶地批評我們共同的老闆唐納．川普的頭髮，辦公室的聖誕派對的可疑行為，詢問中午是否要吃壽司。可是那天卻不一樣。下班之前我看到他的名字出現在我的收件箱裡，我的心跳漏了一拍。

有一陣子我還把持得住。這是約會，是幽會……不是戀愛，而且當然不是要步上禮堂的戀愛。可後來我發現他每天早晨都會給火車站那個酒鬼錢（即使是在酒鬼臭罵他，指控他偷了他的酒之後）；發現他在購物中心看見一個迷路的小男孩，立刻就把他舉到頭頂上，問他是否看到他的媽媽；發現他慢慢佔據了我的心思，我這才頓悟：這次就是了。他就是我的真命天子。

我把這個故事告訴了奧利的家人（扣掉了那場夢），兩條胳臂轉個不停，越說越快，連口氣都不歇，我一緊張就會這樣。湯姆絕對是聽得入迷，時不時拍兒子的背。

「那……換你們說了。」我說，因為我說到沒力了。

「妮蒂是財務經理，在馬丁霍茲沃斯工作，」湯姆說，得意得不得了。「主管一整個部門。」

「那你呢，派崔克？」我問。

「我經營一家會計公司，」派崔克說。「現在規模還很小，不過假以時日就會擴大。」

「談談妳的父母吧，露西，」黛安娜插進來。「他們是從事哪一行的？」

「我爸是大學教授，現在退休了。我母親過世了，乳癌。」那是十七年前的事了，所以現在談只是不自在多過了傷心。不自在主要是對別人而言，因為聽見了這個消息，他們得想點什麼話說。

「真遺憾。」湯姆說，低沉的聲音給房間帶來一種可以觸及的穩定。

「我也在幾年前失去了母親，」派崔克說。「這種事是忘不了的。」

「沒錯，」我附和，突然覺得跟派崔克像親人。「不過回答妳的問題，黛安娜，我媽是家庭主婦，而在當主婦之前是小學老師。」

我告訴別人她是老師總是很驕傲。她過世後，數不清的人跟我說她是多麼優秀的老師，為學生付出一切。她沒有再回去教書實在是可惜了，即使是在我開始上學之後。

「生下孩子不陪著她，享受每一刻，那何必要生？」她總是這麼說，其實有點好笑，因為她並沒能陪著我，享受每一刻，而是在我十三歲時就撒手人寰了。

「她的名字是……」我才開口，黛安娜就站了起來。我們全都停下來，以目光追隨她。生平第一次，我了解了女家長是什麼意思，以及女家長的權力。

「好了，」她說。「我想晚餐準備好了，就請大家移駕到餐桌吧。」

這句話似乎是在宣告與我母親有關的話題到此結束了。

晚餐是烤羊肉。黛安娜親手烹調的，也親自上菜。由於他們的屋子是這麼的氣派，我幾乎以為會看到外燴公司的人冒出來，但是這晚的這部分至少是舒適熟悉的。

「我覺得妳的慈善事業真的很了不起，」我等到黛安娜終於坐下來之後才說。「奧利非常引以為傲，逢人就講。」

黛安娜隱約朝我這邊露出笑容，伸手去拿焗花椰菜。「是嗎？」

「當然是。我很樂意再多聽一些。」

黛安娜挖了些花椰菜到她的盤子裡，全神貫注，活像是在開刀。「喔？妳想聽什麼？」

「這個嘛……」我覺得瞬間成了眾人的焦點。「就是……妳的發起理念是什麼？它是怎麼成功的？」

黛安娜聳聳肩。「我只是看見了需要。蒐集嬰兒用品並不是什麼火箭科技。」

「她很謙虛。」湯姆把更多羊肉推到叉子上，嘴裡仍在咀嚼就又把叉子送進了口中，一邊繼續說話。「都是她的天主教教育。」

「你們是怎麼認識的？」我問，忽地發現奧利沒跟我說過。

「他們是看電影認識的，」妮蒂說。「爸看到媽在大廳的另一邊，立刻就火花四射。」

湯姆和黛安娜互望了一眼，眼光中有深情，但還有別的，是我捉摸不透的。

「該怎麼說呢？我立馬就知道她跟我是天生一對。黛安娜跟我認識的人都不一樣。她……更聰明，更有趣。我覺得我是癩蛤蟆想吃天鵝肉。」

「媽是來自於富裕的家庭，」妮蒂解釋道。「中產階級，天主教徒。爸是鄉下孩子，沒有人脈，沒有錢，只有身上的襯衫。」

我花了一會兒工夫刪除我剛踏進屋子所做的無意識結論——黛安娜是為了錢嫁給湯姆的。這是一種性別歧視的想法，但是兩人的外表差異那麼大，有這樣的結論也不能說是荒唐。黛安娜是為了愛情結婚的，這讓她在我的心目中又抬高了幾分。

「那妳呢，黛安娜，」我問。「妳也是一眼就知道？」

「那還用說！」湯姆說，兩手捧著臉。「看看這張臉，誰能不愛？」

大家都哈哈笑。

「其實我跟他說了三十五年了，我並不感興趣，可他偏偏老是搶在我前面說話，」黛安娜自我解嘲。她和湯姆會心一笑。

在早先的拘謹之後，能看到她的這一面感覺真棒，我讓自己希望一旦我們相處的時間多了，她就會讓我進入她的這個私人空間。說不定有朝一日我甚至會在她的慈善事業上幫忙呢？黛安娜可能不是一個很容易打開心扉的人，可是會有那麼一天的。而且不用多久，我們就會變成好朋友了。

我母親喜樂過世時我十三歲。媽人如其名，總是開開心心的。她披方圍巾，戴搖來搖去的耳環，如果車上的收音機播放的是她喜歡的歌曲，她就大聲跟著唱。她在我的生日派對上穿花俏的洋裝，不管別的大人都不穿，而且她有一雙踢踏舞鞋，時不時就會穿，即使她根本就不會跳踢踏舞。

我母親就是這種人。

我唯一一次看我媽穿黑色的——既沒有頭帶或小束假髮裝飾，也沒有別的飾品——是她陪爸去開會或吃飯。爸跟媽完全相反——保守、嚴肅、溫和。說真的，媽會管束自己的個性的話，那就完全是為了爸。爸決定在學術生涯的半途中轉換跑道——很可能會毀了他的事業和我們的生活——她百分之百支持。「爸的責任是照顧我們，我們的責任是照顧他。」

她過世後爸一直沒能走出來。統計數字顯示大多數的男人在前一段婚姻結束之後三年內就會再婚，可是二十年了，爸仍滿足於他的單身生活。妳母親是我的終生伴侶，他老這麼說，而終生伴侶就是要維持一生的。

爸在媽走後雇用了管家，為我們做飯打掃購物。瑪麗亞大概是五十歲，黑頭髮卻出現了銀絲，盤成髮髻，讓她的歲數多了五十歲。她穿裙子、絲襪、低跟球鞋，還有她自己縫製的花圍裙。她自己的孩子都長大了，孫子還沒出生。她每天中午十二點來，工作到下午六點。我不清楚瑪麗亞的正式角色是什麼，可是我每次放學回去她都在，而且那似乎是她一天中最美好的時光。也是我一天中最美好的時光。她會幫我清書包，洗淨便當盒，切盤水果和起司給我當下午茶——都不是媽即使是母愛大爆發會做的事。現在回想起來，有些人可能會覺得瑪麗亞讓人窒息。

我卻覺得她像母親。

有一次，我得了流感，瑪麗亞待了一整天。忙東忙西，定時來查看我，端水或茶來給我，或是用涼毛巾給我退燒。有兩次我在打盹，她進了房間，我會發出小小的呻吟，只是想聽瑪麗亞的呵護。她會吻我的額頭，端水給我，甚至還一匙一匙餵我喝湯。

我發誓，那真的是我人生中最美好的時光。

瑪麗亞在我滿十八歲後離開了。那時她的第一個孫子出生了，她養的老狗也得了青光眼，況且，我也快成人了，她能做的事也不多了。之後，爸就找了一個固定的清潔工，開始在下班回家的路上去購買雜貨。瑪麗亞仍然會送生日禮物和聖誕卡片來，但最後她的人生被自己的家人填滿了。就在那時我才明白，我需要我自己的家庭。一個丈夫，幾個孩子，一隻又老又瞎的狗。更重要的是，我需要一個瑪麗亞。有人來分享食譜，提供睿智的建議，並且用母愛淹沒我。一個不會離開，不會回到她自己家庭的人，因為我就是她的家人。

我沒有後母，可是說不定有一天，我會有一個婆婆。

晚餐後，湯姆叫我們到「男人窩」去休息，那是一間有挑高大教堂天花板的房間。書架從地板一直到天花板，一大堆的皮家具。讓我聯想到一間紳士俱樂部。自助餐台上有一台巨大的電視機，還有真正的吧檯，擺滿了各種酒類。奧利被叫到廚房去幫忙弄咖啡和甜點，我猜他們是想要盤問我的事，所以我就跟妮蒂和派崔克在紳士俱樂部裡哈啦。

「那，」派崔克在吧檯那邊說。他在幫我們調什麼雞尾酒，我並不需要，因為我已經喝了兩杯葡萄酒了，可是他似乎玩那些酒玩得很開心，我也不想潑他冷水。「妳覺得黛安娜怎麼樣？」

「派崔克，」妮蒂出聲警告。

「怎麼啦！」他的嘴角彎了起來。「這又不是什麼陷阱題。」

我可憐巴巴地找話說，但是憑良心說，我還真沒什麼話可說。黛安娜整頓飯的時間都斷斷續續在問誰還想吃青菜。我問的問題她一概避而不答，而且除了說到她和湯姆初見時低聲輕笑之外，她整個晚上都態度疏遠，令人洩氣。說真的，要不是有湯姆和妮蒂、派崔克，完全感覺不出是社交活動。我只知道黛安娜跟我希望中的人一點也不一樣。

「嗯……我覺得她……」我的舌頭上有幾個字眼在滾動——客氣、有趣、親切——可是沒有一個覺得對勁，而且我也不想言不由衷。畢竟我來這裡不僅是要讓奧利父母留下好印象的。要是奧利跟我的事順利，我的下半輩子就會也和妮蒂及派崔克共度……所以，真誠很重要。問題是，現在要真的真誠卻太早了。跟這家人見面，我發現，你得是個見風轉舵的政客，看得出在幾時投入全力的支持以取得最大的成果。我決定照我母親教我的做，找出事實來說。

「我覺得她很會做菜。」

派崔克笑得有點太開心了。妮蒂瞪他的目光鋒銳如刀。

「別這樣嘛，小妮。」派崔克戳了她的肋骨一下。「嘿，她有時真的很可怕呢。至少我們有湯姆，對吧？」

這種安慰真叫人不放心。我對於想要什麼樣的婆婆有一種過於提純過的想法——沒有公公能取代這個地位，就連湯姆都不能。而派崔克似乎接受了他這位冷若冰霜的岳母，不會太介懷，儘管很顯然她和他並不對盤。

「嗯，」我過了幾分鐘後說，奧利到現在還沒露臉，而我有點感覺妮蒂想要跟派崔克獨處。「我去看看甜點弄好了沒。」

我穿過了對開門，進入了通向大廚房的大房間。廚房的正中央有很寬敞的大理石中島，奧利和黛安娜就在中島這邊，背對著我，像是在往起司盤上擺東西。

「我怎麼想不重要。」黛安娜在說。

「對我很重要。」奧利說。

「你不應該在意。」黛安娜像圖書館員或是鋼琴教師一樣清楚闡明，得體又乾脆，沒有一絲遲疑。我在門口停住。

「妳是說妳不喜歡她？」

黛安娜停頓的時間太長了。「我是說我怎麼想不重要。」

我往後躲，避開他們的視線，藏在角落裡。我覺得彷彿被狠狠打了一拳。我擔心了一大堆——擔心她不是我想要的婆婆，擔心她達不到我的標準——結果證明我是太自戀了，壓根就沒想到她會不喜歡我。

「真的，媽？妳不打算跟我說妳對露西有什麼看法？」

「喔，奧利！」想像中她在搖頭，像趕走一隻蒼蠅。「我覺得她還行。」

還行。我花了一會兒工夫消化這句話。我還行。

我搜尋著還行的好的一面，卻好像遍尋不著。被人說還行就像是被人說你的穿著不會顯胖。被人說還行就像是放了一天的三明治，還不至於害你食物中毒。被人說還行就像是你不想要那種媳婦，不過，平心而論，還有更差的。

「妳在這裡啊，露西！」

我猛地轉過去，湯姆站在走廊口，滿臉笑容。「來幫我挑一瓶甜點酒，我老是不知道該挑哪一種。」

「喔，我對酒知道的真的不——」

可是湯姆已經拖著我到地下室去了，裡頭的藏酒品項驚人。我故作鎮定熬過了甜點酒品嚐課，很慶幸昏暗的光線掩住了我眨回去的眼淚。

對我來說，還行就等於是死了。

3

露西

現在……

警察在我的廚房裡。那名男警，賽門，不用詢問就自行找到了馬克杯和茶包，正在幫我泡茶。女警，史黛拉，在他旁邊，把塑膠盤擺進洗碗機裡，把剩餘的漢堡麵包和番茄醬倒進垃圾桶裡。

奧利在走廊，跟妮蒂講電話。我能聽見他說明他不確定……說他知道的都跟她說了……說他不知道！……說她應該自己過來問警察。

他說的是黛安娜，我提醒自己。黛安娜死了。我們婆媳倆一向合不來，不過這件事似乎也隨她的死訊而煙消雲散了，至少也沒那麼要緊了，而我發現我被一種深刻的哀傷緊緊攫住。就彷彿黛安娜的死把她提升到了一個更高、幾乎是高貴的地位——我們過去的不快變得瑣碎，甚至是小心眼。畢竟，沒有人能跟婆婆合得來，對不對？一個也沒有！我的朋友愛蜜莉的婆婆死也不肯相信帕琵有乳糖不耐症（簡直是胡說八道，我們那個年代就沒有這一大堆的「不耐症」，她這麼說）。珍的婆婆想不通她怎麼會用紙尿布，尤其是她還不嫌麻煩親自去幫亨利買了一箱布尿布。

莎夏的婆婆喋喋不休唸著她顯然會繼承到的遺產，絕不忘提醒她要心懷感激。莎拉是唯一一個愛婆婆的人，那是因為瑪格一星期幫她照顧孩子兩天，同時也幫全家洗衣服燙衣服，煮好三餐放進冰箱冷凍。所以我們都說瑪格有一隻獨角獸婆婆——前無古人，後無來者。

孩子們終於上床了。運氣真差，警察才跟我們報上黛安娜的死訊，他們就決定要露面，爭取我們的注意，所以賽門和史黛拉親切地提議留下來，等孩子們吃飽飯、上床睡覺。賽門甚至還親手幫他們弄漢堡，陪他們邊吃邊聊！等著聽進一步的消息實在是折磨人，可是又沒有別的法子。睡覺時間終於到了，奧利抱著艾笛（三個孩子裡最容易哄上床的，只需要唱一首〈一閃一閃亮晶晶〉，再給她小綿羊和奶嘴），我讓給他，因為畢竟是他的母親剛剛過世。我帶兩個大的去睡覺，他們似乎也總算懂了警察來我們家是有原因的。我心神不寧地跟他們說警察是來問一輛被偷的腳踏車的。

「誰的腳踏車？」阿契追問我，而我忙著把毯子往他身上堆，想把他壓下去。「不是我的吧？」

「不，不是你的。」他又撐起了上半身。

「那是海莉葉的？」我把他按回去。「她大概是把車子丟在哪個地方，然後假裝是被偷了。她一直想要一輛新的。如果她有新的，那我也要。」

「沒有人會有新腳踏車。」

他懷疑地看著我，但是仍仰臥著。我正要吻他的額頭，唉，他又坐了起來。

「他們以為是我偷的嗎？」

「不是的，阿契。」

我費了一番唇舌才讓他相信海莉葉絕對、絕對不會得到一輛新腳踏車，他才終於乖乖躺好。海莉葉關心的事有一點不同。我幫她把毯子塞好，她挪動身體往我的側面蠕動。「為什麼警察會為了一輛腳踏車到我們家來，車子又不是我們的？」

「嗯……他們是覺得我們可能會知道車子在哪裡。」

「他們為什麼會那樣想？」她眨也不眨的藍眸裡有一種什麼都瞞不過她的精明。「會不會，」她說，搶在我開口之前。「他們說是來找腳踏車的，其實是為了別的事情來蒐集情報的？」

海莉葉上週末去朋友家過夜，看了《小鬼大間諜》電影，我猜這就是她會說出「蒐集情報」這種話的原因。可是誰知道呢？海莉葉一直都是一個很有觀察力的小傢伙。比四歲孩子高太多了。

「要知道原因只有一個辦法，」我跟她說。「我去跟他們談一談，然後明天再告訴妳。妳先睡覺吧。」

她慢吞吞點頭，滑進被子下，卻絲毫沒有睡意。她其實有點擔心。怪了，因為她根本就不知道祖母死了。

奧利出現在走廊上，我抬頭看，他握著手機，一屁股坐在廚房椅子上。我從吧檯凳上溜下來，坐到他旁邊。「妮蒂怎麼樣？」我問。

奧利兩隻手肘都放在桌上，左手支額。「她在過來的路上。」

「妮蒂？」

「還有派崔克。」

我吸口氣，不理會心裡升起的驚慌之情。拜託！派崔克和妮蒂當然會過來的啊。妮蒂的母親剛剛過世了啊。這是一樁好事，我們四個像這樣被迫在一起。我不是期望了好幾個星期，希望妮蒂會主動和我們聯絡嗎？

賽門把我的茶端到餐桌上，他和史黛拉也拉出椅子坐下。我們都打起了精神，準備迎戰。孩子上床睡覺之前的輕鬆隨意氣氛已經消失，我們準備好要談正事了。

「那……？」奧利先追問。

「我就有話直說了，」賽門說。「我們目前還不知道詳情，死因仍在調查中。我們只知道有名鄰居在今天下午五點剛過後報警，說她從窗戶看見令堂動也不動。等警察進入屋內，她顯然已經死了幾個小時了。」

「好，可是究竟是怎麼死的呢？」奧利掩不住聲音中的沮喪。我伸出手覆住他的一隻手。

「確定的原因要等驗屍報告出來才知道，」賽門說。「可是已經找到了一些資料了，還有一封信，看起來似乎令堂是自殺的。」

隨之而來的沉默中我發現自己什麼都察覺到了，警察太陽穴上的薄薄一層汗水或是雨水，困在窗簾和窗戶之間的那隻蒼蠅，在我的腦袋瘋狂流淌的鮮血。

「我知道你們一定非常震驚。」史黛拉說。

「對。」我說。

我轉而注意奧利，他沉默得很奇怪。我一手攬住他，摩挲他的背，劃著有節奏的小圈，像孩子們跌倒弄傷了自己後我安慰他們。但是，他仍一動不動。

「你們確定嗎？」他終於問。「她……」

「遺書上把她的意思寫得很清楚。而且……東西一定是事先備妥了，也就是說這並不是一時衝動做下的事。」

奧利倏地站了起來，朝一個方向前進，又再折回。然後，很突然地立定不動。

「你們是找到了什麼東西？」

「很遺憾，這一點我們還不能透露。在驗屍官判明是自殺之前，我們不能排除有他殺的可能——」

「他殺的可……？」奧利的嘴巴仍開著，卻似乎沒辦法把話說完。

「只是在有明確的結果之前我們不能排除的可能。我知道這種事很難接受。」賽門的態度幹練專業，可我卻覺得很難認真看待他。他實在是太年輕了。那麼一張青春洋溢、光滑緊實的臉孔，他能懂多少？

「你能想得出令堂有什麼結束自己生命的理由嗎？」史黛拉問。她的焦點在奧利身上，但是目光卻老是往我這邊閃，滿詭秘的。「會不會是有憂鬱症？她有沒有什麼心理上或是生理上的病痛？」

「她得了乳癌，」奧利說。「惡性的，不過還是早期階段。她不會自殺。我不相信。」

奧利兩手抱著頭，可是過了一會兒，光束照到前窗，他就抬起了頭。派崔克的車子停進了車道。

「他們來了。」我說，其實沒必要。

「去吧。」史黛拉跟我們說。

奧利跟我走向門口。派崔克正從駕駛座下來，比車頂高出了一個肩膀。他繞到另一邊去幫妮蒂開門，可是久久不見她下來。等她終於下來，簡直嚇人一跳。她一臉憔悴，眼睛凹陷。我幾個星期前才見過她，但她一定瘦了有六公斤。

「妮蒂，」我在她走上門階時說。「我……真的很遺憾。」

「謝謝。」

她的眼睛盯著地上，所以奧利張開雙臂抱住她，嚇了她一跳。可能是出於驚訝，她並沒有推拒。派崔克落在後面幾步，只跟我點個頭權充招呼。

屋裡頭，賽門和史黛拉在找馬克杯，悄聲談話。我溜進浴室。沐浴玩具四散在地板上，孩子們的牙刷排在洗手台上，仍沾著牙膏，因為我們忘了幫他們刷牙。我把牙刷沖清乾淨，放回原本的塑膠杯裡。然後我打開水槽底下的櫃子，找出一條舊的黃色毛巾，都脫線了，我留著就是為了那種需要舊毛巾的時候——拖地板或是擦皮鞋或是清理嘔吐物。奧利當然不了解舊毛巾的用途，反倒在有客人來時把舊毛巾拿出來展示。不過這些都是些芝蔴小事，因為黛安娜死了。

「露西？」奧利在隔壁大喊。「露西？妳在哪裡？」

「等一下。」我說，用黃毛巾按著臉，以免有人聽見我哭。

4

黛安娜

過去……

「喔對了，」珍恩說。「妳昨晚見過那個新的女朋友了，是吧？怎麼樣？」

我跟愷西、麗茨、珍恩坐在巴斯飯店的陽台上，後方的水就像是一面藍綠色的玻璃。我們點了海鮮分享餐、一缽炸薯條、一瓶伯蘭爵香檳，整個情況極其舒適怡人，同時也虛偽造作得可怕。一隻海鷗在珍恩的右肩上盤旋，盯著薯條。

我抬起手來遮擋陽光，發現三個女人都緊盯著我。

「說啊，黛安娜。」愷西說。

她們向前傾身，我成了目光的焦點，害我覺得緊張不安。同時我也覺得憤怒。我會選擇這個朋友圈——湯姆朋友的太太——一個原因就是她們通常對自己的事比對我的事要關心得多，要說我最憎惡什麼，那就是讓別人知道我的事情。

「對，我見到了露西，」我不置可否地說。「還不錯。」

我啜飲著香檳。這是這個月的第一個星期三，我們通常都在布萊頓的巴斯飯店聚會。曾經，我們的聚會是讀書會（只是美其名），而我對這個主意很熱衷。我推薦的第一本書是克萊曼婷・邱吉爾的傳記，而且我準備了一張討論要點來到飯店，卻只發現誰也沒讀那本討厭的東西。聚會的最後，誰也沒有推薦下一本書，打從那次之後，珍恩就開始把聚會稱為喝酒俱樂部。

「不錯？」珍恩吹聲口哨。「天啊。」

「為什麼說『天啊』？」我問。「不錯有什麼不好嗎？」

「明褒實貶。」麗茨咕噥著說。

「用不錯來開頭絕不會有好事。」愷西也說。

我不懂。據我所知，不錯是給兒子的新女友的一個得體的讚美符號。不然我還能說什麼？愛顯然是太強烈的字眼，連喜歡都是過譽，才不過見了一晚——天地良心，我可不是那種巴結兒子每一個新女友的霸道女人，纏著要當好朋友，一塊逛街一塊做SPA。在我認為，如果露西愛我兒子而他也愛她，我就沒有意見。絕對是不錯。

「得了，我們說的是黛安娜欸，」愷西說，從冰桶裡拿起酒瓶，卻發現喝光了。她示意服務生再來一瓶。「不錯已經是很高的讚美了。」

人人都咯咯笑，我覺得很惱人。不錯到底有什麼不對？新朋友就有這個毛病。說新是有些勉強，因為我和珍恩、愷西、麗茨做了三十年的朋友，卻完全不像是你認識了一輩子的朋友，很多事不需要解釋。辛西雅就會明白我說不錯是什麼意思。直到今天，我仍然非常想念她。

「妳有沒有讓她不好過？」愷西問。「拷問她對妳的寶貝兒子有什麼意圖？」

拜託，為什麼大家都那麼關心我怎麼想？奧利怎麼看她才是最重要的吧。畢竟，放眼大局，我對她的看法無足輕重。有些父母——包括我自己的，莫琳和華特——坦白說，把自己的意見弄得太重要了。我從小到大都是天主教徒，母親天天盯著社區的每個人在做什麼，但尤其是對自己的孩子緊迫盯人。我在許久以前就發誓我不會跟她一樣。而且，真的，我不會。

「妳是驚喜交加呢？」珍恩問。「還是驚恐交加？」

「都沒有，」我回答，因為露西完全符合我的期待——漂亮，神經質，急於討好。從頭到腳都是奧利喜歡的那一型。天生聰明又迷人，還有一丁點古怪，她一輩子都受到珍愛——先是她的父母，後來是男孩子。她是師長的愛徒，學校的模範生，運動健將。像她這樣的女孩子什麼事都唾手可得。儘管我很想為她高興，可我見過太多女孩子沒辦法過得那麼順心如意，還是會忍不住惱怒。

「那是配不上妳兒子了？」珍恩會心地問。

「誰也配不上。」麗茨附和道。還真怪，她又沒兒子。

「不見得吧，」愷西說，「我就願意付錢給別人，請她把我的福瑞迪帶走。我怕死了他會想要搬回來跟我住，讓他可以辭掉工作，坐在沙發上看實境秀看一整天，說自己是『照顧者』。我願意付出一切換一個媳婦來。等我老了，可以幫我把兩鬢的白頭髮拔掉，幫我搽口紅。這種事兒子不管用。」

我咀嚼著炸薯條，希望她們會爭論個不休。這種事的底線是，但凡有新人加入這個家，就需要一些調適。大家都有不同的價值觀、不同的歷史、不同的看法。有可能是可以極其融洽，但當然也可能不會。派崔克加入了幾年了，我雖然不是那麼喜歡他，我們也磨合過來了。我不懷疑露西也會是相同的情況。不過，稍微咬著牙苦撐一下也是很自然的事。變化要來了——我們當然免不了要提高警覺一陣子。

「妳覺得她是淘金女郎嗎？」珍恩一手按著我的前臂，把話說得狡詐刺激得多。

「不。」

三個女人掩不住希望。「那就不會是另一個派崔克了？」

我沒回應。我對派崔克的小會計公司有自己的看法，他經營的方式就像是在期待天上會掉下一筆橫財來，一舉解決他所有的問題。不過這不關我的事，當然也不關珍恩的事。更何況，姑且不論他的工作倫理恰不恰當，派崔克是家人，而且妮蒂愛他。所以我對他也應該要留點口德。

「唉，最重要的是她讓奧利快樂，」愷西在停頓了很久之後說，人人都喃喃同意。只除了我。

你要是問我啊，我覺得大家都對子女的幸福快樂太在意了。隨便問一個人對孩子有什麼希望，他們就會說希望他們快樂。快樂！不是有同理心、能對社會有所貢獻。不是謙虛、明智、忍讓。不是面對逆境堅強以對，或者面對不幸心存感恩。我就不一樣，我總希望我的孩子會遇見困難。真正的困難。挑戰大到足以讓他們有同理心、有智慧。就拿我每天面對的懷孕難民來說吧，她們經歷過意想不到的困難，而她們現在勤奮工作，貢獻社會，而且心懷感恩。

你的孩子如果能這樣，你夫復何求？

訂婚來得比我想像中快——一年不到。奧利在某天晚上宣布的，面帶得意的笑容，就像他兩歲時從花園裡撿回一隻死鳥那樣。湯姆當然是一聽見消息就興高采烈，甚至開心得掉下眼淚。拜託！那是五個月前的事。婚禮的籌備工作還沒有正式展開。

「準備好了嗎，媽跟爸？」

我坐在露西的父親彼得的旁邊，身下是一張路易十五軟墊沙發，斜對著天鵝絨紅帘。露西不時會從帘後出來，站在台子上，而助理蓉妲忙著打理她。坦白說，這樣子很痛苦，理由有許多，最輕微的一個理由就是蓉妲老是叫我們「媽跟爸」，儘管我有兩次指明了說我不是露西的母親，而我當然也不是她的媽媽。

「好了。」我們異口同聲說。

我想著如果我邀請我的母親來這種地方，她會怎麼說。（「簡直是胡鬧！我會幫妳縫結婚禮服，還有教會的愛妲和諾瑪也會幫忙。愛妲幫她外甥瑪麗的禮服弄了好美的小玫瑰花，妳真應該看一看！當然她得把衣服改大一點，因為那個可憐的孩子在大日子那天腰圍變粗了，惹得大家閒言閒語的，知道吧……」）

我承認露西邀請我今天來當觀眾讓我覺得意外。（顯然是因為首席伴娘的女兒今天早晨從攀爬架上跌下來，摔斷了胳臂，目前正在兒童醫院等候手術，而露西想要女性的意見。）說真的，這樣的組合有些不合傳統，尤其是還有露西的父親在場，可是露西很堅持。「他從我十三歲開始就父兼母職，我覺得他理所當然要在場。」

有道理，我心裡想，不過我不敢多加置喙的。這種事母親可以積極參與，婆婆就得知道分寸，閉上嘴巴。

說來也好笑，露西在邀請我來時還滿害羞的。「我知道妳一定很忙，可是如果妳剛好有時間，我很想請妳來。」

也實在是湊巧，我有時間，而且我從來就不太會找藉口。妮蒂顯然也受邀了，只是她必須看醫生，讓她懊惱不已。

「她出來了！」蓉姐高聲說，拉開了天鵝絨帘，把露西趕上了高台，身上的婚紗跟剛才那件一模一樣——露肩大蓬裙，像是嵌進了小孩生日蛋糕裡的芭比娃娃。她強迫露西來了個誇張的轉身。

「你們喜歡嗎？」露西羞澀地問。

彼得淚眼婆娑，想也知道。他站起來，粗花呢外套、雪白色的柔軟鬍子、綁鞋帶的皮鞋，典型的前教授。他從口袋裡掏出一條手帕，按著眼睛。

「我想我們可以認為是可以了，」蓉姐說，興奮得很。「那妳覺得呢，媽？」

人人都看著我。

我只覺得整件事都太過浮誇奢侈了。婚紗，大紅帘幕，路易十五椅子。可是我能說什麼？

「她是不是很美？」蓉姐用力敲邊鼓。

露西當然是個漂亮的女孩子，可是我漸漸明白了她最有趣的一點就是她的不同於常人——互相衝突的印花圖案，強烈的色彩，滿身都是閃光亮片。今天，她抵達婚紗店時戴了一頂大到不行的寬邊草帽，腳下是一雙木屐。木屐耶！要我說啊，這種打扮是有點過火了，可你不能否認這個女孩子有她自己的風格。可是這件婚紗卻讓人只看一眼就會完全忘了她。就是經典的、一般的新娘。

「這個嘛，我覺得——」

「妳覺得呢，露西？」彼得說，從手帕後露出了臉。「妳喜歡嗎？」

露西的臉上露出謹慎的笑容。「喜歡。」

一聽見這句話，蓉妲就走進了裡間，回來時拿著頭紗，固定到露西的頭上，還給她一束塑膠玫瑰花。這種推銷的手法讓我瞠目怒瞪她。推銷商品當然沒有什麼問題，誰都需要賺錢餬口，可是這樣子卻讓人感覺不愉快，有點趕鴨子上架。

彼得清清喉嚨。「好，蓉妲。我的荷包要損失多少？」

蓉妲走向電腦，敲了好半天，顯然在婚紗店報價是一件複雜到難以置信的事情。我轉身，假裝在看一雙鞋面是綢緞的新娘鞋。彼得要支付婚紗以及婚禮的費用，我們曾提議要出一半的錢，被他拒絕了。可想而知湯姆嚇壞了，差不多是懇求他重新考慮，我好不容易才勸服他彼得可能會覺得是瞧不起他。再說了，露西和奧利的計畫是舉辦一場低調的婚禮，讓我鬆了口氣，所以我有信心彼得應該還不至於會因此而破產。但是我聽見了蓉妲低聲報出的數目，都能買一輛全新的家庭房車了。

彼得臉上的血色盡失。

「天啊，」露西說。「真的嗎？」

蓉妲猛點頭。「這是真正的施華洛世奇水晶，而且是大蓬裙，比較費布料。」

「那我試穿別件看看，」露西立刻就說。「架子上的，或是樣品——」

我拿起了一本婚禮雜誌，專心閱讀。這就是不會邀請婆婆來的原因。有我在現場目睹，彼得會覺得極其彆扭，覺得被逼到了牆角。要是湯姆在這裡，他一定會站起來，拿出他的美國運通黑卡，逼著蓉妲收下。我的做法會是向露西建言一定有一件極為適合她的婚紗，卻不需要拿出買房的頭期款來買。

我想到了阿米娜，今天稍早時我去過她家。她三個月前從蘇丹到英國，懷著雙胞胎，還有三個不到五歲的孩子。今天早上我幫她帶了一輛舊的雙人嬰兒車，她喜極而泣，請阿拉祝福我以及我的家人。她會用這輛車推她最小的兩個孩子到超市，她說，因為通常她的兩歲和三歲的孩子必須自己走，走得小小的腿疲累不已。有時候，她跟我說，他們得走上一小時才能走完那一公里的路。

「妳真的想要這一件嗎？」彼得說。

「爸……你確定嗎？很貴耶。」

「我只有一個女兒，」他說。「而妳也只當一次新娘。」

「妳連頭紗也要嗎？」蓉妲說，簡直像禿鷲。「我這樣問是因為我們店裡只剩這一件了。我可以幫你們打九折，」她說，又敲起了電腦。一會兒之後，她宣布了一個價格，聽得我淚眼盈眶。

「不，我不需要頭紗。」露西說。

「可是搭配起來真的很有畫龍點睛的效果，對不對，媽？」蓉妲說，把我拖進了她卑鄙的詭計中。「而且價錢不會很貴，畢竟是要給你的女兒最完美的婚禮啊，我說得對嗎？」

蓉妲的邪惡在我的眼中又升高了一級。故意害一位可憐的父親內疚，讓他買下他根本買不起的頭紗。還鼓勵我跟她一個鼻孔出氣，聯手對付這個男人。暗示說他要是不買下這幅價格離譜的蕾絲，就是不愛女兒，不想給女兒最完美的婚禮。要是由我作主，這個女人會被拖到大街上嚐一頓馬鞭。

「坦白說，我覺得除了皇室之外，誰也不會覺得這個價錢不貴，」我跟她說。「妳簡直就是在光天化日下搶劫，而妳應該覺得可恥。真不知道妳晚上怎麼睡得著。」

彼得和露西轉過身來瞪著我，蓉妲則露出使性子的青少年的表情，漲紅著臉，覺得全世界都在和她作對，而她沒有一個地方——一個也沒有——做錯了。

「還有一件事，」我說，反正已經吸引了大家的注意，索性敞開來講。「我已經指出過好幾次了，我不是露西的母親。」我交握雙手放在大腿上。「我是她的婆婆。」

5

露西

現在……

「有人要喝茶嗎？」我問。

沒有人回答，我還是往廚房走，把水壺插上電。我的思緒紛亂。黛安娜死了。理性上我能了解，可總感覺不是真的。這種特殊的、麻木的感覺很熟悉，讓我想起了我自己的母親過世後的日子，我昏昏沉沉地過日子，不知道今天是星期幾、現在是幾點。一直到幾天後痛苦才迎面襲來——既快又狠，像是裝進了霰彈槍裡向我發射。最後我在我母親的葬禮上徹底崩潰，哭得歇斯底里，嚇得我可憐的父親手足無措。

我從高架上拿了馬克杯下來，排列在流理台上。窗外的天空黑漆漆的。派崔克、妮蒂、奧利都在客廳，散坐在沙發上，瞪著不同的方向。我有種感覺：派崔克和妮蒂是想離開，可又覺得不應該離開，好似離開了是對黛安娜不敬。畢竟在這種時候一家人就應該要守在一塊。

賽門和史黛拉一個小時前走了，留下了兩張閃亮的名片和一個清醒的環境。從那之後，妮蒂似乎對她和奧利一見面的擁抱有了另一種想法，現在雖然同處一室，卻把距離拉得越遠越好。派崔克坐在她身邊，拍她的腿，真誠卻不情緒化。妮蒂的淚珠滾滾而落，似乎不用費什麼力氣。

奧利的眼睛卻居然是乾的，而且似乎結合了迷惘和惱怒兩種情緒，時而搖頭，不，時而點頭，是，無論代表什麼意思。怪的是，我也有一模一樣的感覺。不，黛安娜不可能死了。接著是的，她死了，而這並不是世界末日。畢竟，我從來就沒掩飾過我不喜歡黛安娜。我們倆的關係不穩定，有一個階段甚是激烈。不知道警察在調查黛安娜的死因時會不會查出這一點。

我拿下我的「客人茶」（我有種感覺妮蒂可能需要甘菊茶），我忍不住想到湯姆過世的那天。我們都在早晨過了一半時就被叫去道別，可是到了那天午夜，他仍沒嚥氣。那種電話我們不是第一次接了。我們之前淚漣漣地道別了兩次，湯姆卻奮戰不懈，但是這一次，醫生告訴我們，時候到了。看起來。

二十四小時後，湯姆仍不肯撒手，奧利問護士能不能給他什麼「了結他的痛苦」。護士說明沒有辦法，而且湯姆可能會拖上幾天，奧利就作勢去拿抱枕，宣稱他想「單獨陪爸幾分鐘」。

人人都因為筋疲力竭又覺得十分爆笑而微微有些異常興奮——居然連黛安娜都微笑著向護士解釋她的兒子顯然是在開玩笑。每一件事都是莊嚴肅穆的。

我把茶端到客廳，拿了一杯給妮蒂，可她似乎沒注意。一兩秒鐘後，派崔克接下了茶，擺在咖啡桌上。

「現在討論葬禮的事可能太早了。」我說。是太早了，可我再也受不了這種沉默，再說我們還能談什麼？妮蒂瞪著空洞的電視螢幕。奧利低頭看著鞋子。

只有派崔克看著我，微微聳肩。「那得看遺體幾時會交還吧。」他說。

妮蒂很明顯地僵了僵。

我坐在沙發扶手上，挨著奧利。「那會是幾時呢？」

「大概會驗屍吧，」派崔克說。「那就很花時間。」

「可……他們為什麼要驗屍？」妮蒂問，瞄了一眼房間，迷迷糊糊的，好像剛睡醒。

「警察說他們朝他殺案的方向偵辦。」奧利解釋。

妮蒂瞪大眼睛。每個人似乎都忘了我們不應該要有視線接觸，結果四個人卻目不轉睛看著彼此。

「他們說的是他們必須當作他殺案來辦，」派崔克說。「他們其實並不認為是他殺。我倒覺得沒有什麼好懷疑的。有遺書，有……工具。」

「你覺得他們說的工具是什麼？」奧利說，一臉迷惑。「繩子？手槍？」

「奧利！」我說。

妮蒂的臉色變得好蒼白，很有可能會暈倒。奧利的手機在隔壁房間響了起來。這麼晚打來只有可能是埃門，奧利的生意夥伴。奧利沒起身去接，讓我鬆了口氣。

「如果他們覺得可能是他殺，」妮蒂說，眼神搜尋。「那他們會去詢問別人嗎？調查？」

派崔克看著膝頭。「應該是必要的。」

「可是他們會調查誰呢？」奧利問。「誰會想殺了媽呢？」

過程很緩慢，可是一個接一個，派崔克、奧利、妮蒂，全都轉過頭來看著我。我垂下眼皮，瞪著我的茶。

6

露西

過去……

「我沒有借來的東西。」我跟克萊兒說，她是我的首席伴娘。此時她坐在我爸臥室裡的扶手椅上，她的三歲女兒米麗夾在她雙腿間。米麗是婚禮花童，她一直很開心，直到兩分鐘前她發覺她必須要梳頭髮。這時，克萊兒正把米麗緊緊夾在雙腿間，梳理她的鬈髮，可是米麗動來動去，像是有人拿一千根羽毛在給她搔癢。

「別管她了，」我說，從鏡子裡盯著她們。「她原本的樣子就很好了。」

「妳怎麼會沒有借來的東西？」克萊兒高聲說，放開了米麗，放下了梳子。「今天是妳大喜的日子耶。說到這個，妳有沒有落跑新娘的衝動？需要我把這扇窗子打開，給一匹馬上鞍，讓妳騎上去逃走，學茱莉亞·羅勃茲？」

「沒必要。」我說。

「妳確定嗎？如果妳想要迅速脫身，我能弄到一匹母馬。像是，逃開妳婆婆？」

我查看牙齒是否沾到口紅。在婚禮上搽消防車紅有傷風化，不過我覺得我應該不會受到苛責。「那就讓車子怠速等候，以防萬一。」

我的朋友跟我把我和黛安娜的關係全部攤開來檢視，從她說我還行，到在婚紗店堅持說她不是我的母親，到她說我挑選的婚紗毫無意義而且浮誇過火。憑良心說，她對婚紗的批評並不是沒有道理。我知道我被選購婚紗沖昏了頭，可是又有幾個新娘能保持冷靜的？而且至少我夠成熟，有膽子承認！黛安娜在婚紗店發作之後，我說服了爸——多少是為了店員的面子——我需要時間考慮。我考慮了幾天，不過我明白黛安娜說得對，價錢貴得離譜——甚至可以說是公然打劫，跟她說的一樣。幾天之後，翻閱我父母的結婚相片，我注意到媽媽的婚紗好美。我不確定之前怎會沒想到，我一直都愛穿媽媽的衣服，幾乎沒有一天不穿她的大衣或是披她的圍巾或是戴她的珠寶。把她的一樣東西放在身上就是會讓我覺得跟她很親近。在我非常想念她的時候，我會一次穿戴上好幾樣。

我退後了幾步，打量鏡中的自己。媽媽的婚紗是我的舊東西。一九七〇年代的象牙色絲料，高領長袖，高腰，鈕釦從左肩延伸到下巴底下。我問爸婚紗在哪裡，他從閣樓上找了出來，細心地包在三十年前的防酸紙裡，有幾處黃斑，但是在腰線上，我加上了一條薄荷綠寬緞帶就遮掩住了。我的筒狀新娘帽上有大網眼頭紗，這倒真的是我從婚紗店買的，是我的新東西。我的藍寶石耳環是奧利送給我的生日禮物，是我的藍色的東西。

「好了，」克萊兒說。「借來的東西。」她指著她耳朵上的鑽石。「我的耳環可以吧？」

「可是我的耳環上的藍寶石是我的藍色的東西。」

「我的鞋呢？」

克萊兒的腳比我的大了一號半，再者，她的鞋是粉紅色的，跟她的禮服同色。

「我的口紅？我的髮飾？」克萊兒一一唱名，不過她只是在亂猜。我已經請了造型師來幫我化好了妝，我的頭髮仍披散著，很快就會盤起來戴上帽子和頭紗。米麗在爸的床上跳上跳下，仍戴著花冠，克萊兒等一下也會戴。

有人輕輕敲門。「爸，進來。」我大聲說。

儘管我不斷跟爸說他在婚禮前看見我不會帶來霉運，今天早晨我們只要交會他還是會把眼睛遮住。我等著他留鬍子的臉探進門裡，閉著眼睛，可是門卻始終沒開。

「爸？你可以進來。」

「露西？我是黛安娜．古德溫。」

克萊兒和我面面相覷，沉默的驚恐在我們之間流竄。黛安娜在門口。她跑來做什麼？

「嗨，黛安娜，」我發著抖說。真不知道為什麼不立一條規矩不准婆婆在婚禮當天見到新娘。「妳……妳要進來嗎？」

一陣短暫的停頓，然後門把轉動。黛安娜的臉出現在門縫裡。「不好意思貿然闖進來。我只是有東西要給妳。」

「喔？」

我把門拉得更開，黛安娜朝克萊兒投去明朗的笑容，給米麗的笑就沒那麼明朗了，她在爸的床上跳了一半就停住，瞪著黛安娜。我懂，她跟我一樣害怕。

「我讓妳們獨處一會兒。」克萊兒說，抱起了米麗，匆匆出去。黛安娜等她們離開了才走進房間。

「妳的樣子很漂亮。」我說。

這不是應酬話，我真的沒見過黛安娜這麼可愛過。她穿著海軍藍亞麻上衣，搭配一件柔和的藍色A字長裙，化了妝──粉紅色的唇膏和煙燻妝──而且她的味道就像一束鮮花。剎那間，我看見了黛安娜年輕時的模樣，美麗青春的女郎，我懂了為什麼湯姆在她身邊總是那副志得意滿的神情。

「謝謝，」黛安娜說。「妳也是。今天早晨我打電話給妳父親，看有沒有我幫得上忙的地方，他說妳沒有借來的東西。」黛安娜伸手到她的晚宴包裡，掏出一個海軍藍皮質珠寶盒，還鑲著金邊。「我在結婚那天戴的。」她打開了盒子，拿出一條銀項鍊，墜子是個小小的、扁平的扭結。「這是凱爾特結，代表力量。要是跟妳的禮服不搭，妳可以藏在上衣底下。」

「我很喜歡，」我立刻就說。「而且我不會藏起來，我會戴在脖子上讓每個人都能看見。」

黛安娜露出了拘謹的喜悅之情。她走到我後面，我把頭髮撩起來讓她幫我繫上項鍊。她弄好後，比了比我的帽子和頭紗。「妳需要我幫忙戴這個嗎？」

「那……那就太好了。」

黛安娜個子高，幾乎比我高出一個頭，她幫我把帽子固定在鬢邊，我剛好看到她的眼睛。她因為專心而瞇著眼，把頭紗固定在我的臉四周，再撫平我後面的禮服。當然，我想到了我母親。要是她還在，就會是她幫我戴項鍊，拉平裙子。我的喉頭像堵住了。

「謝謝。」我說，轉過來擁抱黛安娜。她微微僵住，既沒有回應我，也沒有抽身退開，但是我抱我自己的。她很瘦，摸得到骨頭，我覺得像在擁抱一袋衣架。

一兩分鐘後，我放開了她。

「好，」黛安娜清清喉嚨說。「我最好回去看看奧利。」

就這樣了。我盡量不去想她並沒有回擁我。重要的是，她出現了！她為我帶來了一條美麗的、深具意義的珠寶，是她自己在她的大喜之日戴的。我們有進展了。而我會大肆慶祝。

黛安娜走到了門口，突然停下來，轉過身來。「喔，呃，露西？」

「嗄？」

「項鍊是妳借來的東西。」

「我知道。」我說。又瞧了鏡子一眼，對它的完美讚嘆不已。幾乎很難相信我差一點就與它失之交臂。

「好，」她說。「因為借來的就表示妳得歸還。」

漫長的沉默。

「我了解。」我慢吞吞地說，而黛安娜輕輕點頭，離開了房間。

「小姐們要香檳，」埃門向穿著黑褲和俐落白襯衫的女侍者說。「我最了解小姐的一點就是她們總是要香檳。」

埃門的太太茱麗亞起勁地點頭。她叫來侍者，指著一瓶香檳王。

「選得好。」侍者說。

奧利臉上的血色盡失。在我們抵達之前，他就已經非常緊張了，生怕這一餐得吃掉多少錢（跟埃門吃飯一向不便宜），可等我們來到「阿拉貝拉」，一看見白桌布和不寫價錢的菜單……我就看出他在驚慌了。這下子又是香檳王。而更讓人洩氣的是我懷孕八週了……因此既不能喝又不能透露我不喝，也就是說會有一杯非常昂貴的香檳一整晚都沒有碰。

「房子找得怎麼樣了？」茱麗亞一等女侍消失就問我們。她擔憂地皺著臉，彷彿是在詢問我們之一近來被診斷出的罕見疾病。「知道嗎，當初我們買南亞拉的房子，找過一個很厲害的房仲。我看我們把他的聯絡電話給你們吧？」

奧利和我租房子住，這件事在奧利的朋友圈簡直是無上的苦惱。到了某個時間點，大家都認定了我們只是找不到合適的房子，大家都假設奧利的父母會為我們看中的房子買單。可惜，事實並非如此。我和奧利結婚一年來，我們都在努力存錢付頭期款。目前，我們兩個都工作，收入可觀，但是沒多久，我就得在家帶孩子了。所以很遺憾，如果我們沒有錢，再厲害的房仲也幫不了我們。

如果讓我作主，我會直接指明重點，說奧利的父母不會買單，可是奧利對這類事情靦腆覥得可以，所以我一聲不吭，由著他們亂猜。

「好啊，」奧利說。「反正也沒有壞處。」

茱麗亞點頭，很高興她能幫上忙，而埃門忙著弄手機，把聯絡方式傳給奧利。我真的不懂奧利的朋友有時玩的遊戲，把每一次的失敗或低迷扭轉成「一個美妙的機會去開拓新的方向」。我倒是樂意看看如果我們說：「其實我們現在連房租都快付不出來了，我敢保證就連你們的房仲也沒辦法在我們看屋的那些地區找到房子！哈、哈、哈。」不知埃門和茱麗亞會是什麼表情。

「總之，」埃門說，把手機滑進了外套口袋裡。「絲餐！」

打從我們一到，埃門就一直在向奧利說明他的新事業，卻徒勞無功。天知道是為什麼，每次我看到埃門，他就會冒出一個新的生意點子來，宣稱會是下一個大發利市的商機，說什麼想及早佈局就得趕快。有一陣子他專營「到府服務的噴霧式人工日曬肌」生意，接著又製造兒童的採指紋工具組。聽奧利說，他成功的機率不一，你也不能怪他這麼百折不撓。我只是希望他不要在餐桌上說得口沫橫飛，大家明明都能看出奧利一心一意只想著用什麼辦法把花費壓低在五百元以下走出這家餐廳。

「就是用奶昔當一餐，一大堆的超級食物。新鮮食物裝在夾鏈袋裡送到你家門口，你只需要通通塞進調理機裡，然後萬事OK！」

我眨眼睛。「那是……水果和蔬菜？裝在袋子裡？是這樣嗎？」

「不是水果和蔬菜。」埃門的聲音中出現了一絲得意。「是營養均衡的餐點。可以帶到公司當午餐。」

「就像代餐奶昔？」

「可是有真正的新鮮食物，而不是化學品。超級食物。」

從我們抵達之後，「超級食物」這四個字埃門說了起碼有十七次，我發現自己急於想知道超級食物究竟是什麼，因為我猜他也不知道。可是，看在奧利的面子上，因為他們從幼稚園起就是朋友，而且他們的父母也互相認識，我只能硬生生忍住。

「有意思。那，祝你幸運！」我說。

他會需要的。

可是埃門沒在聽，他太注意奧利了。「那你怎麼樣啊，老小子？人力資源的世界還順利嗎？」

「很順利。上星期還幫一個人找到了工作。那傢伙，榮恩，六十了，失業半年了。他真的需要再工作五年才退休，可是人人都跟他說他沒希望了，因為他的專長適用的系統現在已經過時了。我答應他會幫他找到工作，結果，嘿嘿，上個星期我找到一名客戶正要給他們ERP軟體升級，而這種系統差不多就是榮恩在五〇年代寫的。現在他是資訊轉換部的主管。榮恩跟那位客戶都不敢相信他們的運氣那麼好。」

奧利笑得粲然。我最愛看他這個樣子。他活著就是為了把適當的人選送到適當的職位上，尤其是那種很難尋覓到人才的職位。他在面談時傾聽應徵者說話，在他們離開時，他們已經成了朋友。可惜，這種本領在目標導向的企業中是極少會得到重視的，也因為這個原因，奧利的同事大都比他早升入管理階層，而他則原地不動，為榮恩這樣的應徵者盡心盡力找工作。

「酷，酷，」埃門說。「不過你在那兒做了不少時間了吧？有沒有想過稍微伸展一下翅膀？你現在建立起一些珍貴的人脈了。世界就是你的牡蠣。你總不能老是替那個人工作。」

這番話瀰漫著一個人想要什麼東西的味道。我覺得自己提高了警覺。

「好吧，說吧，」奧利說，顯然跟我心有靈犀。「你要我加入你的事業，對不對？或是跟你一起開公司？或是投資哪個生意？」

埃門裝出一副受辱的模樣。「難道老朋友就不能關心一下朋友的前途？不過呢……既然你提起來了，我有可能是在找生意夥伴。」他嘻嘻笑。

「是你的奶昔生意？」

「代餐，」埃門糾正道。「是超級食物！」

「我哪能幫上什麼忙？」奧利問。

你可以給他錢，我暗自想道。或者，是你爸可以。至少埃門就是在打這個主意。

「可別低估了自己，老小子，」埃門說。「你會是任何生意的重要資產。你是一個懂得跟人打交道的人。每一門生意都需要。」

奧利沒有直接回答，有那麼驚恐的一分鐘，我以為他可能在考慮加入埃門的奶昔生意。我看著他，他似乎是在深入思量。但是這種提議連一分鐘都不值得考慮，不是嗎？除非……我是漏了什麼？奧利並不喜歡他的工作？那他剛才說幫六十歲的榮恩找到工作是怎樣？一個喜歡自己的工作的人總不會因為一時興起，因為朋友在晚餐時提了那麼一句就跳槽吧？

「各位都看過菜單了嗎？」女侍出現在桌邊問道。可是我們都還沒有看過菜單，我刻意不去看菜單，就是怕看到價錢，可是突然間阿拉貝拉的價格只是我們的煩惱中最不值得一提的小事。

「那我來推薦今日特餐好嗎？」女侍提議道，見我們都不說話，她又說：「我們今晚有經過三道程序烹調的豬五花，魚是帕馬森酥皮南冰魚。」

「再給我們幾分鐘，」埃門對女侍說，眼睛仍盯著奧利。他簡直就是在流口水，隨時準備使出殺手鐗。奧利的眼珠朝上，嘴唇緊抿，似乎是極其認真在考慮。

「奧利，」我說，急著想插話，以免他說出什麼無法收回的話來。

「我不是很確定，」他說。「選豬肉還是魚呢？」

埃門爆發了。「豬還是魚？我們不是在談『絲餐』嗎！」

「嗄？」奧利皺眉。「喔，你的奶昔生意啊。不、不，我祝你一切順利，老兄弟，可是拜託。公私不分，這樣子可不好，對不對？大家都知道。」

我感覺到奧利在桌下捏我的腿，我呼出一口氣。我先生或許有面子要顧，但他並不笨。也許，說到錢，奧利比我想像中要精明多了。

7

露西

現在

隔天，我專心照顧孩子。儘管昨晚警察來過，但孩子們似乎滿腦子只在乎自己，不覺得有什麼不對，即使是艾笛獲准可以吃掉七包可吸水果優格（通常她的限制是每天兩包），而阿契和海莉葉也沒被送去學空手道或體操或是在週六中午強迫不能再碰電動。但是現在我們不能不告訴他們了。我們可能無法告訴他們奶奶是怎麼死的，但至少我們能告訴他們奶奶死了。我們可以說我們還不知道是為什麼，醫生正在找答案。這樣就能滿足他們了。坦白說，只要說「她很老了」，他們應該就不會再多問了。

我看著奧利。昨天抗議不可能是真的之後，他現在似乎進入了下一個階段，可能是哀傷，也不一定。整個早晨他像個啞巴，只是偶爾情緒來個大波動。像幾分鐘前，海莉葉——自動自發跳起芭蕾舞，來了個「迎風展翅」——踩到抱枕，腳下一滑，摔了一跤，仰躺在地上，當下就哭了起來。奧利瞪著她一兩秒，接著，居然笑了起來。等我趕到海莉葉身邊，他已經笑得喘不過氣來了。

哀傷。

我看著沙發上的奧利，以嘴型說：「告訴他們吧。」

我半期待他繼續瞪著前方，但是他卻點頭，拿起了遙控器，關掉了電視。

「嘿！」阿契大叫。海莉葉和艾笛氣呼呼瞪著我們。我坐在沙發扶手上，孩子們回頭看著電視，更願意看黑黑的螢幕而不是真正的人臉。

「孩子們，我們有事要告訴你們。」

「什麼事啦？」阿契不高興地說，丟下了遊戲機的控制器。

「我們有一個壞消息。」

阿契和海莉葉都轉過身來。壞消息。我們吸引住他們的注意了。他們看多了兒童電影（是只有我這麼覺得嗎，還是每部兒童電影裡都有父母死掉？），知道什麼是壞消息。

湯姆過世後孩子們的情況極糟糕。阿契又開始尿床，海莉葉只要奧利稍微晚一點下班，她就會開始驚慌。「他死了嗎？」她會這麼問，小小的眼睛瞪得像碟子那麼大，緊緊盯著我。而艾笛那時還不懂事，但是這一次不同。她非常愛黛朵（黛安娜堅持要孩子們用這個莫名其妙的名字叫她）。他們都愛黛朵，在以前。

我做個深呼吸。「黛朵昨天死了。」

海莉葉是第一個有反應的，她倒吸了一口氣，舉高雙手，遮在嘴巴邊，然後大聲吐氣吸氣。她的表現有點假，像在模仿電視上的誰。

阿契還沒有反應，所以我轉而注意他。「你聽見了嗎，小朋友？」

阿契點頭。表情略有些嚴肅，卻比我跟他說甜點不能吃冰淇淋時鎮定得多。「黛朵死了，」他重複道，低下了頭。

海莉葉把手放下來，噗哧一聲笑了出來。「黛朵死了。壓韻耶。」她倒進空沙發裡，笑得太開心，還抱著肚子。

「一點也不壓韻，白痴。」阿契說。

「就有。」

「就沒有。」

「就有！」

「孩子們，」我說。「你們聽懂了我說的話嗎？記不記得爺爺死了？他去天堂了，我們再也看不到他了。嗯……現在黛朵死了。」

海莉葉又笑了。「對不起！只是聽起來好好笑喔。」

阿契也咯咯笑，然後艾笛也跟著笑，雖然她完全搞不清楚狀況。

「黛朵死了你們難道不難過？」奧利問，聲音略有些變化。我轉向他，忽然擔心他可能會哭出來。哭出來倒不是壞事，可是時間點不是很理想。孩子們也聽出了他的語氣不對，一個接一個安靜了下來。

「有啊。」阿契說，卻一點也聽不出有什麼難過。聽起來反倒像是他知道他該說什麼。阿契就是這麼盡責。艾笛看著自己的腳，驚訝地看著襪子上的洞，大腳趾露了出來。海莉葉的眼珠滴溜溜地轉，檢查著自己的指甲，她搽著棒棒糖粉紅色的亮晶晶指甲油。

「我不難過。」她咕噥著說。

我對她皺眉。「妳為什麼不難過，海莉葉？」

她聳聳肩。「黛朵對妳很壞。我不喜歡對我媽媽不好的人。」

奧利和我互望了一眼。

「她現在不在了會好很多，對不對，媽咪？」海莉葉接著說。她從沙發上彈跳而起，揮動四肢，可能是想要再來一次迎風展翅。可是她沒站穩，這一次臉朝下摔倒，慘嚎了一聲。艾笛吱吱叫。而阿契，反應慢了半拍，突然大哭了起來。

8

黛安娜

過去……

我停車等綠燈，瞪著乘客座上的巨型填充泰迪熊。這麼離譜的玩具當然是湯姆買的，而且好像還不過癮似的，堅持要我帶去醫院給露西。

「何必呢？」我在電話上跟他說。「阿契又不是過兩天就能玩了！」

「這是我們的第一個孫子，」他那時說。「再說了，露西會很喜歡。」

他大概說得對。他對我們的媳婦瞭如指掌，而我呢，則是一竅不通。露西在今天凌晨生下了阿契，生產過程短暫順利。我們一聽說消息，湯姆就想到醫院去，可是我勸他先去上班，讓他們能單獨和寶寶在一起幾個小時。不過現在，就連我都巴不得趕快過去。湯姆會直接從公司過去，我要跟他在醫院會合。

綠燈了，我的手機也同時響起。我戳了方向盤上的幾個按鈕，好不容易才接通了。通常我出門辦事都是開我自己的小福特嘉年華，可是車子進廠維修了，所以我現在開的是荒原路華，說真的，要能操控這輛混蛋車子還真得去拿個修車的博士學位才行。「喂？」

車子充滿了呼吸起伏的聲音。「黛安娜太太？」

我立刻就聽出是誰。「姬則拉？」

二十二歲，又懷著身孕，姬則拉從阿富汗逃出來，來到澳洲五個月了。最近幾週，我去看過她幾次，送嬰兒車、搖籃和新生兒的衣服，而每一次，姬則拉都會煮上一壺卡瓦茶，我們兩個會好好聊一聊。姬則拉的英語不好，對話內容經常是她早餐吃了什麼，本週的天氣如何，她看了什麼電視……可是我每次都很享受那種單純樸實。

「黛安娜太太？」更多的喘氣吐氣。「寶寶。」

我停到路邊，在腦子裡計算日子。提早了幾星期，不算危險，但還是提早了。而且姬則拉在澳洲沒有親戚朋友。她的配偶哈肯姆雖然也在澳洲，可是陪產的本事卻還有待證明。

「妳需要去醫院，姬則拉。記不記得我給妳的計程車現金券？叫計程車，用那個付車錢。姬則拉？妳記不記得現金券？」

我聽見了又一次的收縮，所以我等待著。說真的，她沒辦法邊喘邊說話讓我擔心，我在想是否應該叫救護車。

「姬則拉，」我等喘息停止後又說。「妳還留著計程車現金券嗎？」

「我……我不知道。」她像是虛脫的樣子。想也不想，我已經迴轉，朝她的屋子前進，但開到那裡得二十分鐘。「哈肯姆呢，姬則拉？」

「外面。」

我按捺住尖聲大叫「他在外面幹嘛？」的衝動，反而說：「痛得有多厲害？一到十。」

「是……四。」

可是我感覺姬則拉的四是大多數女人的十一。她的下一次呼吸又因為另一次宮縮而卡住。

「姬則拉，我要叫救護車。」

「不，」她說。「妳……妳能過來嗎，黛安娜太太？」

「我現在就在路上了。姬則拉——」

可是電話斷線了。我再打過去，只有鈴聲響。

我花了二十五分鐘才趕到她家，一到就看見哈肯姆在前院抽菸。他一定是半輩子都花在這處雜草叢生的院子裡抽香菸。我跳出汽車，衝向屋子。「哈肯姆？姬則拉呢？」

他的頭朝屋子歪了歪。「裡面。」

「裡面？你為什麼沒有陪著她？」

他看著我，活像我是建議他去訂巴哈馬的飯店度假。我有種感覺他是故意裝笨。

「你叫救護車了嗎？」

他轉過頭，吸了一大口香菸。「妳可能自以為是我們的救命恩人，可是妳什麼也不懂。妳跟我們不一樣。跟姬則拉不一樣。」

「哈肯姆。你、有、沒、有、叫、救、護、車？」我咬著牙問。

他朝我邁了一步。眼白是黃色的，佈滿了血絲。「沒有。我、**沒**、**有**。」

哈肯姆的體格壯碩，比我小了三十歲，但是我的身高和他一樣，一點也不會輸給他。我挺身直面他。「別想嚇唬我，年輕人。我保證，你不會有好果子吃。」

當然是虛張聲勢。是我不會有好果子吃，而且還會更悽慘，可如果我這一輩子學到什麼的話，那就是打仗是靠意志力贏的，不是肌肉。而我既然打定了主意要讓姬則拉的寶寶健健康康地生下來，我如果還做不到，那我就該死了。

我仍然緊盯著哈肯姆的臉，只見他挫敗地舉高了雙手。

「叫救護車，」我說，而紗門這時在我們之間關上。「快點！」

我發現姬則拉倒在廚房的地磚上，背靠著枕頭。我滑行了幾步，險些就摔倒在一灘水上，一看見寶寶的頭已經出來了，我倒抽一口涼氣。沒時間等救護車了，我在姬則拉打哆嗦時恍然大悟，立刻跪了下來。她發出響亮的呻吟聲，我只有時間抓來一條毛巾，姬則拉就把孩子推送到我的手上了，粉紅粉紅的、血淋淋、還蠕動個不停。我用毛巾把他包好，起勁地幫他按摩，直到他發出刺耳雄渾的叫聲。

瞬間我回到了過去。單人床，月光從沒有窗帘的窗戶流入。內心深處有什麼爆裂開來，啵的一聲。我的呼吸在室內有如一團煙雲。

哈肯姆錯了，我和姬則拉並沒有不同。我們倆是一樣的。

9

露西

從前……

「她到底是跑哪兒去了？」

湯姆把腿上的新生兒阿契換個位置，瞧了瞧手錶。黛安娜應該一個小時前就到醫院了，而且她還帶了份禮物，他跟我說（只憋了三十秒左右就招認禮物是一隻巨大的泰迪熊）。現在他如坐針氈，巴不得快點把禮物送給孫子，他才不過六個小時大。湯姆真是個老好人。

打從我宣布懷孕之後，湯姆就十足是好爺爺的化身——每次我到訪，他都跪下來跟我的肚子「說話」，或是伸手感覺胎兒踢腿。黛安娜責罵他：「給她一點空間！」可是我不在意。其實比起黛安娜的作風，我還比較喜歡湯姆的動手動腳的做法，黛安娜幾乎提都不提寶寶。是，我已經修正了心態，知道我懷孕並不可能就讓我的希望成真，黛安娜和我的交集點會出現，可後來我發現我懷孕居然沒能為我們的關係注入一丁點的溫度，我還是失望。

我手機上的鬧鐘響了，表示阿契有三個小時沒吃奶了，我把枕頭擺在大腿上，揮手要湯姆把孩子抱過來。湯姆照做，抱著阿契活像他是玻璃做的，然後退開來，誇張地迴避視線，不看我解開哺乳胸罩。

「她能上哪兒去？」湯姆說，又瞧了眼手錶。

「塞車？」奧利建議。他躺在病床上，看著角落電視上的橄欖球賽，但是每隔個一分鐘眼睛就會射向阿契，彷彿是在檢查他是不是跑哪兒去了。

「我傳了兩次簡訊給她，」湯姆說。「她可別是出意外了。」

我把阿契抱到胸口，想讓他吸奶，可是小傢伙仍睡得很香。我照護士教的，對著他的臉輕輕吹氣，沒有用。他睡死了。「你何不打電話給她？」我說。「就算是為了讓你自己安心也好。」

事實上，我也巴不得能趕快見到黛安娜。我從生產之後就會一陣一陣抽痛，我老覺得想哭，而且房間裡有一堆的睪固酮。湯姆來之前，爸來看過我，我雖然很喜歡有這些男人圍繞關懷，卻渴望有個母親的形象，有個可以倚靠的人。

同時，在心坎裡，我極清楚這是我們的最後一次機會，黛安娜跟我。要是我都幫她生了頭一個孫子她還不能對我有一絲的溫暖……那我們還有什麼指望？

「對，」湯姆說。「對，好，我來打給她。」

湯姆伸手去拿手機，說時遲那時快，她出現了，站在門口。我們都又再多看了她一眼。她的神態慌張……不對，她像是被颱風掃過。她的亞麻長褲膝蓋又濕又髒，亞麻襯衫皺巴巴的。我從沒看過黛安娜這麼不修邊幅。

「黛！」湯姆說，站了起來。「妳沒事吧？」

「我沒事。抱歉我遲到了。我……喔，算了。反正我來了。喔。」她在床前幾步外停住，尖銳地吸了口氣。「他在這兒。」

阿契一點也沒有轉醒或是想吃奶的跡象，所以我就把他轉過來面對他的祖母。我微笑。「這就是他。」

黛安娜腳下像生了根，好一會兒沒動。可能是出於我的想像，可是我覺得她的眼睛有點濕。害我也有點想哭。

「妳要抱抱他嗎？」我問。

黛安娜沉默了幾秒鐘，這才默然點頭。她先去洗手台把手洗乾淨——徹徹底底清洗一遍——再來到我的床邊。我把阿契抱給她，她溫柔地接過去，兩隻手捧著他小小的頭。

「嘿，哈囉，年輕人，」她小聲說。「非常高興認識你。」

湯姆從椅子上起來，站到黛安娜的身邊，俯視阿契。一切都很寧靜，只聽見阿契的呼吸聲。幾分鐘之間，我覺得自在舒坦，整個心都填滿了。

「泰迪熊呢？」湯姆問黛安娜。

「喔。」黛安娜抬頭，忽然又慌張了起來。「其實我的……客戶，也真湊巧，今天生產了。所以我才耽擱了。而且……」

漫長的沉默，好像有電流在流竄。湯姆的下巴掉了下來。

「她沒有玩具可以給寶寶，我就想……我就……」

我不明白，我倒不是對泰迪熊有什麼格外的好感，我當然也不覺得才一天大的阿契會需要，可不知為何，黛安娜把他的泰迪熊送給別人……感覺太傷人了。像背叛。

「我們再幫阿契買一個。」黛安娜終於說。

「對，」湯姆說，慢慢回過神來。「那還用說。我們今天下午就去買，晚上可以帶過來！」

「各位，各位！」奧利說，舉起了雙手。「冷靜一點。阿契不需要一隻巨型泰迪熊，而且當然不會今天就需要。」他嘻嘻笑，享受著當那個理性的人，那個打圓場的人。「我倒覺得送給妳的難民太太和她的孩子正好。反正我們也沒有地方放一隻巨型泰迪熊，妳說是不是，露西？」

三個人都轉頭看我。我垂下眼皮。

「阿契還是給我吧，」我說，把沉睡中的孩子從黛安娜的懷中抱過來。「他該喝奶了。」

10

黛安娜

過去……

我站在奧利和露西家的門階上，果斷地敲門。果斷是想要抵銷我已經有的疑慮。阿契兩週大了。露西會歡迎我這麼不請自來嗎？她會覺得討厭嗎？誰知道。湯姆來過幾次，從來也沒想過他是不是受歡迎。這種自信真是無往而不利，而我缺少自信，似乎也害我處處碰壁。

不瞞你說，我覺得我會迴避都是因為那隻可惡的泰迪熊。我送給姬則拉時，感覺是天經地義的事。那隻泰迪熊可能就是那個孩子這一生收到的最好的玩具，甚至是唯一的玩具。我把泰迪熊交給姬則拉，看著她熱淚盈眶，驀然間感覺不算是多傻氣的事。

我早該知道湯姆會告訴露西和奧利會送泰迪熊。我趕到醫院時，遲到又兩手空空。我承認，我覺得內疚。我是應該為我的第一個孫子著想的，我是應該為露西著想的。

所以今天我會彌補。

我又敲了門，即使部分的我想要回到車上，駕車回家。可萬一我走了，這隻雞怎麼辦？我多疑地俯視它，裝在藍色塑膠袋裡，生的，沉甸甸的。露西可能在睡覺，或是趁寶寶打盹時安靜一下。如果寶寶在打盹的話。聽奧利說，阿契打從出生之後就幾乎沒有闔過眼。產婦保健護士說是嬰兒腹絞痛。現在的露西最不需要的就是婆婆莫名其妙跑過來。

我應該拿著我的雞離開這裡。

「黛安娜？」

我抬頭看。露西站在門口，穿著灰色的運動服和一雙毛茸茸的粉紅色拖鞋。儘管她立刻就露出了笑臉，但是顯然看見我她並不開心。阿契趴在她的肩上哭著。

「真是想不到。」露西說，拂開臉上的幾綹頭髮。

「對。我，呃……只是給妳送隻雞來。」

我知道這是一個突兀的禮物，我又不笨。可是奧利剛出生時，有人送了一隻雞到我家來，那是我收到過最體貼的一個禮物了。那時還沒有Uber Eats和到府送貨，一想到得換衣服，帶著寶寶到超市，就讓人打退堂鼓。我今天還想著大概可以把這個故事告訴露西，然後……唉，誰知道呢……說不定可以成為古德溫家的傳統之類的，送雞給剛生產的女人。現在卻覺得做作得過分。

「喔，」她說。「呃，妳何不進來呢？」

我跟著她進屋，注意到露西肩上的奶白色的沉澱物，再往下一點還有一塊。阿契的兩隻小手向上伸，大聲哭號，我剛好能看清楚他那張完美的、憤怒的小臉。甜蜜的小娃。

客廳亂七八糟，卻亂得美好。地板上灑了一袋爆米花，咖啡几上有一碗燕麥在凝固。一包包的濕紙巾和尿布，髒碗盤東一個西一個。房間一角還有一片用過的尿布捲成了一團，尚未裝袋。我使盡了全身之力壓抑才沒有乾嘔。

「我昨晚打掃過了，」露西自衛地說，「可是就……阿契一直不開心……他在腸絞痛……而我連一分鐘都沒辦法……」

「我來整理，」我說，因為老實說，我沒辦法再在這麼污穢的地方待上一分鐘，更何況打掃不像閒聊，正是我知道如何做的事情。而且阿契顯然是餓了，他的哭聲像釘子刮過黑板。「妳坐下來餵孩子吧。」

「喔，那，如果妳確定——」

「我確定。」

我把雞拎到廚房流理台上，動手打掃。我把尿布捲好裝袋，拿到外面的垃圾桶丟掉，接著我收集髒馬克杯和盤子，送到廚房。我不知道他們怎能夠活成這樣。上次我登門——大概是奧利的生日吧——這裡擺設得像間樣品屋，有鮮花，有抱枕，有輕音樂。可憐的露西一整個晚上在廚房裡忙得滿臉是汗，烹調最誇張的越南大餐。我曾建議她乾脆叫外賣，可是露西堅持要親自下廚，她說那是新的食譜，她想試一試。

真是要命。

我清出洗碗機的杯盤，再裝進待洗的餐具，正要按啟動就注意到烤箱裡有東西——六塊隔夜的小雞塊，硬得跟石頭一樣。*露西就是這樣*，我心裡想。要嘛就是大餐，要嘛就是挨餓。

我把這盤雞塊從烤箱裡拉出來時，露西來到我的身後。「喔！一定是奧利的……我的天啊……他老是把東西往烤箱裡一塞就忘了。喔，不，讓我來吧。」

她一把從我手上搶下烤盤。阿契在她的肩上尖叫。我叫她照顧孩子，讓我來整理廚房，可是說歸說，她顯然不聽我的。那我該怎麼辦？當婆婆最大的難處就是動輒得咎。不成文的規矩似乎沒完沒了。介入但不至於管太多。支持但別越界。幫忙帶孫子，但別接管。提供智慧但別提意見。顯然，這張單子我還沒能融會貫通。光是要求那麼多就讓人怯於嘗試了。而最讓人氣餒的一點是公公幾乎就不會有弄巧成拙的可能，公公就一定會受歡迎。就是這樣。

大家對狗的要求都會高一點。

阿契仍在哭，小腿往肚子上縮，而露西則忙著弄烤盤。近距離觀察，我能看見露西的疲憊。她的下巴上冒出了痘子，而且不可否認，她身上有點臭。我看到她的T恤上有舊的污漬……看樣子像是番茄肉醬。

「露西，拜託讓我來吧，」我說。我的聲音中有一絲懇求的意味，可一點也不會讓我高興。

「妳坐下來餵孩子。去啊！」

我一定是說對話了，因為露西點頭，消失到客廳裡。我長長地吐了一口氣。我跟露西能搞對什麼事十次裡大概只有一次，而那並不是因為缺乏嘗試。我在她結婚的那天把我最珍愛的寶貝——我的凱爾特項鍊——借給她。我自己的婆婆莉莉恩在我結婚的那天把項鍊借給了我。項鍊象徵著力量，而莉莉恩買下項鍊就是為了要讓自己堅強，因為湯姆的爸上戰場打仗去了。她在遺囑中把項鍊留給我，附上一張字條，寫著：給予力量。我現在才想到，我把項鍊借給露西時也許應該把項鍊的來歷告訴她。我真笨。

「他一整天都這麼哭鬧嗎？」我問露西。我收拾好了廚房，端了杯茶給她，擺在咖啡几上。阿契平躺在她的大腿上，紅著臉，哭個不停，儘管已經吃飽了。

「每天白天都是，」她說。「還有每天晚上。」

「妳試過肥仔水（腸痛水俗稱）嗎？」我坐到她旁邊。「奧利小時候脹氣都會有效。」

「試過了，我什麼都試過了。」

「可以嗎？」

露西無助地聳聳肩。「有何不可？」

我把阿契抱起來，讓他垂直貼著她的胸，他的頭正好抵著露西的下巴，然後我果斷地拍他的後背中段。他幾乎立刻就打嗝——響亮渾厚，跟他小小的體型完全不搭嘎。我承認，讓人非常滿意。有那麼一會兒，阿契像是要哭的樣子，但他隨即閉上眼睛，立刻就睡著了。

「好了。」我開心地說。

露西瞪著我，活像我長出了第三隻眼來。「妳是怎麼做的？」

「讓他打嗝嗎？」我瞪著她。「喔，露西。告訴我妳都有給這個孩子打嗝。」

露西的眼睛充滿了眼淚。我在心裡暗罵自己。

「唉，」我趕緊說。「妳在每次餵完奶以後一定要拍他，讓他打嗝。有時甚至是在餵奶的時候。否則的話氣會卡在肚子裡，害他肚子痛。」

「好，」她說，一面點頭。就好像沒有人教過她如何做母親。「好，我會。」

「好。現在可以把他放進嬰兒床裡，妳也上床去睡。我會把洗碗機打開，然後自己出去。」

露西一臉驚訝。「可是……妳不想……不想多留一會兒？」

我知道正確的答案是什麼。誰也不想要婆婆多留一會兒。寶寶睡了，房子乾淨了，離開的時間到了。我雖然不是知道很多，但是我絕對知道這一點。

「不、不。還有事得做，得走了。」

我收拾自己的東西，按下洗碗機的啟動鍵。我出了門以後才想起我忘了解釋送雞的意義。

11

露西

現在

黛安娜死後的三天裡，我一餐飯也沒做，一件衣服也沒洗，也沒上超市。我也沒管教孩子，幫助他們寫作業或是把蔬菜藏在義大利麵醬裡。我一點正常的事情都沒做。就好像我們是困在了一個文風不動、沒有時間的真空裡，而周遭的世界繼續運作，無視於我們。

大孩子今天回校上課，可是奧利仍請假。很意外，即使是因為他母親過世。兩年來我原本安於現況的先生變成了一個工作狂，週末、晚上、國定假日也都去上班。現在，他卻跟艾笛坐在沙發上，瞪著太虛，像是靈魂出竅。我不時會去跟他說我有多遺憾，說希望有什麼我能做的事。每次我都不得不自問：我真的這麼希望嗎？

我往廚房走，決定該是重建秩序和規律的時候了。最起碼我可以做到這件事。流理台的一端擺著一堆未拆封的郵件，我就從這裡著手，以大拇指指甲拆開每一封信，把信紙摺得平平的，一張接一張。

第一封是銀行的通知。我的規矩是不看銀行通知——因為照顧孩子是我一肩擔起來的責任，我很樂意讓奧利去理財（這可不是性別歧視，而是分攤責任）。可是我的視線一看到最後的數字——欠債，而不是獲利——我就忍不住倒抽一口氣。我的眼睛又跳到最上面印著考克蘭古德溫的地方。「考克蘭」是埃門的姓，奧利的生意夥伴。他們是怎麼掉進這麼大的一個錢坑的？更重要的是，奧利為什麼不跟我說？

我開口要問他，還沒能說話，就有人敲門。我瞄了奧利一眼，他連個反應也沒有，太忙著迷失在空洞的瞪視裡了。

「我去開。」我沒必要地說。

我打開門就看見兩個人站在門口，沒穿制服，但顯然是警察。我的直覺告訴我的，另外也是從女警亮出來的警徽知道的。

「我是瓊斯刑警，」女子說。「這位是阿米德刑警。」

「哈囉。」我說。

不是賽門和史黛拉，來通知我們黛安娜死訊的年輕警察。瓊斯四十出頭，身材苗條，中等高度。她的臉蛋迷人，只是有點男性化，褐色頭髮與下巴齊長，挑染成金色。她的衣著簡單實際，白襯衫、海軍藍長褲，很合身，表示她對自己的身材很有自信。

「妳是？」她問。

「喔……我是、呃……露西．古德溫。」

「她媳婦。」瓊斯點頭。「很遺憾你們痛失親人。」

阿米德低頭致意，頭頂髮量減少，從黑髮間能看見淡棕色的皮膚。

「我們可以進去嗎？」她問。

我從門口退開，瓊斯和阿米德踏入了門廳。

「滿漂亮的。」瓊斯說。

「謝謝。」我說，其實並沒有特別漂亮。不過話說回來，警察可能看過很多沒這麼漂亮的房子。「請問有什麼事嗎，警官？」

瓊斯被一張結婚照吸引住，腳步微滯，看著照片。「照得滿不錯的。這是妳的婆婆嗎？」

她指著黛安娜，照片中她站在奧利的左邊。「對，那是黛安娜。」

「你們大家現在一定很不好受。妳跟婆婆很親嗎？」

瓊斯仍看著相片，以及牆上其他的照片，似乎對我的回答不怎麼在意。

「很難說。」

「誰不是呢？」瓊斯微笑道。「我以前的婆婆簡直叫人不敢恭維，我幾乎沒辦法跟那個可悲的老女人待在同一個房間裡。最後毀了我的婚姻。那妳呢？是怎麼個難說法？」

「喔，就是那樣嘛。就……很難說。」

瓊斯和阿米德又沿著走廊前進，不時停下來看牆上的相片。依我看來，瓊斯是兩人中的資深警員，儘管她的年紀較輕，而且還是女性。雖然我有許許多多較迫切的想法，但我心裡的女權分子卻為她歡呼。

「你們一大家子常常聚會嗎？」瓊斯接著說。「生日、聖誕節之類的？」

我想到了上一個共度的聖誕節。刻薄的言語，猙獰的面孔，隔著火雞大餐吼叫。實在不是聖誕卡片上的樣板。

「不好意思，妳剛才說是哪個部門的？」我問。一時間，我覺得像是《法網遊龍：特案組》中的角色，就是這部電視劇教導了我警察上門是所為何來。

「我們是刑事組的。」瓊斯穩穩地說。

「露西？」奧利從隔壁房間喊。「是誰啊？」

我做個深呼吸，走進客廳。瓊斯和阿米德尾隨在後。後門打開了，艾笛好像不見了——一定是有球落在我們家院子裡了。艾笛最愛把球丟過圍牆了。

奧利站了起來，一臉迷糊。

「是警察。」我說。

阿米德向奧利走去，伸出了手。「你一定是奧利佛．古德溫了？」

「奧利。」奧利說，跟阿米德握手。

我從警察的眼光看奧利。他一塌糊塗，穿著海軍藍運動褲和一件醬紫色橄欖球毛衣，頭髮亂七八糟，皮膚帶著奇怪的灰色。讓我想起了我們的孩子剛出生時他缺乏睡眠的模樣，那時他會站在門口，懇求「半小時就好」的睡眠時間，而事實上大半個晚上沒睡的人是我。

「我是瓊斯偵查佐，這位是阿米德偵查佐，」瓊斯說。「不介意的話，我們有幾個問題。」

「什麼問題？」奧利問。

時間頓了頓，接著瓊斯輕笑了一聲。「呃……關於令堂的死？」

奧利的眼睛射向我，我聳聳肩。終於，一兩秒之後，他揮手請警察坐下。他們選了沙發。

「那我們能幫上什麼忙？」我問，坐在奧利旁邊，扶手椅的椅臂上。「你們查到更多線索了嗎？」

「我們還沒拿到驗屍報告，」瓊斯說。「不過也快了。這段期間，我們在蒐集證據。你們向亞瑟和柏金斯警員說到令堂得了癌症，沒錯吧？」

「對，」我說，因為奧利沒回答。「黛安娜得了乳癌。」

瓊斯翻開了一本黑色筆記簿，上頭有金色的警察標誌浮雕，一手握筆。「能請問她的醫生是誰嗎？」

「她的醫生是佩斯里醫師，」我說。「海灣醫院。」

「她的腫瘤科醫生呢？」

人人都看著我。每一個人，包括奧利。「這個嘛……我不確定。她從來沒有跟我說過她的腫瘤科醫生的名字。」

瓊斯合上了簿子。我有種感覺她早就知道了。「我知道了。」

奧利眨眼。「妳知道了什麼？」

「我們尚未找到令堂罹癌的證據。她並沒有看過腫瘤科醫生的紀錄。沒有乳房攝影或是超音波，也沒有化療。據我們所知，她根本沒有罹癌。」

瓊斯似乎對此覺得氣惱，好似他們的能力不彰居然還是我們害的。「嗯，顯然是你們沒查對地方，」我說。「你們不可能問過每一位醫生——」

「佩斯里醫生並沒有幫她轉診，」瓊斯平靜地說，手肘架在兩膝上，雙手緊握。「沒有掃描，沒有驗血報告，沒有任何檢驗可能指向癌症的。」

我覺得自己的五官皺了起來。太荒唐了，沒有人會亂說自己得了癌症。好吧，有些人可能會，像是患了疑病症或是求醫癖或是想要博取同情或金錢或友情的人。可是黛安娜討厭同情，而且她當然不需要錢。至於友情，她討厭別人討好她，甚至連遞面紙給她她都不喜歡。黛安娜絕對不會謊稱她得了癌症。我有十足的把握，就像我有十足的把握我還活著。

然而——

「醫療體系的問題，」奧利說。「一定是這樣的。她如果沒得癌症，為什麼要說有？」

「這一點就是我們要設法澄清的事。」

奧利搖頭。「可是她是自殺的。你們的人是這樣說的。」

「我們還不能確定。」

這下子奧利終於專心了。「可是……你們不是說還有遺書？」

「是有一封信。」

「可以給我們看嗎？」

「不急，目前是調查中的物證。」

「這是什麼意思？」

「我們在查對指紋。做筆跡分析。」

「你們覺得那是假造的？」

「在進一步了解之前，我們盡量不要驟下結論。」

「太扯了，」奧利說，站了起來，開始踱步。「太扯了。」

「聽著，目前是有證據表示她是自殺的。那些工具。我們在她的書桌抽屜找到的那封信。」

我眨眼睛。「她的書桌抽屜？」

「媽，我餓了。」

人人都瞧向聲音的來處。艾笛站在後門口。瓊斯和阿米德站了起來。

「這些人是誰？」艾笛問，走向瓊斯，快碰到她的大腿才停下來。

「我是瓊斯偵查佐，」瓊斯說。「這位是我的搭檔阿米德偵查佐。我們是警察。」

艾笛皺眉頭。「可是你們沒穿警察衣服。」

「有些警察不穿制服。可是我有警徽。看。」

瓊斯，我注意到，來了個一百八十度大轉彎，頃刻之間她就，雖然算不上是充滿了母性，但絕對是友善和氣。我一眼就看出了她自己沒有孩子，可是她像是非常寵愛姪子外甥的那種好姑姑、好阿姨。

「我想今天就到此為止吧，」瓊斯說，從艾笛手上拿回警徽，放回外套口袋裡。「不過如果兩位想起什麼重要的事情，或是想起了黛安娜的腫瘤科醫生的姓名，請給我們一個電話。」她的語氣表示她並不抱希望。

「一點道理也沒有，」奧利說，在他們朝前門走時。「媽不會騙我們她得了癌症。」

可是我的心思卻被什麼佔據了，某件惱人的事，像是某人的名字就在舌尖上，你偏偏就是想不起來。無論我反覆思索了多少遍，我就是理不出個頭緒來。

如果妳是自殺的，妳為什麼會把信留在書桌的抽屜裡，黛安娜？為什麼不放在別人一定會看到的地方？

12

露西

過去

阿契第一次過生日的一兩週前，奧利跟我來到湯姆和黛安娜的房子。我們立刻就被帶進了前面的客廳裡，古德溫家的人都稱之為「漂亮房間」，我覺得奇怪，因為這裡的每一個房間我覺得都很漂亮。不過，總是新鮮事，因為我們每次都是坐在廚房的酒吧凳上，或是在男人窩消磨時間。

「要不要我再幫妳拿一瓶礦泉水，露西？」黛安娜問。

「不用了，謝謝。」

黛安娜和湯姆的沙發極為飽滿，我得緊緊抓著扶手保持平衡。而我的膝蓋又緊張地抖動，根本就是幫倒忙。黛安娜絲毫沒有想辦法讓我輕鬆下來。她今天仍是一貫的她——眼睛明亮，視線提防。她坐在沙發的邊緣，蹺著二郎腿。妮蒂和派崔克比我們先到，但是向我們抱歉地揮揮手之後，他們兩個就溜走了。我也巴不得我能溜走。

黛安娜跟我設法閒話家常——談工作（我的，絕不是她的），談我爸的健康（他可能致癌的痣最近切除了），談我身上七〇年代斑馬紋連身長褲以及外套組合（黛安娜還以為我穿的是睡衣），可是我察覺到黛安娜的心不在這上頭，我也一樣。我們都想直接討論我們到此的原因，而這次會面是由奧利和我提出的，所以很顯然我們是想要什麼。

「起司？」黛安娜說，舉高一盤開胃小菜。

「不用。」我說，然後我們又陷入了沉默。

真不巧，奧利仍和湯姆談得起勁，而黛安娜和我早已耗盡了所有的話題。湯姆好像是又在談遺產的事。他就愛談*遺產*，盡可能插入每一段的對話中。讓我想起在朋友拆開禮物包裝紙之前就巴不得要跟朋友說他們得到的生日禮物是什麼的小孩子。*遺產*，他說，會在我們老年時照顧我們。坦白說，知道我們老景無虞確實是讓人安心，也在我們只吃得起泡麵的日子裡給我些許安慰……可是話說回來，在*某人還沒死之前*就大談什麼我們能拿到什麼，感覺實在不是很得體。

「對了，我們想要跟你們商量一件事，」奧利說，在好像等了八百輩子之後。黛安娜跟我稍微坐直了一點。湯姆似乎是那個聽見我們來訪是別有目的而感到驚訝的人。以一個如此成功的人來說，他真的還滿遲鈍的。

「我們找到了一棟房子。」奧利宣布。

「也該是時候了！」湯姆熱切地說。他也跟奧利絕大多數的朋友一樣，擔心我們到現在仍租房子住；以投資遠景來看，他喜歡磚頭和砂漿的安全性。

「在南墨爾本，是一棟兩房的工人平房，」奧利接著說。「屋子滿破舊的，可是我們可以翻修。我們談到了一筆很不錯的訂金，只是還差兩成。」他說到這裡頓了頓，偷偷看了他母親一眼。「問題是，少了兩成的訂金，我們就需要付抵押保險，那等於是把錢丟到水溝裡。我們很不願意開口，可是——」

「南墨爾本啊？」湯姆說。「地點不錯。跟市區很近。靠近市場，靠近亞柏特公園湖。對你們年輕人可不容易，是吧？什麼都那麼貴。我前天才在報上看到現在的孩子要等到四十幾歲才能買下第一棟房子，你們能相信嗎？妳覺得呢，黛？」

只有湯姆會叫黛安娜「黛」。有一次，我聽見他叫她黛夫人。最怪的是，黛安娜還真的笑了。湯姆帶出了她完全不同的一面。較柔和的那一面。不幸的是，現在的黛安娜一點也不柔和。她緊抿著嘴唇，好像是想用牙齒咬斷什麼。

「人生一向就不容易，」她最後說，雙手交握，拘謹地放在大腿上。「每一代都有他們的挑戰，而且我敢說，大多數都必須忍受差勁的、而不是住不起的居住環境。你跟露西都有很好的頭腦。如果你們真的很想要這棟房子，我相信你們一定能想出辦法來。否則的話你們就找別的房子……你們買得起的。」

沉默隨之而來。震耳欲聾的沉默。我瞪著地毯的花紋，無法迎視她的視線。過了一會兒，我偷瞄了奧利和湯姆一眼，他們兩人也都一臉失望，卻不意外。

「黛安娜，」湯姆開口了，可是黛安娜已經舉起了一隻手。

「你問我的看法，這就是我的看法。對這件事我要說的只有這些。」黛安娜從過於飽滿的沙發上起身。「你們兩個孩子會留下來吃飯嗎？」

奧利跟我都瞪著她，一面眨眼睛。

「那我就當作是不了。」她說，離開了房間。

「我送你們出去。」湯姆說。

「不，不，」我趕緊說。「不用站起來。我們自己出去就好。」

我等著湯姆堅持，但是他只點個頭。「那好吧。你們兩個多保重。」

我因為羞辱而全身滾燙。我們是哪根筋燒壞了，竟然會想向黛安娜借錢？突然間事情就明擺在眼前。奧利跟我說過他的家庭教育——黛安娜堅持要他和妮蒂去打工，開二手車，堅持他們了解不是每個人都像他們一樣得天獨厚——黛安娜當然不會願意施捨他們。是啦，他們上的是私立學校，度過一些奢華的假期（在湯姆的堅持之下），可是他們也在週末為她的慈善會去收集捐贈物資，在當地的廚房裡幫忙打菜。最難堪的是，儘管我已經是羞辱到不行了，我還是得承認黛安娜在拒絕我們時說的話很有道理。別的世代的確過的日子更苦。奧利跟我確實有能力憑自己買到房子。這也就是說，我甚至不能因為她說的話而恨她。

快到玄關時，妮蒂和派崔克忽然憑空冒了出來。

「情況如何？」妮蒂低聲說，表情像在道歉，好像她已經知道了。「她有沒有又把那套每個世代都有每個世代的挑戰搬出來？」

奧利點頭。「可是如果我們那麼想要——」

「——你們就能想出辦法？」

妮蒂和奧利都悄悄咯咯笑。

「可憐啊，」派崔克說。他顯然在我們吃排頭時已經品嚐過湯姆最上一層架子的名酒了，因為他有威士忌的味道。

「幸虧有爸，對吧？」妮蒂說。「要不是他，我們早就淪落街頭，身無分文了。」

「妳在說什麼啊？」我問。

「喔，別那麼擔心，露西！」妮蒂說，一手攬住了我的肩膀。「爸是不會讓妳買不成房子的，他可能已經幫奧利寫好支票了，我說得對嗎？」

奧利拍拍牛仔褲口袋，嘻嘻一笑。

「什麼？」我說。

「我們都知道媽是不會同意的，她從來就沒同意過。」他瞄了一眼妮蒂，妮蒂點頭，無動於衷。「我們也都知道爸會。」

「那，那個，」我指著「漂亮房間」，「是……是怎麼一回事？為了你媽演的一齣戲嗎？」

奧利、妮蒂、派崔克都微微一臉迷茫的樣子，就像是他們說了個笑話，只有我不懂。

奧利咧開嘴露出小小的苦笑。「我是說，大概是吧。沒什麼大不了的，露西。那只是……古德溫家的作風。」

輪到我一臉迷惘了。我搖頭，真的是張口結舌。「哼，很抱歉必須通知你，從現在開始，古德溫家的作風得改一改了。」

「靠邊停車好嗎？」我們一駛出湯姆和黛安娜家的車道我就說。

奧利瞧了我一眼，嘆口氣，車子慢慢停下。

「拜託不要再把我扯進你跟你父母的遊戲裡了。」

奧利拉起手煞車，在座位上欠動，讓膝蓋對著我。他在嘗試懷柔政策，我知道。「我跟妳說，露西。我們家就是這個樣子。妳也聽見妮蒂說了，那只是必要的過場。」

「過場？」我用力眨眼。「這是什麼意思？」

「妳跟妳爸在錢的方面都沒有要走什麼過場嗎？像我們結婚的時候，妳跟他要錢。」

「我從來沒跟他要過東西，是他願意幫我們出結婚費用的。」

「可是妳明知道他會願意啊。這就是走過場。類似啦。」奧利扯了扯嘴角，看我沒回應，他的笑容就消失了。「嘿，對不起啦。妳說得對，我不應該把妳也扯進來。」

「你不應該把你自己扯進來。」我看著儀表板。「你母親說得對。我們是成人，我們很聰明，我們現在需要為自己的人生負起責任來。我不想再跟他們借錢了，不管是要買房子，還是買車，還是要買一公升的牛奶。好嗎？」

「嘿，等等——」

「我不是在開玩笑，奧利。不准再要錢了。否則我就跟你一拍兩散。」

「一拍兩散？」

「對。」

奧利做個深呼吸，仰頭靠著頭枕。沉默在我倆之間浮懸，我能感覺到奧利在天人交戰。很困難，我懂。在需要時直接找上父母，這是本能反應，大家都一樣；就跟早上穿衣服一樣熟悉自在。可是長大成人之後到了某個階段，你就得教會自己一種新的模式。而讓黛安娜來教我實在是讓人火大。

最後奧利終於點頭。「好嘛。我不會再跟他們要錢了。」

「即使是我們窮愁潦倒，連一丁點麵包屑也沒有？」

「對。」他給我認命的一笑。「如果要挨餓，我也寧願跟妳一塊挨餓。」

我們哈哈笑，我發現自己還滿佩服奧利的，居然能在這麼短的時間裡就調整好了心態。不知道是否因為在他的心底深處他知道我們是絕不可能會挨餓的。他知道將來某個時候會有一大筆錢進我們的口袋，多到我們都不知道該怎麼花。

而為了要取得這一筆錢，我們只需要等某人死掉。

13

黛安娜

過去……

孩子們前腳才出門，湯姆就開始嘟嘴巴了。我就知道會這樣，就像他也一定會知道我會拒絕金援奧利。結婚像我們這麼久，儘管你可能還會希望不同的結果，你卻不會再期待。而如果你想要有幸福的婚姻，你就得指望別的事情，你們觀點一致的事情。幸好，我和湯姆在許多事情上都觀點一致。

湯姆重重坐進他的高背沙發裡。

我舉起一隻手，手心朝外。「我知道你要說什麼，湯姆，所以拜託省省吧。」

「我說話了嗎？」他發出長長的一嘆。

「我不喜歡當壞人，湯姆。你知道的。」

他在椅子上欠動，表情是認命多於氣惱。「我*確實*知道。」

說到我和湯姆的吵架，最激烈也不過如此。以前，湯姆的火氣更大，但是現在只剩下一小撮的事情會真的讓他跳腳。塞車。不隨手關燈。種族歧視。就是，重要的事情。今天，儘管我們的看法不一，湯姆和我也會尊重彼此的成長背景。湯姆是在墨爾本的外圍長大的，郊區和市區的分界，是社經發展緩慢的區域，而後來他成了孤兒，他甚至還得再搬得更遠，去依附他的祖父母。他在鄉下學校念書，十四歲就跟著當地的水電工當學徒。取得證照之後，他在某項住宅發展計畫找到了工作，跟開發商交了朋友，還建議他們在退休社區這個項目上放手一試——結果大有斬獲，讓他搖身成為澳洲最大型的住宅開發公司之一的生意夥伴。

「我本以為你最應該了解什麼叫白手起家，湯姆。」

「可是世界不同了，」他說。「大家都念大學，為了累積經驗做無薪工作，利用他們的私立學校人脈。現在比我那時候艱難多了。」

這番話當然只是私立學校的家長用來安慰自己之所以付出高昂學費的託詞。在湯姆死纏濫打了多年之後，我終於讓步，同意讓奧利和妮蒂去念一學期的費用就足以養活一整個阿富汗村莊一年的學校，但是幾年之後，我仍在懷疑那種學校是否真的比在地的學校強。我能確定的是給孩子遺產——不，不是孩子，是大人！——在他們已經受過私校教育並且一輩子養尊處優之後，只為了繼續讓他們領先那些想要憑自己出人頭地的人，對於每一個當事人都是不對的。

「哪個世代不辛苦，湯姆。只不過是你比我們的孩子更飢渴罷了。」

我和湯姆不一樣，我們家是中產家庭。我們並沒有湯姆和我現在擁有的財富，但是我們的日子也過得很舒服。坦白說，要不是我年輕時環境驟變，我也不會對財富那麼飢渴。

「我覺得奧利稍微勒緊褲帶也活得下去。挨點餓對年輕人有好處。你不就是這樣磨練出來的。」

湯姆滑過去，讓我也在他的沙發上坐下，沙發夠大，足以容納兩個中年人的臀部。「其實呢……」湯姆微笑。「妳才是這樣磨練出來的。」

一九七〇年

辛西雅跟我稱它為獵鷹之夏，主要是因為我們別的朋友都在歐洲，而我們想讓它聽起來比實際情況刺激。「獵鷹XR GT」是一輛汽車，是辛西雅的男朋友邁可的。我當然知道獵鷹的後座發生什麼事，邁可和辛西雅做那種事也不止一次了。我並沒有昏頭轉向地愛著大衛，不過我也滿喜歡他了。他身材高，正在大學念工程，在當年，似乎就夠條件了。身高和頭腦。女人還能要求什麼？

後來，我發現我懷孕了，大衛的頭腦立刻就派上了用場。「布羅德梅多斯有一個地方，」他說。「專門收容未婚媽媽。妳去那裡，把孩子生下來，然後再回來。妳可以跟大家說妳去了歐洲。」

我很慶幸他沒有推薦未婚媽媽去的另一種地方，墮胎診所。我雖然不是母性最強的女孩子，但我也一向認定一個人要敢做敢當。我和大衛在獵鷹的後座廝混又不是可憐的寶寶的錯，我實在看不出為什麼要它付出終極的代價。我母親也認為大衛的計畫合理，而只要她認為某件事是合理的，我父親往往也不會反對。在離開未婚媽媽之家前把孩子送人，這個念頭當時還太遙遠，我連想都懶得去想。畢竟，溺水時有人丟給你充氣筏，你在爬上去時是不會檢查是否有破洞的。

「妳還好嗎？」大衛在我動身前往「果園之家」前夕這麼問我。他朝我的腰揮了揮手，示意他問的是懷孕的徵兆。

「我沒事。」

這天晚上天氣熱，我坐在我父母家的平房磚階上，腿上放著一袋葡萄。（我孕吐幾乎半年了，葡萄是唯一能止吐的東西。）我把秘書課程延後，跟朋友說要到西西里去一個學期。除了我的父母和大衛之外，誰也不知道真相。連辛西雅都不知道。事實證明天主教徒的羞恥感落下的力道比我想像中重多了。

「果園之家」接納我之後，我只見過大衛兩次。在我隱姓埋名時，大衛顯然是在不眠不休地幫助我父親支付這筆費用。我父親對於大衛的負責印象很好。我有一次聽他跟媽說他很慶幸「我勾搭的至少是一個還有榮譽心的男孩子」。我記得有天晚上從臥室門縫看見我父親跟大衛握手，而我母親則不停地感謝他。可是我父親卻好幾個月正眼都不瞧我一下。

「也許等妳回來以後我們再見。」大衛說。

「也許吧。」我說。但我倆都知道這不是實話。

我母親開車送我去果園之家。

「又不是一輩子。」她站在門口說，唐突地親了我一下，就匆匆回去開車了。我很驚訝，她就這樣說再見？可是我硬是不肯把她叫回來。我已經夠丟臉的了。

過了一會兒，一名繫著海軍藍圍裙、臉孔蒼白消瘦的老婦人來到門口。她打開了安全門，默默打量我。「妳一定就是黛安娜，」她說。「那……妳最好進來。」

果園之家的外觀和氣氛都像醫院，三層樓，寬走廊，油氈地板、塑膠家具。嬤嬤帶我上二樓，正中央是交誼廳，兩邊有酒紅色的門，大概門後就是宿舍。我進去時一小群一小群聚集的懷孕女子抬頭看我，很快又低下了頭。

「妳在果園之家是屬於年紀大的，」嬤嬤跟我說，帶著我繞到房間的邊緣。「年紀最小的叫潘蜜拉，跟妳同一個房間。潘蜜拉才十四歲。」嬤嬤不以為然地咂舌。「在果園之家我們只叫名字，而且我們不談我們上的學校，認識的人，或是任何能在外面的世界辨識出我們的事情。這是為了保護妳們的身分，」她說，可是我認為其實是為了保護我們父母的身分。嬤嬤就停在一扇門外，我猜那就是我的房間。「妳應該知道潘蜜拉有點憂鬱，我想有個像妳一樣年紀大一點、說話得體的女孩子應該能對她有幫助，教導她什麼叫舉止合宜。」她指了指裡面，有個女生坐在一張單人床上，擺著一張臭臉，頭髮編成油膩膩的兩條辮子。

「潘蜜拉？」嬤嬤說。「這位是妳的新室友，黛安娜。」

「哈囉。」我出聲招呼，可是潘蜜拉執意盯著地板。

「別這麼悶悶不樂的，」嬤嬤跟她說。「妳們這些女孩子算是幸運的，家人願意幫助妳們。要是妳們乖乖的不惹麻煩，把孩子生下來，妳們就可以回到以前的生活，忘掉這件事曾發生過。不是每個人都這麼幸運。」

嬤嬤離開了，叫我「把這裡當家裡」。我坐在另一張狹窄的單人床上，就在這個陌生的、沉默的女生對面，我覺得眼眶濕了。我把眼淚擦掉。我畢竟是很幸運的。

那天晚餐後我到交誼廳去，棕色的塑膠沙發上坐滿了懷孕的女孩子，有的看電視，有的看小說。有張桌子是有個女生幫另一個女生搽指甲油，淡粉紅色的，讓我想起了辛西雅的指甲。

「我可以坐嗎？」我問沙發上一個金髮女生，她穿著睡衣拖鞋，頭髮捲著髮捲，正在跟右邊的女生聊天，頭也不抬就向旁邊滑，挪出位子。

沙發簡直是難坐透了，可是我也不確定站不站得起來，所以我也懶得動了。整個房間的女生都因為大得像西瓜的肚子而被困在座位裡。我數了數，十七個女生，十七個西瓜。唯一沒坐的是潘蜜拉，她站在電視右邊的書架前，假裝在挑書，其實是在摸來摸去。她是那種坐不住的人，我發覺。她煩躁不安、焦慮不寧。很煩人。

金髮女孩——叫蘿柔，我後來知道的——小聲跟右手邊的兩個女生說話。我偷聽她說話，發現這是她第二次住進果園之家。兩年前她就來過了，那時她才十六歲。怪的是，大家並不覺得震驚恐怖——像我——反倒當她是什麼名人，把她看作是果園之家的萬事通。我偷聽她說話，話題從可怕的食物轉移到嬤嬤對園丁亞瑟的壓榨，到蘿柔懷疑某個女生懷的是她自己哥哥的孩子。逗趣的談話儘管言不及義，卻讓我想起了我跟自己朋友的談話，害我覺得既寂寞又安慰。

九點五十分了，嬤嬤出現了。「再十分鐘就熄燈了，孩子們！」嬤嬤說話有一種顫音，穿透了空氣，把房間的一切正常氣氛都敲個粉碎。「好了，都回屋去，別磨磨蹭蹭的。」

她消失了，而女孩子們聽話地把屁股挪向沙發邊緣，準備要把自己抬起來。我從她們的抱怨聲中聽見十點整的確會熄燈……要是妳不在房間裡，就得要在伸手不見五指的漆黑中摸索回房。

「再十分鐘就熄燈了，」嬤嬤又說一遍。「別磨磨蹭蹭的。」

我們都又瞥向門口。

「妳們要是磨磨蹭蹭的，熄燈以後我就不能跟亞瑟磨磨蹭蹭了。」

嬤嬤不見人影。房間斜角慢慢傳來咯咯咯的笑聲，大家都轉頭去看。我發現潘蜜拉背對著我們。

「潘蜜拉？」蘿柔高興地喊。「是妳嗎？」

潘蜜拉彎著腰，撫弄著一本書的書背，假裝沒聽見。如果她是在模仿，那誰也不能否認她模仿得維妙維肖。

「喔，亞瑟，住手！」嬤嬤的聲音傳來。「唉，好吧，那就來吧。」

笑聲變得極為興奮。

「帶我到你的小屋去，我就……我就……」

「妳們這些女孩子怎麼還在這兒？」

這個聲音大一些，也更尖銳。我們都轉頭看著門口，嬤嬤——真正的本尊——站在那兒，雙手支臀。

「我不是叫妳們別磨蹭？」

「遵命，嬤嬤。」潘蜜拉說，而且是第一個離開交誼廳的。

我們的肚子越來越大。我們並不太清楚要面對什麼情況，我們依照肚子的大小猜測孩子的預產期。我們公然談論的是懷孕對我們身體的影響：「我的膀胱像核桃那麼大，」或是「我連這段樓梯都爬不上」，可是我們從來不談論「寶寶」。沒有人禁止我們，我們就是不談……大概是出於自我保護的天性吧。我盡量不交朋友，居然容易得很，因為這裡不准談論妳是誰、從哪裡來。反正，我一向也不太會聊天。

白天時，潘蜜拉一句話也不跟我說。我盡量教導她，按照嬤嬤的要求。如何說話得體，如何縫紉。可每次我教她，她都只是瞪著我看，要不就翻白眼，或是壓低聲音嘀咕。有一次，我正教她如何握刀叉，她抓起叉子就丟。我後來才發現潘蜜拉身心受創，我實在不知道該怎麼教她遺忘。

潘蜜拉的模仿變成了每晚固定的儀式。她幾乎誰都能學——杭柏特醫生（一週來一次幫我們量血壓的產科醫生，留著茂密的八字鬍）、園丁亞瑟——嬤嬤心儀的對象、任何一個女孩子。她一眼就能看出別人的怪癖，抓住最小的細節，讓模仿活靈活現。每天晚上，她都站在書架旁，而我們就等著她表演。這是我的安慰，每天這短短幾分鐘的嘻笑。我直到後來才想到這也可能是她的一個安慰。有幾分鐘當別人，而不是她自己。

有天晚上她模仿了我，那時我到果園之家將近一個月了。

「喔，對，我是黛安娜，我知道如何用刀叉，如何談吐高雅。」

人人都咯咯笑，連我都是。可能是她的語調讓她的模仿有趣而不是心懷惡意，也可能是因為這是她第一次承認我的存在。部分的我很高興能知道這裡有某個人知道我存在。

有天晚上我們都聚集在交誼廳裡，有人發現少了瑪麗。

「她昨天晚上生了。」蘿柔壓低聲音說，她跟她同寢室。

人人都圍攏過來。我們知道大家去生孩子，可是我們對實際過程卻懵懂無知，能得到詳細資料的機會太少了。

「滿辛苦的。她忍到最後才叫嬤嬤來，她不想去醫院。」

這倒讓人詫異。瑪麗一直是那些比較勇敢的女孩子，她說了好幾個星期等不及要把孩子生出來了，說等生完了，她要去買一條緊身喇叭褲和一瓶威士忌。

「她為什麼不想去？」有人問，幫大家道出了共同的疑問。

十六雙眼睛瞪著蘿柔。

「因為妳懷著寶寶進去，」她說。「出來的時候只有妳一個。」

後來，嬤嬤來宣布熄燈，我們都七嘴八舌爭著提問。

「瑪麗生孩子了嗎，嬤嬤？」蘿柔問。

嬤嬤一臉警戒。誰也不能在嬤嬤面前提「孩子」兩個字。即使是杭柏特醫生也會盡量避免，至少在我們的面前。

「生了。」嬤嬤終於說。

我們都靜待下文。我注意到潘蜜拉站在書架邊，文風不動，我甚至懷疑她還有沒有在呼吸。

「她生了男孩還是女孩？」

「孩子很健康。」嬤嬤說，而這是我最後一次在果園之家聽見她說這兩個字。

瑪麗生產的消息曝光之後，模仿秀就停止了。就彷彿我們一度忘了我們是為什麼來到此地的，但，在那之後，我們都想起來了。白天時潘蜜拉幾乎不開口，但是到了晚上，我們躺在床上，她有時會說上幾句。在果園之家的夜晚你總會變得脆弱。脫掉了衣服，也就脫掉了盔甲。

「我覺得我懷的是個女孩兒，」她有天晚上低聲說，那時我們都躺下來了。「妳呢？」

黑暗中我只能看見她的身體輪廓，在小丘似的毯子下。房間很冷，她的呼吸噴出來是一團雲。

「無所謂，」我說。「反正不會是我的。」

「可是妳要給它取什麼名字？」她追問。「如果妳把它留下來的話？」

我搖頭。「我一點想法也沒有，潘蜜拉。」

「我要叫我的女兒珍。珍・潘蜜拉。很好聽，妳不覺得嗎？」

外頭有輛汽車經過，一道光斜射她的床鋪，照亮了她的臉，輕鬆、充滿了希望，跟潘蜜拉一點也不像。我的喉嚨像有什麼堵住。

「黛安娜？」潘蜜拉過了一會兒說。

「嗯？」

「我的朋友都叫我阿潘。」

我倒吸一口氣，用力吞嚥，當下就被即將來臨的未來重重壓住，動彈不得。

「黛安娜？妳聽見了嗎？」

「有，」我說，用咳嗽來清喉嚨。「我聽見了，阿潘。」

我們的預產期越來越近，阿潘跟我透露了一些她的人生。她說孩子的父親叫克里斯多福，是位醫生。克里斯多福有太太了，阿潘說，但是她愛的是他的錢，而不是他的人。克里斯多福付錢讓阿潘來果園之家，因為在她懷著孩子時他連讓她抬起一根手指都捨不得，他就有這麼愛她——至少阿潘是這麼說的。我是不怎麼相信阿潘的說法，可是我很願意傾聽，總比讓她談寶寶的好。

「不知道珍是會像我還是克里斯多福。」

「我敢說珍會很聰明，像克里斯多福。」

「喔，珍在踢我。她真是活潑！」

有時，阿潘談著珍，我真想尖叫。阿潘是不准幫孩子取名字的，她甚至不能抱她。這種事連讓人想像都不敢。日子越來越近，我想抱孩子的衝動幾乎讓我招架不住。晚上，我感覺到胎動，我會雙手抱住肚子，我覺得這是我唯一能夠抱孩子的機會。

「我確實想了個名字，」有天晚上我跟阿潘說。「是男孩子的，奧利佛。」

「奧利佛，」阿潘贊同地說。「好可愛、好高雅的名字。可愛又高雅，就跟妳一樣。」

儘管我傷心，儘管我不願意……在黑暗中，我還是失聲大笑。

有天晚上我才發現我一整天都沒看見阿潘。

「嬤嬤？」我在她來宣布再十分鐘就熄燈時問她。「我今天沒看到阿潘，她去生產了嗎？」

嬤嬤抿起嘴唇。「潘蜜拉換地方了。」

「換到哪裡？她現在生產還太早了。」

「不關妳的事。」嬤嬤拍了兩次手掌。「好了，女孩子們，該上床了，別磨磨蹭蹭了。」

「嬤嬤，」我喊她，這次更大聲。「阿潘換到哪裡了？」

嬤嬤轉身看著我，小眼珠死盯著我。「妳是想找麻煩嗎，黛安娜？真令人失望。我還以為妳是那種比較講理的女孩子呢。」

我感覺到蘿柔拉我的手，就不再向嬤嬤追問，而是跟著蘿柔走進走廊。

「阿潘是不是有說想要留著孩子？」蘿柔說。

「沒有……不算有。」我想了想。「嗯，她給她取了名字。」

「她？」

我聳聳肩。「她覺得是女兒。」

蘿柔難過地點頭。

「怎麼回事？」我問。

「我第一次來果園之家的時候，喬瑟芬也一樣。有一天她跟大家說她決定要留下孩子，隔天喬瑟芬就不見了。」

「她留下孩子了？」我掩不住聲音中的敬畏。

「我們覺得是，」蘿柔說。「可是大概一年後我在外頭看見過喬瑟芬。在她跟嬤嬤說要留下孩子之後，嬤嬤就把她送到樓下的房間住，不讓她見到別人。他們讓她幹活，日以繼夜——打掃、洗碗、煮飯。他們說既然她不想要放棄孩子，那她就得自己支付她的生活費和醫藥費，她就需要立刻開始幹活。他們把她操得很兇，害她早產了一個月。等她生完了，她還沒付清欠債，所以他們就把她的寶寶押住當人質，最後她實在沒辦法，只好放棄了孩子。我猜阿潘也是一樣。」

「聊夠了吧，」嬤嬤從走廊的另一頭說。「回房間去。」

我希望是蘿柔說錯了，阿潘是離開這裡跟著克里斯多福到別的地方了。我希望如此，渴望如此……可是我並不相信。

我的肚子又圓又緊，連鞋子都沒法穿，好幾週只能穿拖鞋，這時母親來看我。她戴著帽子手套，像是要上教堂。

「我想留下孩子，」我等她在塑膠椅上落坐就跟她說。「可是我需要妳幫忙。」

「黛安娜，」母親說。「妳在胡言亂語。」

「我沒有。現在是一九七〇年了，很多單身女郎都有孩子。」

母親微笑。「喔？妳說的是哪些女人？」

我當然一個也不認得，可是確實是有。新聞說世道在改變，女性獲得更多的權利。顯然單身女郎也能夠取得救濟金，協助她們謀生並且撫養孩子。

「梅芮笛絲離婚了，」我說，因為梅芮笛絲是我認識的人裡最接近單親媽媽的人，可惜，這不是最好的例子。我爸的表姊梅芮笛絲兩年前離開了丈夫，因為她發現他有外遇，可是離婚毀了梅芮笛絲的社會地位，更別說經濟方面了。梅芮笛絲被自己的家人斷絕了關係，據黛安娜聽見的消息，她目前在墨爾本西區，也就是工業區，租房子住。她顯然是在工廠的餐廳找到了工作。

「妳想要落得像梅芮笛絲一樣的下場嗎？」母親問。

「我可以自己離開這裡，妳知道，」我不服氣地說。「門上又沒有鎖。」其實，我完全不知道是不是真的。無論如何，我當然是不會把我的計畫告訴嬤嬤的。

「妳說的也對，」母親若有所思地說。「可是然後呢？把孩子帶回妳父親的屋子裡？我不認為。」

「我會自己找地方住。」

「錢呢？誰肯把房子租給一個帶著身孕的單身女人，而且還不夠資格去工作？」

「我去跟朋友住。」

「什麼朋友？」

我沒說話，只盡量露出不服氣的表情。可是我沒有能夠幫得上我的朋友。不在海外或是在念大學的朋友都住在父母家裡，而他們大多數是我的父母的朋友。我無處可去。我的計畫不過是虛張聲勢，我母親一句話就戳破了。

她用一隻冰冷的手按住我的手。「好了，黛安娜，妳就要熬出頭了。生下孩子，回家來，下一次做決定時更謹慎一點。」她吻了我的額頭，而這件事，在她的認知裡，已塵埃落定。

那天晚上，我逃走了。

14

露西

現在……

葬禮承辦人叫珍珠，五十幾歲，豐厚的栗色頭髮像是染過了頭，人很親切，有著幼稚園老師的耐性。幸虧是遇見了她，因為，事實證明，一個人的身後事林林總總，好像辦不完。湯姆過世時，黛安娜統籌一切，我直到現在才能體會她有多了不起。一個人在悲痛之中要如何跟葬禮承辦人會晤，挑選棺槨，過濾大批的小冊子，選擇花朵，同時還能支持別人並且處理生活中的小事？我想我就快要領略一二了。

我們來到葬儀社幾小時了，挑東選西，可是我的心思卻在別處。很顯然瓊斯和阿米德昨天也去找過妮蒂和派崔克，告知他們罹癌……或是並未罹癌的事。妮蒂和派崔克都認為是陰錯陽差，哪裡弄錯了，可我卻總甩不掉不對勁的感覺。為什麼佩斯里醫生不向黛安娜介紹腫瘤科醫生？為什麼沒有乳房攝影或是超音波的紀錄？她為什麼要隱瞞？

沒有一個地方說得通。

「守靈呢？」珍珠問我們。「是要在令堂的房子裡嗎？」

妮蒂打個哆嗦。「不要。換個地方吧。」

「我同意，」奧利說。「知道媽死在那裡……就不一樣了。」

「那麼本地的酒吧或餐廳呢？」珍珠建議，我們都喃喃同意。

「好，現在來談葬禮。有些沒有特殊宗教信仰的人也會喜歡一點聖歌。你們覺得黛安娜會——」

「不會。」奧利和妮蒂異口同聲地說。

「媽不是很喜歡聖歌。」奧利說明。

「不要聖歌，」珍珠說，在文件上做筆記。「沒關係。」

我過去並沒有多想，但是現在卻對黛安娜嚴拒她的天主教背景感到好奇。我發現自己想要問她……卻發現不能問了，不由得心中一痛。

「好，」珍珠說。「繼續。」

大部分的事項都是由妮蒂跟我做決定的。奧利跟派崔克坐在那就像兩個玩偶，只會點頭咕噥看手錶。大約午餐時間，珍珠建議妮蒂跟我到街角去吃個三明治。

「我不餓。」妮蒂說。

「吃東西很重要，」珍珠說。她態度堅定，而且神色寧定。「順便幫兩位男士帶點什麼回來。」

我們拖著腳步往街角走。馬路的另一邊是火車站，噪音掩住了我們的沉默，只三十秒，然後就只剩下我們的呼吸聲。妮蒂抬起一隻手抓鼻子，襯衫袖子往下掉，露出了左手腕上的一圈深紫色。

「妳的手腕怎麼了？」我問。

她的視線飄向我，再飄回馬路。「關妳什麼事？」

「妮蒂，拜託。」

「我們就去買三明治，好嗎？」她小聲說。

我們又走了幾步。

「我討厭這樣，」我爆發了，突然再也忍不下去了。「黛安娜也會討厭這樣，妳也知道的。」

妮蒂停下來。

「現在正是我們應該要像一家人的時候。」

「一家人？」妮蒂正面迎戰。「妳跟奧利還有孩子是一家人。派崔克跟我，我們……我們只是兩個人。兩個甚至不——」

「我知道——」

「妳不知道。妳不可能知道。」

我嘆氣。「妮蒂，我好想要把這一切拋到腦後，我想要幫妳度過這件事。」

我並不抱希望，可是我覺得我有機會。在這裡，沒有派崔克在眼前，沒有奧利在眼前，我覺得我可能有辦法打開她的心扉，而且我想要打開她的心扉。這個家已經失去太多了，先是湯姆，再來是黛安娜，我不能連妮蒂也失去了。

「我才不在乎妳要什麼。」

她轉身繼續朝馬路走。直到後來我才想到她沒告訴我她的手腕是怎麼了。

15

黛安娜

過去

我聽人家說每一個家長都會把百分之八十的精力花在一個孩子身上，剩下的百分之二十則花在其他孩子身上。奧利一向是我的百分之八十孩子。他小時候我大多在懷疑他吃得夠不夠，學得夠不夠，做得夠不夠。他並不是學校裡最有人緣的孩子，可他也沒有人見人嫌。他的日子過得稱心如意，照理說應該會讓我安慰，可我卻只覺得困惑。他想要邀請他的小朋友來家裡玩嗎？還是說他想要我別再邀請那個朋友了？他好像都無所謂。

而妮蒂就相反，天生就那麼能幹，善於表達。我從來不會多擔心她。當她的母親就像是有個小小的同輩，到哪兒都能陪伴我。要是在學校裡有人找碴，她只會靜靜跟他們談一談，說如果他們繼續這麼壞就不會有人跟他們做朋友，這樣不是很笨嗎？我晚餐讓他們吃蔬菜，比她大五歲的奧利死也不吃，她會問他：「你不想長得像超級英雄一樣又高又壯嗎，奧利？」

有一次，奧利十一歲，妮蒂六歲，兩人大半個下午在游泳池裡游泳，我得進屋去。奧利和妮蒂都擅長游泳，所以進屋去一會兒不是什麼大不了的事情。

「注意你妹妹。」我一定是這麼交代了，或是之類的話。

我到廚房去動手準備晚餐，削馬鈴薯。那天天氣熱，太陽先從窗戶射進來。我拿起最後一顆馬鈴薯，忽然有種怪怪的感覺。興許是母親的直覺吧。我應該看看孩子。

我一出去就看見水面下有兩具身體糾結在一起。

我連鞋都來不及脫就跳進了水裡。

我先抓住了妮蒂，可是奧利死抱著她不肯鬆手。我又拉又扯，但他就像是船錨，拖著她往下沉。最後，我踢了奧利的肚子一腳，她才掙脫開來。我把她推到泳池的側面，一分鐘後，也把奧利推了過去，他死攀著池邊，血和水從臉上往下流，落在他的鎖骨凹陷的地方。

「究竟是……怎麼……回事？」我喘著氣問。

「奧利前空翻跳水，結果撞到了頭，」妮蒂大聲喘息道。「我看見了血，而且他動也不動，我就想救他，然後他就想淹死我！」

我看著奧利，他在池邊大口大口喘氣。「你是不是慌了手腳，奧利？所以你才死抓著妮蒂？」

奧利沒回答。他似乎和妮蒂一樣困惑。

我就是在這個時候恍然大悟的。有的人會跳進去拯救有麻煩的人，有的人則為了救自己而不擇手段。奧利並不是故意要淹死妮蒂的，他只是跟隨直覺，就像妮蒂也一樣跟隨她的直覺。

我的孩子剛剛向我展現了他們的本性。

那天下午我回到家，妮蒂坐在廚房的高腳凳上，翻閱報紙。她的套裝外套掛在椅背上，頭髮挽成非常像高階主管的髮髻。

「哈囉，達令。」我說，忙著平衡超市的購物袋。

她的眼睛從報紙上往上抬。妮蒂三不五時就會下班後拐過來一趟，有時藉口送東西，有時就只是因為。我並不完全了解，但慢慢地我也滿喜歡這種模式的。「嘿，媽。」她說。

「我剛剛才在超市看到了妳的朋友麗莎。」我把袋子放上流理台。「她說妳們這些女孩子有幾個要去香港旅遊。」

「我沒有要去。」妮蒂說。

「為什麼？」

她嘆氣。「沒錢。沒時間。」

我點頭。可我覺得女孩子的旅遊似乎正是妮蒂需要的活動。「妳看過露西和阿契了嗎？」我問她。

「就是去醫院那次。」

「我剛去看過他們。」

「喔。」妮蒂翻動報紙，刻意裝得漠不關心。「他們好嗎？」

「我覺得露西有點應付不來，不過剛生孩子都這樣。」爐子上的時鐘抓住了我的注意，還不到五點。「妮蒂，妳為什麼沒上班？」

「我早退了。」

我看著她。「妳可以早退嗎？」

「我想做什麼都可以。」

我看著她。她的心情很奇怪，坐姿消沉，幾乎像是青少年。

「是不是有哪裡不對，妮蒂？」

她搖頭，想當然耳。我的女兒，儘管溫柔活潑，極為保護隱私，至少在我的面前是如此。只有一小撮的人能讓我沒有把握，而她就是其中之一。我享受這一點，那種反差。不過妮蒂確實有過對我開誠布公的歲月。她還是青少年時，我差不多得叫她不要再什麼都告訴我了。有些事情，我會這麼說，是跟妳的朋友分享的，安東妮特。但不知不覺間，她不再什麼都跟我說了。大概是開始跟派崔克說了吧。

「妳確定？」我問。

她死也不會承認她很想要生孩子，承認她希望是她抱著新生兒，而不是露西。我知道。這個可憐的孩子巴不得有孩子，心願幾乎就寫在臉上。她的多囊性卵巢症候群讓她難以受孕，不過一定有什麼辦法。她恐怕已經在試了，不過她不肯告訴我，我也不問，我們反而只是靜坐片刻，一句話也不說。

「妳要留下來吃飯嗎？」我問。

「不了，」她說。「我得回家去。」

「也歡迎派崔克一起來啊。」我盡職地說。

剛結婚的時候，妮蒂和派崔克經常回來吃飯。晚餐後他們會躲到男人窩裡，派崔克會調酒，陪湯姆抽雪茄。派崔克總是一派的舒坦自在，過了一陣子，我就擔心我們恐怕不會再有兩人獨處的一晚。不過一兩年後，他就不再過來了，只有聖誕節和家庭節日會來。

「不了，」她說。「我要回家去。」

「妳知道，妳要是有什麼心事，可以跟我說，」我說。「我可能不善於聊天……不過我還滿善於傾聽的。」

妮蒂看著我，過了好半晌，我還以為她要哭了。妮蒂不是愛哭鬼，她從很小開始就不愛哭。但幾秒鐘過去了，妮蒂又恢復了平靜，坐得筆直。「謝了，媽，」她說。「不過我沒事。」

16

露西

過去……

「妳還好嗎？」奧利問。

我陰沉地點頭。

「不會暈車？」

「不會。」

我確實會暈車，不過此刻暈車並不是我的煩惱。我們坐在車子裡，正要去古德溫家的海灘屋。我當然明白不是每個人都能對這種事感到沮喪，有的人還有更嚴重的問題。當然了，奧利一點也不覺得不開心。他愛死索倫托了。一整年他都在編織美夢，描繪著一家人在同一片屋頂下共度一週是多麼美好的事情。他完全沒有察覺到底下的暗潮洶湧，就算我跟他提起來，他也總是一臉迷惑。（「媽，有壓力？才沒有。她就是那樣！她熱愛壓力。」）

說不定是奧利熱愛壓力。他一早上都在吹口哨，我們在一輛挨著一輛的車陣中一吋吋往前挪，從海濱灌木叢間瞥見藍綠色的大海，他整個身體變得既柔軟又放鬆。

無論我跟誰說我的公公婆婆在索倫托有一棟海濱度假屋，他們都會發出讚嘆的聲音。索倫托耶，哇塞。我懂。湯姆和黛安娜的懸崖度假屋可以說是摩寧頓半島上最宏偉的房屋之一，一九〇〇年代的砂岩屋，矗立在峭壁之上，有修剪整齊的花園，一條洗白的木步道一路通向海邊。還有游泳池、網球場和一處三層的石灰石庭院可以飽覽無敵海景。

可我討厭它。

「妳怎麼可能會討厭那個？」克萊兒最近才質問我。「我要是能有一棟海灘屋讓我想去住就去住，要我殺人都可以。我是說，我真的可以為它殺人。」

我倒是願意為了不要有那種地方殺人。不說別的，古德溫的屋子徹頭徹尾就不是給孩子住的。藝術品、陶瓷器、雕像到處都是。我只要把阿契放到地上，黛安娜就會倒抽冷氣。對我實在是太異國了。我自己的母親壓根就不喜歡什麼藝術品或是雕像。要是她有機會當外婆，她牆壁上的藝術品一定都是由她的外孫子女畫的，而她也只會在我跟孩子們說上床時間到了時倒抽冷氣。（「別開玩笑了，孩子們，你們今天要跟姥姥熬夜！」）

我小時候夏天都在波塔靈頓度過，那是一座古樸的小城，位於海灣較冷清的一側，海灘對面的主街有一家炸魚薯條店、一間酒吧、一間販賣海灘椅和帳篷的商店。一整個一月都有禿頭老人坐在沙灘邊的躺椅上，露出龐大的肚子，而中年婦女則戴著遮陽帽站在陰影中，穿著一件式的藍綠色荷葉邊泳裝，從保鮮盒裡拿西瓜給孩子們吃。在造訪湯姆和黛安娜的度假屋之前，我總以為海濱小屋的地板上會有沙子，陽台欄杆上會披著浴巾，大門後會有亂七八糟的小塑膠鞋子。可是索倫托卻完全不是那回事。

「葛利嫩家今天會過來吃晚餐，」黛安娜今早在電話上跟奧利這麼說。「你還記得娥蜜麗亞和傑弗瑞吧？」

我記得娥蜜麗亞和傑弗瑞。娥蜜麗亞還不錯，可是傑弗瑞，湯姆的同事，就差勁透了。所有的歧視，一應俱全：性別歧視，種族歧視，階級歧視。我們第一次見面，不出幾分鐘他就問我念的是哪所學校，我回說海灣高中，他就上上下下打量我，然後略帶敬畏地說：「哇，還真看不出來呢。」

我們抵達時，妮蒂和派崔克仍在卸下車子裡的行李。派崔克就像一匹馱馬，扛著十二件小行李，而妮蒂則只拎著她的皮包。妮蒂的臉色有點發青。

「歡迎！」湯姆說，站在宏偉的大門口，伸長手臂。「黛安娜，他們來了！」他對我們笑得燦爛。所有的家人都來到海濱度假屋——這裡是他的開心地。「我的孫子呢？」他跟我說。我把阿契放下來，他搖搖晃晃走向湯姆。「嗨，你好啊，我的小子。你是不是又長大了？」

我吻過湯姆就往屋子裡走，把皮包放在橡木餐桌上，餐桌是訂製的，可以容納十六名賓客。（「為什麼要十六個？」我在湯姆特別指出這一點時問過他，可是他似乎被我問得一頭霧水，逕自介紹下一個項目。我猜他自己也不是很確定。）儘管不怎麼符合我的品味，但不可否認屋子的確有讓人驚豔之處。挑高的天花板，寬敞的空間，整面的落地窗可以把大海和懸崖盡收眼底。走進門口感覺就像是踏入了室內設計雜誌的內頁（說真的，根據湯姆的說法，確實有幾家雜誌社「哀求」要刊登他們的索倫托屋子，可是黛安娜拒絕了，說「俗氣」）。黛安娜這時看見了我，她正在毗連的白色大理石廚房裡忙著。

「黛安娜，」我說。

她微笑。「哈囉，露西。」

「嗨，媽。」奧利說，跟在我後面進來。他把行李放下，吻了她的臉頰。除了湯姆之外，奧利是少數幾個見到黛安娜會開心的人。但這種感覺是否是互相的，那就很難說了。她總顯得害羞，幾乎因為別人的注意而難堪。

「哈囉，達令。」她嘟囔著說。

湯姆大步進來，抱著阿契，像抱著獎盃。「黛！來看看我們漂亮的孫子。」

緊接著是一件又一件的事情——派崔克出現了，問有沒有止痛藥，妮蒂頭痛；阿契看見流理台上有一碗堅果，打翻了碗，灑得滿地都是；湯姆想搞清楚哪一支遙控器是開車庫門的（一共有六支）。同時，奧利又把行李拎起來，走向我們常住的那一間。

「奧利，等等！」黛安娜大聲喊。

奧利中途凍住。

「我幫你和露西阿契整理好了樓下的房間。」她說，語氣不是很篤定。

奇蹟發生了，一切的活動瞬間停止，只剩寂靜。就連阿契都堅果撿到一半抬起頭來，察覺到有什麼不對。

「我……覺得你們可能會想要有自己的空間。」她說。

這是個好建議，很實際的建議。樓下的空間大，阿契也有自己的房間，要是夜裡哭鬧也不會打擾到別人；需要的話，我可以抱著他在走廊上走一夜。

那，為什麼感覺像是臉上挨了一耳光？

那天傍晚，我們在幫阿契洗澡時葛利嫩夫婦到了。其實是妮蒂在幫他洗澡，我坐在梳妝台，喝著一瓶玫瑰紅。奧利和派崔克坐在走廊地板上，背靠著牆，喝派崔克調的雞尾酒。我意外地發現我還滿開心的。

妮蒂簡直是天使。她聽說我們被發配到樓下的房間（憑良心說，用「發配」太刻薄了一點，我們的房間比大多數的飯店套房還要華麗寬敞），她立刻就跟黛安娜說他們也要把行李箱搬到樓下。（「我們來好好熱鬧熱鬧。」她說，還對阿契眨眼睛。）派崔克和妮蒂對阿契極好，整個下午都輪流陪他玩，帶他去花園散步或是去泳池游泳，而奧利跟我則吃著午餐，打開行李。說真的，我今天連抱都還沒抱過他呢。

「他幾點上床？」妮蒂問。

「七點。」我說。

「那，再來呢？」

「給他穿睡衣，他會玩一會兒，然後我唸故事給他聽，餵他一瓶奶，抱他上床。」

「他會半夜醒來要喝奶嗎？」

妮蒂每個小地方都想知道。真好笑，也沒必要，因為她天生就會帶孩子，很少人能像她一樣。過去我總覺得她和派崔克是不急著生孩子，可能是想等到妮蒂的事業更穩固，可是現在我懷疑並不是這個原因。我想到了稍早妮蒂的臉色發青，忍不住懷疑不僅僅是舟車勞頓的緣故。她會不會是懷孕了？

「葛利嫩夫婦到了，」黛安娜的聲音在樓梯口響起，而妮蒂正在幫阿契洗頭。「你們可以上來嗎？」

「我們在給阿契洗澡。」妮蒂說，朝阿契咧嘴笑。阿契也回笑。

停了一拍。「你們全部的人？」黛安娜犀利地問。

我張開嘴，正想說我來接手，其他人都應該上樓去。畢竟，我是寧可待在這下面的。可讓我意外的是妮蒂搶著回答：「對，我們全部。」

沉默延長。我發現自己急著要去填補，可是妮蒂看著我，搖搖頭。這小小的動作讓我領悟到我一向低估了妮蒂，她超出了我先前的認定，是一個比好還要好的盟友。

「我去。」奧利說，從地上爬起來。派崔克也站了起來，不過我認為他其實是為了喝湯姆的頂級好酒，而不是為了要取悅黛安娜。妮蒂仍蹲著不動，沖洗阿契的頭髮，以低沉撫慰的聲音跟他說個不停。

妮蒂跟我上樓時發現人人都坐在戶外，而從樓下的走廊就能聽見愉快的音樂聲和閒聊聲。我透過巨大的玻璃門看著這一幕，一個小地方都不放過——觸目遠眺盡是大海，樹上掛著閃爍的小燈泡，桃色的夕照灑在每個人每樣東西上。桌子鋪著白色粗麻布，掛著銀色燈籠，蠟燭，鮮花……美得令人屏息。

「她們來了。」湯姆說，看見了我們。

人人都轉過頭來。傑弗瑞．葛利嫩的牙齒已經被紅酒染紅了。我們堅持他不用起身，但是他仍然極盡誇張地站了起來。

「小姐們！」他說，大搖大擺地走過來，白襯衫的鈕釦在不該解開的地方解開了，胸膛上的灰黑色胸毛幾乎一直長到頸部。「唉呀呀，露西，當媽媽很適合妳。還有妮蒂，妳是不是又長大了呀？」

他眨眼睛，而妮蒂的微笑變僵了。

他已經比我的記憶中還要差勁了。

我走向戶外的插座，接上了嬰兒監視器，打開開關就亮起了綠燈，表示運作正常。

「那是什麼聲音？」黛安娜驚呼一聲，我的胃立刻一抽。「那個……劈啪聲？」

是啦，嬰兒監視器是舊了——是我在二手店買到的二手貨。功能正常，可是只要一開機，就會發出細細的靜電聲。我都習慣了。「喔，阿契有點不安分，所以我把監視器帶了上來。」

黛安娜一臉不解。「每次都是那種聲音嗎？」

人人都安靜下來傾聽，而我則像個傻瓜一樣杵在那裡。內心深處我在想：要不是妳把我們丟到樓下的地窖去，我們就不需要這個混蛋監視器了。

「喔，現代的這種小玩意不是很棒嗎？」傑弗瑞的太太娥蜜麗亞說，碰了碰黛安娜的胳臂。娥蜜麗亞身材嬌小，滿臉雀斑，一身白色亞麻裙裝，腳下是金色的涼鞋，既漂亮又樸素，小小的藍眼睛和灰金色鮑伯頭，雖然喜歡碰別人卻讓人覺得親切，跟她先生完全相反。我發現自己在幻想讓娥蜜麗亞當我的婆婆。雖然會有傑弗瑞這種公公，不過說不定還是值得。

「我們的孩子還小的時候，我們不是也希望有這種監視器嗎，黛安娜？」娥蜜麗亞接著說。

顯然黛安娜壓根就不希望有這種玩意。她是那種絕不大驚小怪的母親和祖母，覺得餵母乳、仰睡、安全帶都沒必要，因為她的孩子都沒有，也從來就沒有怎樣。至少我覺得她是這種母親，可我也是亂猜的，因為她極少賞賜我什麼實際的建言或意見。這應該是好事，可我卻偏偏只有一種大致上的感覺，覺得我做錯了，卻不知道如何改善。

「只要把音量調低就好。」黛安娜終於說，迫於無奈，然後就開始分盤子。

「來，坐我旁邊，」傑弗瑞跟我說。妮蒂已經坐了另一張空椅，我別無選擇。「說說看當媽媽當得怎麼樣？」

「頭兩個月熬過去了，我現在就輕鬆多了。」

「對。」他點頭，彷彿他知道頭兩個月是什麼情況，然後他會意地看著奧利。「不是奶頭就是屎尿，頭兩個月，對吧，奧利？」

奧利小心翼翼地保持不動聲色，傑弗瑞忽地噗哧一聲笑了起來，活像個五歲的小孩子。「不過他們也不肯換別的花樣，我說得對吧，小姐們？這是本能。媽媽就想要跟孩子在一起，本來就該是這樣。」

監視器中阿契發出了短短一聲哀鳴。黛安娜站了起來，走向廚房。我們這些人自己分雞肉和一些另類的沙拉——古老的穀物、庫斯庫斯、羽衣甘藍、杏仁。我推測是娥蜜麗亞帶過來的，因為黛安娜不弄另類的沙拉。

「那妳呢，妮蒂？」傑弗瑞問，滿口都是庫斯庫斯。「妳跟派崔克幾時要生啊？妳可不想讓妳的卵全都乾涸了，對吧？有事業是不錯，可是工作不會回報妳的愛，知道吧！」

坐在傑弗瑞旁邊的娥蜜麗亞按住了先生的胳臂。「夠了，傑弗瑞。」

可是傑弗瑞依然故我。「嗄？現在人人都在奇怪為什麼會有生育危機。妳一定有……多少……三十五了吧，妮蒂？妳要是生在非洲，現在都當祖母了。妳們這些女孩子就是起步太晚了，問題就在這裡。這麼說吧，妳們就是需要坐上馬鞍。我說得對吧？」

他看著湯姆，再看著奧利尋求支持，兩個人卻都刻意迴避視線。

我的眼前浮現出把一塊雞胸肉塞進傑弗瑞的嘴巴裡的畫面。

妮蒂盯著前方，焦點落在餐桌上。傑弗瑞又張開嘴，我正要說話——什麼都好——派崔克卻站了起來。

「夠了。」

他的聲音冷淡平靜。我沒見過派崔克的這一面，保護者的角色。泰山壓頂似地站著，他看似來者不善。怪的是，我倒覺得挺……佩服的。

傑弗瑞還算識相，露出不確定的神態。「好嘛，不需要生氣。我只是說——」

「夠了。」

妮蒂碰了派崔克的胳臂，而湯姆機伶地接過話題，導向橄欖球。他跟傑弗瑞都是霍桑隊的鐵血球迷，所以這個話題應該是很好的選擇。派崔克仍瞪了傑弗瑞幾分鐘，這才慢慢坐下。

過了一會兒，緊張的氣氛似乎消散之後，娥蜜麗亞才說：「阿契很乖吧？他都一覺到天亮嗎，露西？」

「不一定。他在上半夜容易醒，不過一過了十二點他就睡得比較安穩。我們現在還沒聽見他哭，其實是很稀奇的。」我瞄了眼監視器。「喔喔。」

我走向監視器。電源關掉了。我看著黛安娜。

「是妳關掉的嗎？」

我並沒有語帶指控，因為我不相信。哪種祖母會關掉嬰兒監視器？可是她繃著下巴，我不由得懷疑就是她。

「我把音量調小了。」她說。

「小到整個關掉？」我轉動撥盤，加大音量，直到阿契歇斯底里的哭聲衝破雲霄。我從聲調就知道他已經哭了一陣子了。

「媽！」奧利說。「說妳沒有——」

可是我沒聽見底下的話，因為我已經跑去看我的孩子了。

我花了二十分鐘才把阿契哄好。他好不容易不哭了之後，卻只肯讓我抱著睡。我輕拍他、安慰他，同時在黑暗中憤怒地向奧利低聲說話。「我們明天就走。明天一大早。」

奧利瞪著我。我知道他在想什麼。在他看來，這不算什麼大事。明天或許有點彆扭，不過一切都會恢復正常。畢竟，阿契不是也沒事嗎，何必為此縮短假期呢。

所以他當然說：「露西，我們就別把事情鬧大吧。」

「這就已經是大事了。黛安娜一點也不尊重我這個當媽媽的，所以我不能留下來。她怎麼敢關掉我的嬰兒監視器？她怎麼敢？」

奧利無助地聳肩。「也許她覺得這麼做才對，給妳一點空間？」

「她沒有權利，一點也沒有。」

「可是——」

「你想留下的話，奧利，你就留下，可是我明天要離開，阿契也是。」

我們來來回回爭執了幾分鐘，最後奧利才讓步，主要是出於疲憊。他幾乎立刻就躺上了床，呼吸變得穩定有節奏。我多醒了幾分鐘，輕拍阿契，搖著他到沉沉睡去。我剛把他放進嬰兒床裡，就聽到一聲哀鳴，輕輕的一聲啜泣，卻不是阿契發出的，而是來自附近——就在走廊對面。

妮蒂的房間。

17

露西

現在

有什麼事讓我揮之不去。

我躺在沙發上，腳放在奧利的大腿上。孩子們上床睡覺了，我喝著一杯黑皮諾。奧利也端著一杯——通常這是一天中我最喜愛的時光。可是今天，就是有什麼事縈繞在我的心頭，而且我有感覺我知道是什麼。

罪惡感。

奧利的手機開始震動，我們都活了過來，好像我們一直就在等電話。

「誰啊？」我問。

「不認得號碼……」他說。

「何不我來接？」我說。「可能是葬儀社或是……誰知道……重要的事。會不會是警察？」

他搖頭。「我來接，」他說，把手機貼在耳朵上。「我是奧利佛·古德溫。」

他皺眉，歪著頭，接著迎視我的視線。是瓊斯，他在一兩秒後以嘴型說。

「開擴音。」我以嘴型回，他照做了。瓊斯冷靜有效率的聲音充滿了房間。

「我們收到令堂的驗屍報告了。我們想請你們到局裡來一趟。」

「局裡？」奧利眨眨眼。「不能在電話裡說嗎？」

「你們過來比較方便。你妹妹和她先生也會過來。」

奧利看著我。我聳聳肩，一頭霧水。「我是說……一定要我們去的話。我會在──」

「其實呢，我們希望你和露西都能來。我們想和你們兩位談一談。」

「我們兩個？一塊？」

「對。」

「現在是晚上八點半，我們的孩子都睡了。」

「那我建議你們找個保姆，」瓊斯說。「因為這件事很重要，而我們想要今晚跟兩位見面。」

18

黛安娜

過去……

「妳聽說新聞了嗎？」湯姆說，一臉的歡暢。

我驚訝地東瞧西瞧，全家都聚集在「漂亮」房間裡——湯姆、妮蒂、奧利、露西，連阿契都是。雖然一年來我個別見過他們，卻有將近一年沒有全家人坐在一起過了，打從索倫托那次的嬰兒監視器慘劇，而露西、奧利、阿契第二天就匆匆趕回墨爾本（依我看是反應過度，即便我在監視器上是越界了）。無論如何，我都很高興又看見大家在一起。

「什麼新聞？」我說，偷偷瞧了妮蒂一眼。我忍不住。露西懷了第二胎，八個月了；輪也該輪到妮蒂了。可她只是聳聳肩，彷彿是在說：別看我。

「奧利自己要做生意了！」湯姆掩不住他的喜悅。「一家人力資源公司！」

「喔！」

我的聲音透露出我的驚詫。奧利從來沒有展露過自己開公司的意願，事實上，他一直很抗拒。我這個做母親的也從來沒看出他有什麼雄心，倒是湯姆急著想看兒子「揚名立萬」。我覺得奧利為別人工作更開心，壓力較少，即使那代表收入較少。「嗯……恭喜，達令。」

「妳應該恭喜爸，」奧利說，可是他紅了臉，頗為自得。「他旁敲側擊好幾年了。而且我也不是自己一個人，我有個生意夥伴。」

「你的生意夥伴是誰？」我問。

「埃門。」

我的背脊爬過一陣冷顫。「埃門．考克蘭？」

「對。」

我想微笑，感覺卻像是苦瓜臉。埃門．考克蘭。我一直不喜歡那個逢迎巴結的孩子。他是那種讓人受不了的類型，向每一個母親說歲月待我們很仁慈，自以為是在施展魅力（不幸的是歲月待他不夠仁慈——我上一次見到他，他胖了，頭也禿了）。我最近聽到的八卦是他太太茱麗亞離開了他，我想誰也不會怪她。

湯姆笑得合不攏嘴。「我們得請法蘭克和莉笛雅過來喝一杯，對不對，黛？」

我哼了一聲，不置可否。法蘭克和莉笛雅是埃門的父母，而我會極盡所能阻止這一次的宴客。不過，跟湯姆說也沒有用，他幾乎是在房間裡飄行，因為家人團聚以及兒子創業而飄飄欲仙。

但是妮蒂的樣子卻格外的憂鬱。她胖了，臉上有一層汗。她伸手把毛衣脫掉，襯衫往上撩，雖然她說她沒懷孕，我卻發現自己抱著希望盯著她的肚子。我沒看到隆起，反倒在她的肚臍左側看見了淡淡的、橄欖形的瘀血。她把毛衣團成球，放在大腿上。

「那說說這個人力公司，」她跟奧利說。「你們會鎖定某種企業嗎？」

「我們一開始會鎖定資訊科技，因為那也是我們的背景。」

「嗯……那是你的背景。那埃門呢？」

如果妮蒂的語氣代表什麼的話，那她對埃門的看法就和我一樣。我覺得和自己的女兒同仇敵愾。

「埃門做過很多事。」奧利承認。

「有跟人力資源有關的嗎？」

奧利挑起一道眉。「不好意思，妮蒂，妳覺得我要是不認為他能有所貢獻，我還會跟他合夥嗎？」

「我認為埃門有本事在沙漠裡賣沙子。」妮蒂說，而且她言之有理。但話說回來，奧利不笨，也不是不負責任的人。他要不是想清楚了是不會跟埃門合夥的，至少我是這麼希望的。

「抽雪茄的時間到了吧，兒子？」湯姆問。「派崔克，你有興趣嗎？」

派崔克當然是有興趣。他和奧利、湯姆晃向男人窩，湯姆一隻手攬著一個。我知道他只想給家人最好的，可是他有時會太頑固了。

我瞥了一眼露西，她靜靜坐在沙發的另一頭——我差點忘了她也在。她的肚子非常大。她一定很不安。創業對誰來說都是壓力極大的時期，更別說是差幾天就要臨盆了。即使是兼差，小心摸索，也能在創業之初給他們額外的安全感。

「開公司的事情妳怎麼看，露西？」我問。

「很好啊，」她說。「奧利非常興奮。」

她微笑，一副賢內助的寫照，但是我從她的眼中看出她在擔心。儘管我知道我應該要感激她這麼支持我的兒子，我卻只想要抓住她的肩膀，狠狠地搖一搖。

隔天我很早就起床了。我承認，對我正在照顧的難民女孩來說這是種奇怪的安排。通常，這種非常緊密的關係在孩子出生幾個月之後會漸漸消逝。可以的話，我會和她們保持聯絡——不時打個電話，或是寄張聖誕卡片，但我很快就會又忙著照顧新的懷孕的女孩子，原先的女孩也忙著自己的生活。不過，可以再得到她們的消息總是讓我很高興，就像姬則拉跟我說她又懷孕了。

我駛入她家的車道——不同的一個家，和第一個家只有幾條街之隔，卻是一樣的破敗。草皮蔓生雜草，院門只剩下一個樞鈕。我知道姬則拉晚上去超市打掃，賺取生活費，但是據我所知，打從兩年半前來到這個國家開始，哈肯姆就沒有幹過一天的活。他現在就坐在前廊上的褪色躺椅上，抽著香菸。

「哈囉，哈肯姆。」我說，甩上了車門。他比我上次看到要老。他仍是年輕人，最多不過三十歲，黑髮卻已摻了銀絲，而且多了一圈鮪魚肚。他半瞇著眼，活像是喝醉了或是半夢半醒之間。我繞到車尾去把一籃子送給姬則拉的育兒用品拿出來。「你好嗎？」

他不回應。我就自行走過搖搖欲墜的院門。

「一切都好吧？」

「好，」他嘟囔著說。他穿著法蘭絨襯衫，骯髒的米色長褲和人字拖。「姬則拉跟孩子在屋裡。」

我停下來，把籃子架在髖部。「工作找得怎麼樣了？」

「很好，很好。」

「你都應徵什麼工作？」

他擰熄香菸，搖著頭。「喔，就這個那個嘛。」

「需要幫忙嗎？我有些人可以問——」

他站起來，大力扯開紗門。「姬則拉！」

「你真的有去找工作嗎，哈肯姆？姬則拉很快就找到了清潔的工作，你當然也能找到什麼差事。」

他歪著頭。「那請問妳是要我去找什麼工作？開計程車？超市的上貨員？」他哈哈笑，露出了一口蛋殼色的牙齒。「我在喀布爾是工程師，我為西方的大連鎖公司建造摩天樓，這就是我們逃出那裡的原因。可是我來了以後，卻連狗屋都沒資格蓋。」

「所以你就看著你懷孕的太太到超市去打掃，而你卻不願意做同樣的事。」

他朝我的荒原路華猛戳手指。「妳開著這輛車到我家來，然後問我我願意做什麼？」

「我開這輛車是因為它可以幫我載一輛雙人兒童推車到丹德農來送給一位懷孕的婦女，哈肯姆。」

「那妳說，」他接著說，現在指頭對準了我。「妳願意做什麼？」

「我為了家庭什麼都願意做，我可能做得不開心，可能也太委屈了，可是人生本來就是不公平的，不是嗎？」

他搖頭，發出不以為然的聲音。過了一會兒，他又伸出手指，指著我的肩膀後。「看到那棟公寓了嗎？」他說，指著對街那幢破舊的三層公寓。「住在那裡的那個人在老家是呼吸科外科醫生，以前的房子有五個房間！他現在和老婆和三個孩子擠在一個房間裡。」他朝我跨了一步，我能聞到他的氣味，香菸加香料。我不清楚他是故意要恫嚇我呢，還是純粹在強調他的重點。「妳真的想過從雲端跌到谷底是什麼滋味嗎？」

我想過。不僅止於此，我也活過。但是我忽然想到我有一陣子沒想過，真正的想過了。

「怎麼了？」紗門吱嘎打開，我看見了姬則拉站在門口，腳邊是她的小兒子。哈肯姆退了開去，我感覺到可喜的新鮮空氣吹上了我的臉。「哈肯姆？」

「阿拉徐，」哈肯姆說，輕拍兒子的頭。「走。讓媽媽跟她的朋友講話。」

她看著父子倆走上街，這才轉向我。我微笑，舉高籃子。「我帶了一些衣服給妳。還有一些陪產婦的資料，怕妳會想要在家裡生，不過這一次多一點醫療協助。我們進去談好嗎？」

姬則拉點頭，我扶著門讓她走回屋裡。我進去前，扭頭看了哈肯姆一眼。我錯了，我發現到，剛才以為他在生氣，他是比生氣還要嚴重，他是充滿了怨恨。這一點讓我擔心，因為放著不管，怨恨的人是會做出壞事來的。

19

露西

過去

「妳不高興我跟埃門合夥做生意，是不是？」

奧利在隔壁房間把一堆衣服從洗衣機裡取出來，丟進烘乾機裡，只聞其聲而不見其人。黛安娜有許許多多的小缺點，不過我是不會怪她教會男人洗衣服的。我把大腹便便的身體坐進沙發裡，脫了幾次也脫不掉我的楔形鞋，就抬起腿來，咚地一聲落在咖啡几上。

「你怎麼會這麼說？」

我們已經從「桑德玲厄姆酒吧」用過晚餐回來了，那裡真的是父母的天堂，室內的遊樂區可以讓爸爸媽媽相對安寧地喝啤酒吃焗烤雞肉，而他們的子女則隔著一片玻璃跟別家的孩子在鮮豔的遊戲設備上打翻天。通常我欣賞桑德酒吧就是因為這個原因，換換風景，多個機會和奧利喝酒聊天而不需要被孩子包圍，可今晚我實在無力享樂，我的肚子太大了。不過至少很幸運的是阿契在回程中就睡著了，奧利抱他上床時也沒吵醒他。

「因為，」奧利說，出現在我面前。「我提出那件事以後妳就很安靜。」

問題當然是我不像我母親，總是默默支持我父親，無論他做什麼。我發現我很難不發表意見。不過也可能是因為爸從來沒有做過跟埃門．考克蘭合夥的這種笨決定。

「我知道妳不喜歡埃門。」奧利坐在咖啡几上。「我也知道我過去拿他的生意頭腦開玩笑。我從來也不摻和他可笑的企業。我是說『絲餐』？拜託。」他哈哈笑。「可是我了解人力資源，這個主意不壞，露西。說真的，我覺得埃門跟我在這次的冒險上會配合得很好。我有專業，而埃門有……活力。」

這一點很難爭辯。埃門最大的一個優點就是活力充沛。而雖然有自尊的人頭獵人不會這麼說，但我們在本質上就是皮條客。說得好聽一點也是銷售員。求職的人就是貨品，客戶就是消費者。奧利對求職者盡心盡力，而埃門正相反，對於客戶端極度看重。也許奧利是對的？也許他們真的是天造地設的一對？

奧利把我的腳抬到他的大腿上，幫我解開左邊的扣帶。「聽著，我應該要先跟妳商量的，對不起。可如果妳真的不願意，那我就算了。」

他幫我脫掉了鞋子，放到地毯上。我相信他。我相信如果我跟他說我不願意，他就不會去做。但同時我也認為奧利在問我這個問題之前就先宣布，絕不是什麼巧合。

說不定他還真的不是一個差勁的皮條客呢？

爸的責任就是養活我們，我們的責任就是支持他。

「你當然應該去做，」我嘆口氣說。「我雖然不喜歡他，可是埃門又不是什麼罪犯！再說了，情況再壞還能壞到哪兒去？」

20

露西

現在……

「沒事吧？」我問。

奧利跟我坐在警察總局的接待區，握著白色塑膠杯，杯子裡是白開水。爸幫我們帶孩子，可憐的人，我跟他解釋我們必須去找刑事組的警察，他擔心極了。但爸是我最微不足道的心事，看奧利的樣子，他也一樣。他的眼神飄來飄去，一條腿緊張地抖動。我則陷入了恐懼以及在拍電視的感覺中，像是《楚門的世界》，沒多久就會有個拿著寫字板的人喊「卡！」。

「露西和奧利佛．古德溫嗎？」

一個女人──既不是瓊斯也不是阿米德──站在一扇滑門邊，東張西望。奧利跟我放下了杯子，一齊起身。

「這邊請。」她說。

女人微笑，是禮貌的笑，而不是友善的笑。她年紀雖輕卻是一臉寒霜，像是見識過大場面。我們搭電梯到三樓，順著一條窄走廊前進，左側都是門。窄走廊只能讓我們魚貫而行。我們經過了一個又一個房間，我忍不住亂猜在我們之前走過這條路的人。有罪的和無辜的，我想著。我注意到派崔克在其中一個房間裡，略略感到驚訝，但接著就想起來了……瓊斯在電話中說到他和妮蒂也要來。

帶領我們的女人在走廊一半的地方停住。「古德溫先生，你在這間。」

奧利皺眉。「露西跟我不一起？」

「這是標準程序。」

「為什麼是標準程序？」奧利的聲音不同了，比平常更短促、更粗魯。「我們沒有被逮捕吧？我們是來聽我母親的驗屍報告的。」

女人不為所動，又露出笑容。「我們都是這麼做事的。」

奧利瞧著我，我聳聳肩，像是沒什麼大不了的。我知道這種女人，她是那種絕對照本宣科的人，是當收稅官的好人才，因為即便他們面臨的是絕對可以減輕罪責的情況，他們仍然死守著法條，不肯通融。（「很遺憾您的太太剛過世，您的房子被收回，先生……您欠了八百五十八元，我們收支票，也可以匯款。」）所以我一眼就看出了任何的抵抗都只是徒勞。

「我們可以分開，」我說。「沒關係的，奧利，對吧？」

「什麼對吧？」

我轉身就看到瓊斯刑警和阿米德刑警緩緩朝我們走來。按照慣例，說話的人是瓊斯。她端著一只鮮綠色的真空隨身杯，喝了一口。

「我正在說明他們會在不同的房間裡。」那位女士說。

「對，抱歉，我應該先告訴你們的，」瓊斯說，只是聽起來一點也沒有歉意。「這是標準的程序。有什麼問題嗎？」

她瞅了阿米德一眼。阿米德今天穿套裝，打領帶，服裝筆挺，樣子很好看。他和瓊斯之間微妙的肢體語言讓我覺得瓊斯也察覺到這一點。

「沒有。」我說，儘管瓊斯看的是奧利。他一臉的不高興。我也不知他是怎麼回事，通常奧利是那個鎮定自若、不慌不忙的人，通常他是那個讓我冷靜下來的人。

「那就好，」瓊斯說。「奧利，你跟我來。露西，妳跟阿米德。」

我的第一個直覺反應是鬆了口氣。阿米德和瓊斯這對搭檔，他顯然是扮白臉的那個。可是我擔心奧利跟瓊斯去，因為他現在的心情很怪，他很可能會為了沒做的事情而惹上麻煩。

阿米德帶我走進一個房間，裡頭有個人在忙著弄攝影機。阿米德脫掉了外套，掛在椅背上。

「抱歉穿這套戲服，」阿米德說。「今天早晨出庭了。」

我面露微笑，即使阿米德到法庭作證的畫面害我緊張。儘管我顯然只是來這裡閒聊的，我卻突然想到等我被發現有罪之後就不會有什麼閒聊了。錄影畫面會在法庭中播放，然後會被用作物證。

「那……驗屍報告？」我開口了，卻被阿米德打斷，他先說明會全程錄影。然後是確認我的個人資料，我的姓名，我的住址，我和黛安娜的關係。阿米德的姿態隨性，一肘放在桌上，側著身體，一隻腳踝架在另一隻腳踝上。我回答每一個問題他都鼓勵地點頭。他的眼睛，我發覺，是楓糖漿的顏色。

「妳能說說看上週四下午一點到五點妳在哪裡嗎？」他說。

我瞧了攝影機一眼。「呃……我在家裡帶我兩歲半的女兒，一直到三點四十左右，然後另外兩個孩子就回家來了。」

「有人能證實嗎……除了妳的女兒之外？」

我想了想。「奧利那天提早下班，大約兩點或兩點半，然後他出門去接我們的兒子阿契。所以他可以證實部分的時間。」

「他為什麼提早下班？」

「他覺得不舒服，」我說，不過我突然想到他的氣色並不算特別差。事實上，記憶中我還覺得他那天的心情滿好的。

「妳說他去接兒子？」阿米德問。「而妳的一個女兒跟妳在家裡。那另一個女兒呢？」

「海莉葉放學後要練習體操，是同學的母親送她回來的，她叫凱莉．馬席思，大約是四點，我到門口和她揮手道別。」

「馬席思太太可以證實嗎？」

「我確定她可以。」我說，不過一想到警察聯繫同學的母親請她證實我的行止，我就忍不住縮了縮。

「好。」阿米德放下了筆，往後靠，緩緩吐氣。「我聽說幾年前妳和妳婆婆有點不愉快。妳想說說是怎麼回事嗎？」

「不愉快？」我問。我只是在拖時間，反正他顯然早就知道了。「我不會否認。」

「妳攻擊了她。」

「喔，」我說。「其實不是攻擊。」

「據我所知，妳抓著妳婆婆去撞牆？」

阿米德盯著我看。「而且她昏迷了一段時間？」

「我並沒有被起訴。」我說。不過阿米德當然也知道了。他是在試探我，想評估我的反應。

「妳覺得妳婆婆是出了什麼事，露西？」

「呃……很顯然……我不知道。我以為我們來這裡就是要查出真相的。」

「確實。」他的眼光太專注了。「可是我想知道妳的看法。」

「好吧，我覺得她是自殺的……」我說，希望語氣夠令人信服。「我是說，你們不是找到了遺書。」

「我們確實找到了一封信，在她書桌的抽屜裡。把遺書留在抽屜裡倒是滿奇怪的，妳不覺得嗎？」

「我……對，我也覺得。」

「妳覺得依照古德溫太太的個性來看，她是會做這種事的人嗎？」他接著說。「自我了斷？」

「她的個性是剛愎自用，」我說。「一旦她認定了什麼事情，很難讓她回心轉意。」

阿米德低頭看著面前的牛皮紙檔案夾，再從外套口袋裡抽出了一副金屬框眼鏡，架在鼻子上。「驗屍官的報告上說死者的血液中有高濃度的二氧化碳。」阿米德透過眼鏡上緣看著我。

「我應該要知道那是什麼意思嗎？」

「另外她的眼睛也充血，嘴唇四周、牙齦和舌頭也瘀血。」

憑良心說，這一點就滿奇怪的了。她為什麼會有瘀血？

阿米德回頭看文件。「驗屍官也在妳婆婆的雙手中發現了纖維，看來像是……線。金線。」他翻了幾頁，抽出一張。「從妳婆婆的家看得出她很重視她的屋子。非常整齊，井然有序，所有東西都很搭配。」

我被他突如其來的轉變話題搞糊塗了。「怎麼又扯到了她的房子？」

阿米德轉動手上的紙，讓我能看見。是一張相片。我縮了縮，以為是黛安娜的屍體照片，不過卻是一張房間的相片，那間「漂亮」房間。

「妳覺得相片中有哪裡不對嗎？」阿米德問。

我隨便看了一眼。「沒有。」

「妳確定？」

我再看仔細一點。書架上、咖啡几、奶白色的沙發和同色的靠枕……布料中摻了金線。

「感覺上她會有一對這種金線靠枕，對吧？」阿米德說，眼神像在控訴，一時間我不由得懷疑他真的是扮白臉嗎。「可是我們找了又找，卻只找到了一個完完整整的。」

我又看著照片。他說得對，是有兩個靠枕，絕對有。我記得最近還看過。我帶著孩子到黛安娜家，海莉葉拿了一個靠枕，想把金線抽出來綁在頭髮上，像長髮姑娘一樣有長長的金髮。我還得把靠枕搶過來放回原位。黛安娜立刻就把靠枕撫平。阿米德說得對，黛安娜是很重視她的房子。

「呃，我不知道。會不會是她把飲料灑在上頭了？」我建議。「所以送去清洗了？」

「我們正在調查。我們正在調查許多事。」

「好。可是……等等。你們不是說你們在黛安娜的屋子裡找到工具。自殺的工具。」

「沒錯。」阿米德以晶亮的糖漿眼眸密切打量我。「一瓶空的樂圖本（Latuben）掉在妳婆婆的屍體邊。樂圖本是一種可以讓人死得快速無痛的一種藥，通常想自殺的人會喝下兩瓶，不過像黛安娜這種體型的人，一瓶就足以致命了。」

「那，」我清清喉嚨，「她的屍體邊只有一瓶？」

「只有一瓶。」阿米德點頭。「為了怕在她的血液中找不到藥物，我們也在調查另外的死因。」

「另外的死因？」

「對。所以在我說了這麼多之後，我想再問妳第一個問題。」他透過眼鏡上緣盯著我。「妳覺得妳婆婆是出了什麼事？」

我張口重複了我第一次給阿米德的答案，說我認為黛安娜是自殺的。但這一次，說出來卻不那麼令人信服。

奧利和我同時從房間裡出來，瓊斯和阿米德陪我們走過走廊，派崔克剛才在的房間空了，如果妮蒂有來，她也走了。阿米德和瓊斯一直走到電梯門前，感謝我們過來，又把名片遞給我們。然後瓊斯跟我們說她會再聯絡，說了兩次。她可能只是忘了她已經說過一次了，可是我看過的警匪影集讓我相信警察做什麼都是有目的的。

「滿順利的。」奧利等電梯門關上，我們往下降就說。可是他的表情說的卻是另一回事。他的臉上有一點一點的紅斑，每次他生病都會這樣。電梯門開了。

「你還好吧？」我問。

我們邁入大廳。「阿米德跟妳說了驗屍結果嗎？」他邊走邊低聲說。「瘀血的嘴唇？」

我們穿過了大廳，穿過自動門，走向停車場。

「有。還有不見的靠枕。而且還不只這一件事不對勁。」

奧利停步。「還有什麼不對勁？」

「癌症。為什麼沒有罹癌的證據？」

奧利張口欲言，但被我搶先了一步。

「還有遺書，為什麼要放在抽屜裡？為什麼不放在顯眼的地方讓別人能找到？」

奧利的表情就跟我的感覺一樣困惑。「我知道就好了，」他終於說。「她是我母親，可是到頭來……我真的並不了解她。」

21

黛安娜

過去

電話在清晨五點響起，我在床上翻身，看著黑暗中的紅色數字閃爍。

「要生了，」我拿起電話就聽見奧利說。「露西的宮縮大概每隔十分鐘一次。妳現在能過來嗎？」

我下了床，煮了壺濃咖啡。除非我喝下早晨的第一杯咖啡，否則我不放心自己開車，我的眼睛比不上從前了。我快速地沖了澡，換上衣服，檢查了兩遍過夜袋裡的東西。分娩可能會持續很長的一段時間，所以誰知道我會在奧利和露西家待多久。我收拾了睡衣、牙刷、一本小說。我甚至還帶了一個包裝好的「湯瑪士小火車」給阿契。我打算要把小火車送給阿契，說是「寶寶送的」，因為這些日子大家顯然都是這麼做的，至少珍恩是這麼說的，珍恩似乎就是知道這種事。一旦確認東西都帶齊了，我就坐進汽車，開了二十五分鐘到他們家，五點五十五分抵達。

奧利坐在門階上，而露西則半俯在前院籬笆上，正在宮縮。

「妳怎麼那麼慢？」奧利高呼。

我承認，我一聽火氣就上來了。是喔，我還真是不知死活，居然敢比他們預期的時間晚到。沒有人問湯姆去了哪裡。他會在八點左右醒來，打個十八洞的高爾夫球，然後再慢悠悠地晃到醫院去看剛出生沒幾分鐘的寶寶，帶著奢豪的禮物，滿口承諾會給孩子一個信託基金，然後變成人人心中的英雄。

「計程車來了。」露西說，完全無視我。她就要生了，我知道合理的做法是原諒她這一次。可我覺得一聲謝謝，甚至是說聲「哈囉」，也浪費不了她多少力氣。

感覺就像是昨天，我也跟她一樣，痛得哈著腰，等著孩子出生。可是在我的例子，並沒有人趕來幫忙，沒有先生幫我叫計程車去醫院。我被丟在醫院的台階上，手裡拎著一個袋子。之後，我就只能靠自己。我知道應該要看著露西，看出我們的相似之處。我們都是母親，我們都愛我的兒子。我們也都沒有母親，雖然我的母親是自行選擇離開，而她的是被奪走的，無疑是又踢又叫。

我都知道。

可是儘管我們有相似之處，看著她，我卻總是看見我們的不同點。

湯姆在當天稍晚時才到奧利和露西家，我跟他說他有了孫女。

「孫女？」他當然立刻就眼眶濕潤。「好像歷史重複了，對不對？先是兒子，然後是女兒？」

「不過我們的故事有點不同。」我說。

「是有一點。」他同意。

我發覺他的嘴角積了一小灘的水，不覺失笑。「你在流口水。」我用大拇指幫他擦拭，有時我也這麼對阿契。「奧利要我們把阿契帶去見他的妹妹。」

湯姆掃視客廳。「阿契人呢？」

「在睡覺。他才剛睡，我會讓他再睡一個鐘頭。」我把湯姆的一條腿抬到我的大腿上，幫他按摩小腿肚。他閉上了眼睛，感激地呻吟。「湯姆，我在想……你目前沒有工程師的職缺吧？」

他皺眉，但仍閉著眼。「工程師？」

「我只是認識一個人。」

「是工程師？」

「對，資歷很好的。從前在喀布爾蓋摩天大樓。」我用兩隻大拇指按過他的膝蓋後面，一路按到他的阿基里斯腱。

「我怎麼覺得妳是想用按摩來左右我啊，黛安娜？」湯姆微笑，而我又感覺到湯姆・古德溫愛我的那股熟悉的喜悅。這絕對是我一生中最大的福分。

「要是妳能為他們擔保，」他說。「那就當他們是錄用了。」

22

露西

過去……

閃電不會打兩次，俗話是這麼說的。可事實上，有一個人，叫羅伊．蘇利文的，一生中就被閃電擊中過七次。**七次**耶！羅伊每次聽見別人說閃電不會打兩次，他不知該作何感想？我懂，這種事很稀罕，但是那只會讓可憐的羅伊覺得更不好過。羅伊七次電擊都逃過一劫，你問我的話，我會說更令人振奮。他在七十一歲死在床上，自己賞了自己的腦袋一槍——我敢說那些說「閃電不會打兩次」的人應該也要負點責任。因為事實上，有時候，閃電確實會打兩次。羅伊是一個例子，我是另一個例子。

因為我又有一個孩子有腸絞痛。

我坐在躺椅上舉著乳頭想塞進我尖叫不停的寶寶嘴裡，只是這一次，我還有一個小男娃。我的躺椅擺在起居室裡，現在變成了遊戲室、電視間兼海莉葉的臥室。電視上正在播出《冰與火之歌》，我看得很不專心。這一集我看過三遍了，還是不曉得內容。可惡的影集角色實在太多了，不過有瓊恩．雪諾，所以也值得了。

「快吃啊！」我壓低聲音跟海莉葉說。

我感謝我的幸運星，因為至少在此時此刻阿契不在眼前。黛安娜現在每週二會過來，帶阿契到公園玩一個半小時，為此，我非常感激。阿契愛黛安娜——原因有許多，像是她會讓他喝飽奶泡飲，吃一堆棉花糖，放任他玩到瘋——而我沒有意見，因為我有一個腸絞痛的新生兒，如果有某個會殺人的幫派分子提議幫我帶幾小時的孩子，我也會非常心動。

海莉葉真是不簡單，她才三個月大我就看出來了。她不肯讓別人抱，連奧利都不要，每次我想把她交給別人，她就會吸口氣，以會意的眼神盯著我。*妳這是何苦呢，媽？我馬上就會大聲尖叫，鄰居會以為妳是想害死我。他們甚至可能會報警。妳最好……喔，來了，把拔要把我還給妳了。不要再犯這種愚蠢的錯誤了。*

黛安娜堅持要抱海莉葉，試了週復一週，彷彿是以為會奇蹟發生，才隔一週她就不怕人了。每一週我們都得要走一遍這個小小的流程，我很想跟她說省點事吧，可那會是否決了黛安娜身為祖母的權利，更何況還會害我變成那種驚世媳婦，那種在別人抱她的孩子之前硬逼他們去注射百日咳疫苗的人。所以我就讓她抱海莉葉。我已經學會了遊戲規則了。

我好不容易才讓海莉葉開始吸奶就聽見阿契的吃吃笑聲漸漸接近。我的心一沉。回來了？今天下午我有**偉大的計畫**，可是一個半小時來我只摺好了一小疊衣服（都還沒歸位），看了一隻死龍被異鬼拖出冰面。這時，阿契衝進了門，緊抓著一把的棒棒糖。我拿起遙控器，按下暫停。阿契在房間裡亂轉，發了瘋似的，糖吃太多了。

「阿契！」我吼他，因為他在我那堆摺好的衣服上留下了泥濘的腳印。我的乳頭從海莉葉的嘴巴裡掉出來，而且痛得像被捏了一把。「靠！」

「靠！」阿契拖長聲音喊。

黛安娜出現在阿契的後面，一臉驚愕。她打量了房間一眼，立刻就伸出手臂要抱海莉葉，而海莉葉開始吸入長長的一口氣。我把海莉葉交過去，看著我那堆毀了的衣服，這可是我一個半小時來的偉大成就。真的是荷爾蒙作祟，我發現自己在強忍淚水。

「阿契，看你做了什麼，小朋友！」

我並沒有尖聲叫罵，我最後還特意加上了「小朋友」，可是阿契當然是決定要嚎啕大哭。

黛安娜蹲下來，把哀號的海莉葉換到另一邊肩上，彷彿就會有不同的結果，同時安慰阿契。

「你們不在家的時候我就只摺了那麼點衣服！」我說明。「我一直在忙著餵海莉葉，可是忙了半天還是白忙一場。」

黛安娜瞧了一眼電視，螢幕上瓊恩．雪諾的畫面停格，然後她再犀利地看著我。「也許妳可以試試一心多用。奧利小時候，我會一面餵他一面把雜貨拿出來，用吸塵器打掃家裡，再付清帳單。」

黛安娜顯然在唬人。她才沒有一面餵奧利一面把雜貨拿出來，用吸塵器打掃家裡，再付清帳單呢，除非是把她劈成八瓣。我知道，因為我精通——更別說是最近精通的——餵母乳之道。不過我知道什麼並不重要，因為婆婆就是可以說這類唬人的話。至於她們是說謊或是記憶有誤，完全不重要。

「理察三個月就開始走路了。」

「瑪麗從來不哭，從來都不！」

「茱蒂還在醫院裡我就開始餵固體食物了。」

「我用家庭自製的洗衣粉手洗崔佛的衣服。」

「菲利普最愛吃蔬菜了，**愛死了**。我給他什麼他就吃什麼。他最愛球芽甘藍！」

媳婦知道婆婆在騙人，不過不重要，因為妳要如何證明不是真的呢？更重要的是，妳要如何證明不是真的，同時還得要對婆婆有禮貌？那就跟一面餵母乳一面把雜貨拿出來，用吸塵器打掃家裡，再付清帳單一樣不可能。所以，婆婆把為母之道說得多天花亂墜都沒問題。婆婆每次都贏。

「妳可以把海莉葉放下個一兩分鐘，然後洗點衣服，」黛安娜在說。「把兩個孩子都丟進推車裡，帶他們到超市去。做飯的時候給阿契拼圖玩，把海莉葉放進搖籃裡。她才三個月大，妳應該不需要二十四小時坐著。」

我過了一會兒才冷靜下來。我應該清楚的。我並沒有產後憂鬱或是焦慮或是任何的產後失調。我知道有的人會。我表姊蘇菲有一次就跟我承認她覺得她對女兒潔米瑪漠不關心，她對於母親這個角色一籌莫展，只要能讓時間倒轉，不必生這個孩子，她不惜一切代價。我的朋友芮秋說在雷米出生後她陷入了一個虛脫失眠的世界數月之久，她會躺在床上，像患了強迫症，腦子不停想著：「如果妳不把右腿移開，明天早上雷米就會一命嗚呼。」而我在心理上則完全正常。我愛我的孩子。除了被荷爾蒙影響（我聽說這是完全正常的現象），我會認定我的孩子（或是先生）是惡魔的化身之外，我非常喜歡我的生活。我享受在家裡帶孩子，我甚至喜歡我小不啦嘰的工人屋，廚房還沒改裝。

我不喜歡的是讓婆婆站在我自己家裡教我該怎麼做。

「謝謝妳的建議，黛安娜，」我最後說。「的確是……非常有用。我等不及要試一試了。」

我們視線交會，我們都知道我是在說反話，可是挑明了說也是白費力氣，因為我會否認。這場勝利來得出乎意料，我也不是刻意為之，所以我陶醉在勝利的光芒中一兩秒。海莉葉仍在黛安娜的懷中哭號，伸手要我抱，我就把她抱過來，哭鬧立刻停止。又贏一次。

將軍。

我忽地想到只有婆媳之間才會不需要拉高嗓門就爆發一場全面大戰，好笑的是，要是有男人在場，他們只會以為聽到的是一番愉快的對話，完全不明所以。如果奧利在，他可能會說「今天跟媽共度一下午真是愉快」之類的話。在這方面，男人實在是頭腦簡單，算他們走運。

阿契過來坐在我的大腿上，就在海莉葉的旁邊，在這驚喜的一瞬間，我的兩個孩子都是幸福滿足的。我詫異地發現我也滿樂在其中的。

「我只是說我不知道妳是不是懂得利用時間。」黛安娜最後說。

關妳什麼事？我很想這麼說，不過，我們都知道，這樣就壞了規矩。我絕對不能攻擊，不過防守是可以的。我想到了我高中打籃網球，我是守門員，只要我守得嚴謹，對手就無法得分。所以我又想出了一招。

「妳說得對，」我笑著說。「妳是不知道。」

儘管不會記錄在得分板上，但是我滿確定我剛才投進了一球。

23

露西

過去……

「有一天你會用我去換一個年輕的模特兒嗎？」我低聲跟奧利說。

我們站在後露台的烤肉爐邊，奧利在烤肉，而我在旁邊裝忙。今天是週六下午，埃門帶了他的新女友貝拉來吃午餐。她二十二歲，害我覺得這輩子沒這麼蒼老過。

「換不起，」他說。「再說了，我當初娶的可是個年輕女郎。」

「你總是會未雨綢繆。」

「我是放長線釣大魚，」他眨著眼說。「對了，貝拉在廚房，妳最好也進去，不然她可能會玩火柴。」他指了指露台的樓梯，海莉葉和阿契坐在那兒吃麵包夾香腸。「我會看著別的小鬼頭。」

我不情願地進廚房去跟貝拉攀談，倒不是出於對埃門前妻的忠誠——我也並沒有特別喜歡茱麗亞。純粹是因為我是個結了婚的女人，還生了兩個孩子……而她才二十二歲。

我一進廚房就看到貝拉站在沙拉前面俯視著碗。

「埃門呢？」我問。

「他去買香檳了，我跟他說我不要喝，可是他非買不可。」她翻了個白眼。

「喔，那，要不要我拿什麼飲料給妳？或是吃的？我有起司和椒鹽餅乾——」

「水就好。」她說，指著她旁邊的杯子。

「那我幫妳弄點冰塊吧？」

「不用了，常溫的比較好。」

對什麼比較好？我納悶，不過我不問，以免她決定要告訴我。我隱約記得聽過冷飲有害的訓話（說什麼身體會累積濕熱），那是幾年前為了老是好不了的頸痛去看中醫，針灸雖然有效，可我是個偏愛冷飲的人，所以這種喝常溫飲料的不請自來的建議就成了不受歡迎的附贈服務了。

「那妳跟埃門是怎麼認識的？」我改問這個問題。

「他去我的健身房，」貝拉跟我說。「他在我的槓鈴運動班上。」

「妳是健身教練？」

她點頭，而我覺得鬆了口氣。奧利跟我說她是Instagram上的健身狂人，就是把精力湯加蛋白粉的相片貼在他們到世界各地露六塊肌的照片集裡的那種人。現在知道她有一份真正的工作，滿讓人欣慰的。

「咳，至少我以前是，」她說。「我現在主要是臨時幫人頂替，因為我的事業爆紅。」

「喔？」我說，拉開抽屜找取沙拉的叉匙。「是什麼事業？」

「我是健身網紅。」

我的兩隻手平平按著刀叉盤。

「我在Instagram上有十二萬兩千個粉絲，所以，對，聲勢越來越好。可是我的意思是……我需要繼續圈粉。」

「那……妳是要……怎麼圈？」

我找到了叉匙，就動手拌馬鈴薯沙拉。我的美乃滋放得太多，現在我覺得恐怕是錯了。葉菜沙拉也一樣，加了一大堆的酪梨、羊乳酪和油。

「就……分析最好的影片……查看你在使用的主題標籤像#fitspo和#fitnessporn，隨時注意你這個領域裡誰在帶領風潮。」

「了解。」

「然後就要跟品牌合作。有一個真的很有趣、很有前途的有機果汁品牌就跟我聯絡了，我們會跟他們一起弄一些真的很酷的東西，對，情勢大好。」

「真棒！」

我覺得像在照顧朋友的青少年女兒。她穿著運動胸罩、萊卡緊身褲，配上一件透明的防水衣。來吃午餐！透過防水衣我看到她的乳房圓得令人生疑，不像是她這麼纖細的體格應該有的。我忽然想到了我自己下垂的乳房，被兩次懷孕以及兩個飢餓的寶寶毀了。奧利似乎不介意，其實他似乎還滿喜歡的，可我還是任性了一分鐘，追念我生孩子之前的胸部，那麼的高挺，而且差不多跟這一位的一樣大。

響起了關門聲，一會兒之後埃門就出現了，兩隻手各抓著一瓶香檳。他像個白痴一樣搖酒瓶。「狂歡作樂的時間到了，小姐們！」

埃門的襯衫鈕釦解開太多了。他最近瘦了一些，搞外遇或是經歷中年危機的男人都差不多這樣。（奧利，上帝愛他，一直保持穩定的體重，甚至每過一年都會增加一點，在外遇方面是好消息。）

「香檳杯，露西？」埃門說。

幾分鐘後他帶著四只酒杯回來，斟到快滿出來。「我說我不要喝！」貝拉高聲說，被他硬塞了一只杯子。「我在排毒。」

「沒有什麼比香檳更適合排毒了。」他輕快地說。

「誰在排毒？」奧利問，托著一盤過熟的肉出現在廚房。

「貝拉。」埃門跟我異口同聲說。

奧利瞧了瞧托盤上的肉，就跟我看我的沙拉一樣的眼神。

「放心好了，」貝拉微笑著說。「我自己帶了食物來。」

奧利直愣愣地瞪著她。「妳自己帶自己的食物來？」

她打開了一個鮮豔的保冰袋，我剛才還以為是她的皮包呢。「我在星期日就預先準備好了，所以一點也不麻煩，真的。我只需要一個盤子。沒見過我這麼容易招待的客人吧？」她哈哈笑。

我已經能聽見奧利跟我在他們離開後模仿她了。沒見過我這麼容易招待的客人吧？因為這個原因，而且是唯一的原因，我擠出了笑臉。

我給了貝拉盤子，她撈出蔫萎的沙拉，看樣子像是糙米和生菜。而我們三個則大啖馬鈴薯沙拉、香腸和漢堡。

「生意怎麼樣，埃門？」我問。「一帆風順嗎？」

埃門來我家唯一的好處就是我可以問生意的事。打從創業開始，奧利就二十四小時不停地工作，可每次我問他，他只說個兩三句。他有愛操心的毛病，所以他似乎不太樂觀時，我就會以此安慰自己。可今天我一直希望能從埃門這裡得到一點擔保。

「我們今天不需要談公事。」埃門放下了酒杯。「今天可是週末呢。」

「我很樂意談公事。」我說。

「妳知道還有什麼更好玩嗎？真心話大冒險。」

我被香檳嗆到了。真心話大冒險？埃門都四十三了，我提醒自己。四十三了。

「唉唷，這是讓大家熟悉的好遊戲啊。我們前晚就玩了，對不對，貝拉？」

貝拉點頭，叉住了一片菠菜葉。她在聽，好像是，不過她的全部焦點似乎是在她的食物上。可憐的小東西可能是餓壞了。

「好吧，妳可以開始了，貝拉，」埃門說。「真心話還是大冒險？」

「嗯，那我應該選冒險，因為我喜歡肢體挑戰。可是看這個場所，我們又正在吃飯，那我選……真心話。」她愉快地聳肩。

「妳是看上了埃門的哪一點？」

話是從我的口裡迸出來的，我壓根來不及阻止。通常我會很謹慎，以免讓人覺得我看不出埃門有什麼值得欣賞的地方，可是最近我對他的自尊心沒那麼在意了。至於貝拉，我等著她支吾其詞，羞於啟齒，可是她只是伸手過去握住他的手，笑得一點也不會不好意思。「在他之前，我只見過小男生。埃門是個男人。」

奧利跟我互看了一眼。我盡量不嘔吐。

「這可不容易呢，」埃門說，伸開了胳臂。「不過總得有人擔起來呀。」

「好吧。」奧利說，顯然跟我一樣驚駭。我花了一會兒工夫沉浸在我這個大致上正常的老公的質樸之中。

「換你了，兄弟，」埃門對奧利說。「真心話還是大冒險？」

「冒險。」他說，倒是出乎意料之外，因為過了十二歲誰還會選冒險？我告訴自己他這麼回答只是想讓進度快一點。我盡量去想別的事情，埃門放下酒杯時，我心裡想的是去敲鄰居家的門然後逃跑。

「我挑戰你去跟你爸借一百萬！」他說。「他爸是印鈔機，」他向貝拉解釋。「他口袋裡的零錢可能就有一百萬。」

他哈哈大笑，讓我想起了傑弗瑞．葛利嫩，湯姆的朋友。同樣恐怖的笑聲，同樣的沙豬態度。不過傑弗瑞起碼還有個好太太。

「可惜的是，」奧利用紙巾擦乾淨嘴角。「還得過我媽那一關。」

「他媽媽很摳，」埃門向貝拉解釋，而奧利立刻就生氣了。埃門這下子可是誤闖禁區了。奧利曉得他母親不好相處，可她畢竟是他的母親。

「換你了，埃門，」我趕緊說，因為遊戲越早結束越好。「真心話還是大冒險？」

「真心話。」他說。

「讓我來。」貝拉說，然後花了好久好久的時間才想到了問題，期間還又哼又吭，誇張地用食指按著嘴唇。

「你遇到過最壞的事是什麼？」她終於說。

埃門顯然是嚇了一跳，而我有個感覺他是以為問題會像「你有沒有玩過三P？」之類的。我不得不誇獎貝拉，這個問題還不壞。

「這個嘛，離婚離得不是很漂亮，」他說，在短暫的沉默之後。「我是指經濟方面，」他趕緊跟貝拉說。「我失去了房子和一大部分積蓄。可是我也學到了一課。」

他把一叉子香腸送進嘴裡，緩緩咀嚼。

「你學到了什麼？」我問。

「就那個嘛。」他聳肩。「要有防備措施，這一類的事。」

「防備什麼？」我問，哈的一笑。「離婚嗎？」

「防備一切。」埃門說，彷彿是再淺顯不過的道理。

就連貝拉都一臉迷惑，這倒讓我多了一點好感。「沒有什麼保障是能防備一切的，」她說。

埃門大口灌香檳，再反感地眨眼。「錢，」他說。「就是可以防備一切的保障。」

24

露西

現在

隔天我們去了律師事務所。我想推托，可是黛安娜的律師傑若德跟奧利說我們全都到齊會比較好，所以即使黛安娜的葬禮就在明天，我還有幾百個小冊子得摺，有祈禱文要選，有外燴得確認，我還是去了。可我們坐在接待室時，我的心思卻像是牛頓擺，來來回回擺動，沉吟著我所知的一切。黛安娜死時手上有一支空毒藥瓶，可是她的身體內卻找不到毒藥，而且少了一個靠枕，還有窒息的物證。就連我都看得出來是有人把黛安娜的死佈置成自殺的。可如果是這樣的話，他們為什麼要把遺書藏在抽屜裡，而不是放在顯眼的地方？

沒有一個地方說得通。

傑若德出現在他的事務所門廳時，奧利、妮蒂、派崔克跟我各佔據不同的角落。不過傑若德一來就帶來了一個歡迎的焦點，我們都聚到了一塊。

「請節哀。」他說。

「謝謝。」我們喃喃說。

傑若德和湯姆念同一所學校，不過兩人的交情還不到是朋友的程度。奧利和妮蒂見過他許多次，我只有一兩次跟他匆匆一見，而他總像個百畜無害的人，甚至有點呆板。我隱約記得湯姆跟黛安娜說要邀請傑若德聖誕節過來喝一杯，而黛安娜卻發出呻吟，顯然她也覺得傑若德呆板無趣。

傑若德把我們請進他的辦公室裡，這才注意到我們少了兩張椅子，就又跑到走廊上。奧利、妮蒂、派崔克跟我留在房間裡，沉默得令人尷尬，眼睛到處看，就是不肯看著彼此。我發現妮蒂甚至不看派崔克。

「好了，」傑若德說，推著一張有輪子的椅子回來。「謝謝你們過來。通常我們會寄出信件給我們的客戶，通知他們是資產受益人，可我要幾位到辦公室來是因為這份資產有一點……好，在這裡，雪莉，」他對著忙亂的中年接待員說，她正好推進來第二張有輪子的椅子。她把椅子推到奧利面前，又匆匆出去。「謝謝，雪莉。抱歉，我剛才說令尊令堂的資產比我們大多數的客戶都還要更複雜一點。」

這件事對我們來說並不算是什麼新聞。湯姆和黛安娜的財產那麼龐大，注定是會複雜的。大概就是這個原因，我推斷，湯姆才要請傑若德擔任遺囑執行人，而不是奧利或妮蒂。

「你何不坐下來呢？」他對奧利說，因為他不管面前的椅子仍然站著。

「我站著就好。」奧利回答。

「悉聽尊便。好，各位也知道，湯姆和黛安娜有相當大的一筆資產，有土地、汽車、船。有證券投資、家具、家庭裝飾品、珠寶和私人物品。但是現金的數量並不是很多。」

「湯姆提到過一兩次。」派崔克說，還輕笑了一聲。

傑若德兩手交握，置於面前，坐得筆直，彷彿是在下定決心。「是的，嗯……後來發現，湯姆指名黛安娜為他的資產的唯一繼承人，而她死後，就由奧利和安東妮特平分。不過呢……幾星期前，黛安娜來看我，做了部分修改。」傑若德按揉額頭，五官皺了一秒，像是偏頭痛。仍低垂著眼皮。「在那次的會面中，黛安娜要求指定她的慈善機構為資產的唯一受益人。」

房間變得好安靜，我都能聽到外頭的車流，室內的時鐘滴答，甚至是接待員在辦公桌上拿東西，歸檔、使用釘書機、打字。

「黛安娜確實說過她會跟你們溝通修改遺囑的事情，但修改是最近完成的，她顯然沒有機會。」

我感覺到奧利在我後面欠動，我轉過去看他。

「等等，黛安娜的慈善機構繼承了……？」他開口說。

「全部的資產。」傑若德抬起眼睛，濃濃的灰眉毛下的眼珠鎖住了我們每一個人。那種眼神告訴我他不是在開玩笑，也不是什麼誤會，沒有什麼混亂。「房子、汽車、證券投資、現金。」

妮蒂尖銳地吸氣，派崔克站了起來。奧利歪著頭，略微瞇著眼，就像艾笛跟他說什麼而他就是聽不懂的模樣。我們都環顧房間，而從抵達此地以來，我們第一次迎視彼此的視線。幾秒鐘過去了，誰也沒說話。

25

露西

過去……

我有兩個孩子坐在汽車後座，一個在哀號（海莉葉），一個（阿契）想往鼻孔裡塞葡萄。我們受阻在繁忙的圓環，我們前方有個駕駛黑色休旅車的女人從車窗裡遞出一支網球拍給她一臉鬧彆扭的青少年兒子，又跟他聊開來了，完全不顧後面的一排汽車越堵越多。

海莉葉發出又一聲唯恐天下不亂的哭號。

這類事情在黛安娜的社區層出不窮。我們正要去黛安娜的家——每逢週二，我就開車把孩子送到她家，早上十點整，一直待到下午兩點，我再去接。海莉葉現在六個月大，我實在是恨透了把兩個孩子放進安全座椅固定好，再開車二十分鐘到黛安娜的家，幾個小時後再跑一趟去接，不過我還不至於冥頑不靈到拒絕免費的托兒服務，即使是我難相處的婆婆提出的。

「阿契，你能不能把奶嘴拿給海莉葉？」我說，瞧了瞧後照鏡。她的奶嘴在阿契的嘴裡，葡萄則不見了蹤影。「葡萄呢？」

「我吃了。」他說，摘掉了奶嘴，塞進了妹妹的嘴巴裡。我盡量不去想他鼻水流個不停的鼻子以及他目前的感冒幾乎鐵定是會傳給海莉葉。至少她立刻就不哭了，總算給人一點安慰。

「我們快到黛朵家了嗎？」

「快了。」我說，而他安靜了下來。儘管惱人，可是他愛他的奶奶。她待他很好，以黛安娜的獨特做法。她不會對他的美勞作品大加讚嘆，或是要求擁抱，但是她做的別的事情在孩子心目中等級似乎很高……比方說是直視他的眼睛，挑戰他，關掉電視，陪他玩。而且當然，她的廚房流理台上有一罐巧克力餅乾，在阿契來時總是滿的，在他走後則一片也不剩。

我在差幾分鐘就十點時駛入黛安娜和湯姆的鵝卵石車道（討厭透了，因為阿契會把鵝卵石塞進口袋裡，最後掉在我家裡，到處都是）。前門停了一輛破舊的黃色富豪，可能是哪個清潔工。我停在富豪後面，把海莉葉的安全椅抬下車。阿契自己解開了安全帶，跳下了車，立刻就抓了一把鵝卵石。我步上台階，把安全椅放在平台上。大門開著，附近某處傳來了陌生的男性嗓音。

「我們在阿富汗有一句俗話：在螞蟻窩裡，露水就是洪水。意思是……別人的小小不幸對另外一個貧困的人來說就不小了。我應徵了許多工作，每一次——連個回音也沒有。所以妳做的事，並不是小事，是大事。」

「湯姆說你的表現很好。」換成黛安娜的聲音了。

「湯姆很客氣，我就沒有那麼客氣了。我之前對妳很粗魯，原諒我。」

「沒有什麼原不原諒的，」我聽見黛安娜說。「只要把你的家人照顧好就好。我知道你會的，哈肯姆。」

「我會的。」

有什麼動靜，我往後退，舉起手來敲門，像剛到的樣子。阿契在向黛安娜的荒原路華扔石頭。（「住手。」我低聲說，黛安娜也正好出現在門廳。）

「露西。」黛安娜皺起了眉頭。她一眼就看見了全貌，掃過全院，短暫停留在阿契身上，他心虛地凍住。她嚴厲地看了他一眼，他立刻就把石頭丟回車道上。

「我們剛到！」我說。

「我看到了。」她轉過頭去，面向那個也來到門廳的男人。「謝謝你過來，哈肯姆。」

「謝謝妳願意見我，我不會忘記妳的仁慈的。」

我們看著那個人坐進他的富豪，呼嘯而去。我這才抓住阿契的手，把他從鵝卵石地上拽過來。黛安娜抱起了海莉葉，她已經醒了，專注地盯著我們，兩隻藍眸寫著驚嚇。現在黛安娜抱海莉葉她已經不哭了。

「那是誰啊？」我問，帶著阿契走上台階。

「哈肯姆是位工程師，在湯姆那裡工作。」

「他似乎非常感激妳。」

「有嗎？」

「黛安娜。妳顯然幫了他。」我有一點咄咄逼人的味道，不過我跟黛安娜的關係反正並不好，不大可能會毀了什麼。不必投鼠忌器還是有它的優點的。「跟我說嘛。」

黛安娜翻了個白眼，活像我是一隻害蟲，而她不想要鼓勵我。「他找不到工作，就這樣。他沒得到機會，我只是讓他有一個機會。」

「妳真好心。」

黛安娜嘆氣。「對，唷，妳大概不覺得我有多好心。可是我確實強烈感覺人人都應該要有一個公平的機會。哈肯姆卻得不到，而我的孩子卻能坐領每一個機會。現在該是我讓到一邊，看他們拿他們得到的機會怎麼辦的時候了。」

這是我跟黛安娜最像模像樣的一次交談了，而一剎那間，我瞥見了她是個什麼樣的人。

「這種人生觀真不錯。」我說。

我們直勾勾看著彼此一兩秒鐘，我覺得我們倆之間流動著相互的尊敬。

「我很高興妳這麼想。」她說，然後就帶著我的孩子匆匆進屋了。

26

露西

過去……

「高一點，」阿契大喊。「再高一點！要真的很高。」

他已經飛得夠高了，看起來像是在天空繞圈了。

「好，」妮蒂說。「開始了！」

妮蒂請了一天假來幫我帶孩子，打從海莉葉出生，她就幫過我幾次，而每一次，在事後我都覺得像簽了一張生命的新合約。此時此刻，海莉葉被綁在妮蒂的胸前，而她幫阿契推鞦韆，不過一整個早晨她都跟阿契在接球、爬樹、玩捉迷藏。她這個姑姑真是沒話說。

不像黛安娜，妮蒂都來我家，因為「妳不會想把兩個孩子都固定在車子裡，開到我家來。」（哈雷路亞。）她幾乎每次都會帶點心來給孩子（而且在給他們之前會詢問我是否可以），帶咖啡給我，以及一份現成的餐點給奧利和我晚上吃。有時她會把孩子帶出去，給我喘息的空間，有時，像是今天，我們會一塊散步，辦點雜務，到公園玩。通常有她在，她都是輕輕鬆鬆、開開心心的，輻射出快樂的能量，可今天她似乎是變了一個人。她的頭髮沒洗，穿著緊身褲和一件長開襟毛衣和運動鞋，雖然完全適合到公園來，但以她平日的穿衣風格來說，卻是很大的退步。還有她雖然跟阿契的話滿多的，一整個早晨卻幾乎沒跟我說上一個字。

「妳沒事吧，妮蒂？妳今天早晨好安靜。」

她的視線偷偷瞥向一邊。「我有嗎？」

平心而論，妮蒂平常就不是話很多，尤其不愛談她自己。她有什麼心事都藏在心裡，寧可發問而不是提供訊息。可我這時從她眼中看出她在天人交戰，我忽然想到也許她真的想要談一談。

「怎麼回事？」我問。

她又偷偷看了我一眼，然後吐口氣。「好吧。老實說……我幾天前流產了。所以我這個星期才會請假。」

「喔，妮蒂，真遺憾。」

她繼續專心推鞦韆，小小地聳個肩。「這……不是第一次了，說真的。派崔克跟我一直想生孩子，好幾年了。我們還失去了三個孩子，都在早期，在懷孕的頭三個月。」

「妳流產過四次？」我的心思飛轉，回想那些她可能懷孕或流產而我茫然無知的時候。我驚恐地想著我一定說過的那些不經大腦的話。

「等我不需要了，嬰兒車可以送給妳……」

「等換妳自己生就知道了……」

「等妳生了孩子，我會回報妳。」

我自戀地以為這種事妮蒂會告訴我。我愚蠢的以為我會知道。

「我還以為妳是想要專心事業……」

妮蒂搖頭，消沉地笑了笑。「我才不在乎我的事業，我想要孩子。我有多囊性卵巢症候群，所以我知道懷孕不容易，可我從沒想過會這麼難。」

「妳去看過專家了嗎？」

「兩個。我們試過了口服藥和人工授精，我往肚子上注射荷爾蒙注射了好幾個月，下一步就是試管嬰兒。」

「喔，我認識幾十個人都是靠試管嬰兒得到孩子的，我的媽媽團體裡面有一半的孩子是試管嬰兒。」我熱心地說。

「我知道，可是不便宜。我們有房貸，還有這些不孕症的醫療費，我的存款都空了。而派崔克的生意，唉，並不怎麼賺錢。」

「妳爸媽總會幫忙吧？」

「我當然是得走一次過場，開口跟他們借錢，可是媽說不借。」

我的下巴掉了下來。我知道黛安娜在給錢時有她的原則，可我無論如何也想不通居然連妮蒂的試管嬰兒也不能破例。

「爸以前會給我錢，做人工授精和一些檢測，可是媽不知道，而爸最討厭騙她。所以……我想人工授精我們只能靠自己了。」

「有時候我真的很討厭她，」我的話脫口而出，立刻就想吞回去。黛安娜是妮蒂的母親，無論她做了什麼，妮蒂都會維護她。「妮蒂，對不起，我——」

「有時候我也是。」妮蒂說，然後我們兩個都陷入沉默，鞦韆的鐵鍊在冷冽的晨風中吱嘎響。

27

露西

過去……

「我要跟海莉葉拉拉炮。」阿契說，悄悄在廚房走向我。他的頭上已經戴了橘色的聖誕節紙帽了，脖子上掛著綠色的塑膠哨子，我一看就知道這不會是他的第一個拉炮。我爸和古德溫全家都擠在我們的餐廳裡，拿著明蝦沾千島醬。餐桌排列著節慶的餐巾、紙盤和阿契在托兒所做的裝飾品。

「跟我玩，冠軍。」奧利說。

「可是我答應海莉葉了！」

「我想海莉葉不會介意的，阿契。」我說，我們都看著她坐在妮蒂的大腿上眨眼睛，不置可否。

我們的罕普敦租屋並不像墨爾本港工人房那麼小，但是也沒大多少，尤其是客廳一半的地方都被聖誕樹佔據了。我們缺了兩張餐椅，所以派崔克和奧利坐在另一端的高腳凳上，居高臨下俯視我們。湯姆一臉迷惑，而妮蒂一直說真好真好，次數多到讓我不由得懷疑她是想要說服誰。過去聖誕節不是在爸家就是到古德溫家的布萊敦房子去過，而今年預定計畫也是如此，卻被我橫加干預了。該把控制權拿回來一些了，我如此決定。

奧利出奇地熱心。（「過我們自己的聖誕節，」他說。「扮大人，設下新的傳統。」）很貼心，雖然在準備時他簡直就是廢物一個。

「奧利，你能不能來幫我一下，拜託？」我在廚房裡喊。我的臉熱到受不了，而且我猜大概是紅得像甜菜。我低估了為七名成人和兩個兒童烤火雞，外加蔬菜和肉汁和李子蛋糕和海鮮開胃菜需要耗費的時間精力。我跟個傻子一樣，拒絕了黛安娜和妮蒂帶餐點來的提議，說了我總是巴不得想說的話：「妳們人來就好。」（聽別人說總是那麼的大方自在。）不幸的是，這也意味著我得要一個早晨的時間穿著被汗浸透的洋裝，煮一頓壓根就不適合炎熱的澳洲聖誕節、不適合一棟根本沒有空調的房子裡吃的晚餐。

「那，聖誕快樂。」湯姆說，舉起啤酒跟黛安娜的葡萄酒杯碰杯。他似乎覺得好玩而不是失望，喝的是罐裝的維多利亞苦啤，而黛安娜也很識相，沒抱怨她的夏多內是溫的，事實上，她還喝了不止一杯呢。在這方面我是不得不誇獎她的——尤其是上個聖誕節我們在她家喝了幾瓶的伯蘭爵香檳——可是得知黛安娜不願意幫妮蒂支付試管嬰兒的費用，我一點也不想給黛安娜加分。

「聖誕快樂。」妮蒂說，用她的酒杯跟她爸的啤酒罐碰杯。她帶了兩瓶酒來，已經喝掉一瓶了。我也不怪她。她存錢熬過了一回合的胚胎植入（得到了兩個胚胎），卻沒有一個移植成功。現在三十九歲的她又得再為另一回合存錢，到時候她差不多也四十了，而她懷孕的機會甚至會變得更渺茫。可她的父母錢卻多到花不完。這是哪門子的道理？我曾跟黛安娜說過我喜歡她的人生觀，可是在這件事上頭，我一點也不喜歡。

妮蒂一整天的時間大多把海莉葉抱在她的大腿上，不肯放她下來，即使在我們吃海鮮開胃菜時。而現在她露出了微醺的表情，我就在想是否該把海莉葉抱走。可是派崔克似乎在隨時注意她，而他只喝了一瓶啤酒，所以我就決定由她去了。

「我來報到，」奧利說，進廚房來找我。我把一副防燙手套交給他，他套上後就半個人探進烤箱裡了。「也許，下一個聖誕節，」他大聲說，伸長胳臂去拉火雞。「桌子上會再多一個孩子，嗯，妮蒂？」

人人都愣住，嘴裡滿是明蝦和千島醬。

「那妳是怎麼計畫的呢？」奧利往下說，渾然不覺有異，把火雞放到流理台上。「妳會是那種一面生孩子一面在手機上回信件，然後直接從醫院回辦公室上班的人嗎？」

我狠狠瞪了他一眼，卻是徒勞，因為他開心地在給烤雞抹油。

「其實呢，」妮蒂說。「要是我夠幸運能懷上孩子，我會立馬辭掉工作。離開那種筋疲力盡的競爭幾年，在家帶孩子。就跟露西一樣。我真的很敬佩妳的努力，露西，而且我覺得妳是一位了不起的母親。」

我面露微笑，卻覺得緊張。

「可是，」她接著說。「這些都只是沒有意義的假設，因為我沒有懷孕，而且我甚至沒辦法再開始另一輪的試管嬰兒，除非我們能存到五千塊，而且我已經三十九了，每一秒鐘都會變得更老。」

妮蒂比我想像中要醉，講到「秒鐘」舌頭都大了，海莉葉在她的大腿上搖搖欲墜，湯姆彷彿是看穿了我的心思，把海莉葉抱了過去。

奧利終於抹好了火雞，專心聆聽了。他投給我恐慌的一眼。同時，黛安娜謹慎地喝了一小口酒，就把酒杯放下了。「原來妳是想像露西一樣，是嗎，達令？」

「對。」妮蒂說。她的語氣中有一絲的叛逆，聽得我不由得武裝起來。

「我懂了。」黛安娜的聲音平靜自制，而且有點陰森森的。「那麼萬一奧利死了，妳覺得露西會怎麼樣？」

我張開嘴，可是妮蒂連一拍都沒漏掉。

「我想奧利有保險。」

「足以讓露西不必工作？」黛安娜笑著說。「我很懷疑。她有兩個孩子要吃飯、穿衣服、受教育。離開職場這麼多年，她能找到什麼樣的工作？」

「媽！」奧利說。

黛安娜環顧周遭。「咦，你們都一臉驚駭，不過告訴我。妳要怎麼辦，露西？」

「媽，夠了！」奧利說。

「露西根本連想都沒想過。」黛安娜說，別過臉去，只盯著妮蒂。「妳想要當那種母親嗎？」

妮蒂跟我都站了起來，湯姆和奧利也忙著介入，可他們只是兩張衛生紙，而我們是兩顆子彈。

「妳想知道我想當什麼樣的母親？」妮蒂尖聲叫。「那種在孩子來求援的時候會幫助孩子的。那種讓孩子對自己覺得有信心的，而不是覺得自己是懶惰、沒有用處的吸血鬼。」

「所以妳的孩子要什麼妳就給什麼？」黛安娜問。音調微微升高，我看得出她快心煩意亂了。「教他們他們可以不勞而獲，什麼都可以不必努力爭取？」

「妳以為我為了孩子沒有努力過？」妮蒂語不成聲，臉孔漲紅。「我努力了三年。我吃過每一種治療不孕的藥。我兩次胚胎植入失敗，我還流產過四次。」

黛安娜搖頭，別開了臉。可是她雙手交握，放在大腿上，我注意到她在發抖。「我如果幫妳就是在害妳，妮蒂。」她說。

「這樣的話，妳一直就是個模範母親，」派崔克從桌子另一頭說，舉起了啤酒，對著餐廳乾杯。「好一個快樂的聖誕是吧？」

28

露西

現在……

派崔克仰頭發出漫長的、嘹亮的、不合宜的笑聲。傑若德和妮蒂、奧利都不自在地別開臉，可是我忍不住看著他。他的樣子……不一樣。他的嘴唇抽動，彷彿是決定不了是要向上彎還是往下撇。「你是說黛安娜什麼也沒留給她的孩子？」他用右手大拇指和食指按著兩邊太陽穴，搖搖頭。

傑若德低頭看著面前的文件。「只有一些私人物品。」他拿起一張紙，把眼鏡架在鼻梁上。「相簿，你們童年臥室中的家具、你們隨時都可以去取。妮蒂得到了黛安娜的訂婚戒指，奧利得到了他父親收藏的雪茄。露西得到一條項鍊——」

派崔克噴出一口氣，可能是笑聲，也可能是喘息聲。「現金呢？財產呢？」

「黛安娜的慈善會會繼續運作，也會指定董事會來監管慈善會的營運。現金會用來資助慈善會，以及任何董事會認為有益於慈善會的投資。不動產會出售，過程也會——」

「對不起，」奧利這時打斷了他，舉起了一隻手。「可以停個一秒嗎？我們除了私人物品以外什麼也沒得到？不，一定是哪裡弄錯了。」

傑若德一臉嚴肅。「我可以保證，沒有弄錯。黛安娜把她的希望說得一清二楚。」

奧利眨眨眼，頓了頓。「我們可以抗告嗎？」

「可以，」傑若德說，顯然是料到了。「不過會拖上一段時間。」

「我們告得贏嗎？」

「有可能。」他遲疑了一下。「我身為執行人在這方面不能給你們建議，不過我認為等你們有機會通盤考慮過之後，你們可以去徵詢專業意見。」

「我們不需要通盤考慮，」奧利說。「我們要抗告。」

「我……同意。」妮蒂說。

「我也是。」派崔克說。

「露西？」傑若德說。「妳的意思呢？」

我在椅子上轉身，看著派崔克，再看著妮蒂，再看著奧利。他們的臉上鐫刻著傷心和迷惘，但是還有別的，滿醜陋的。事實上是太過醜陋，我不得不再把椅子轉回來。

「這件事與我無關，」我跟傑若德說。「一點關係也沒有。」

29

黛安娜

過去……

我們的房子顯然有三十幾個房間。我還是想不通。湯姆第一次帶我來看房子，我開門見山就拒絕住在這裡。我每天面對的都是一些住處不過是一個停車格大小的女人，我憑什麼住在宮殿裡？可是湯姆仍然是像平常一樣，說服了我。說來也真好笑，再不凡的事也很快就變得平常，人類還真是會適應的動物。

今晚，湯姆跟我在男人窩裡。我坐在切斯特菲爾德沙發的一頭，湯姆坐在另一頭。他的長褲撩到了膝蓋上，而我在幫他按摩小腿肚。最近他的腿不舒服。（「年紀大了。」他老是這麼說，只要聽到我叫他去找醫生看一看。）晚上，我經常發現他在臥室裡踱步，因為小腿抽筋。

「嗯，」他這會兒在報紙後面嘟囔著。「舒服多了。」

距離湯姆微笑著稱為「聖誕門」事件已經兩週了。他是可以微笑，因為孩子們仍跟他說話。真可惡。如果你什麼都說好，你當然很容易就受歡迎。說真的，他就是我不得不扮黑臉的原因。這世界上沒有壞警察還行嗎？要是他們的兩個家長都像湯姆．古德溫，那他們的養尊處優、無法無天還會有個節制嗎？

我還沒告訴湯姆聖誕節那天是什麼事害我發火的。坦白說，我自己都還沒分析明白。說起來得說到聖誕節前幾天，愷西突然打電話來，建議我們見個面喝杯喝啡。（「不找她們，」她說。「就我們兩個。」）

我還以為愷西是要聊她的身體——也許她是發現了腫瘤或是檢驗結果不理想。到了我們這個年紀，「消息」通常就是指這個。誰知道卻跟愷西一點關係也沒有。

「我週末去了戴爾斯福特，」她說。「我看見了一件事。我真的不應該說的，因為我不是百分之百確定……」

她很快指出可能是誤會，可是她敢用性命打賭男的是派崔克，從餐廳出來，帶著一位女士。她發誓不是妮蒂。他攬著她的腰，一點也不像是清清白白的朋友。

我決定了不插手。畢竟愷西也不確定她是看見了什麼，跟我也沒有關係。可是，聖誕節那天，妮蒂又說起什麼試管嬰兒，我就心慌了。我不是故意要惹誰生氣或是侮辱露西的，我只想要讓妮蒂三思而後行，難道她真的要跟一個可能背著她偷吃的男人生孩子？

結果我卻太急躁，一下子得罪了所有的人。

聖誕節之後的寂靜出乎意料地吵嚷。我認識許多女人幾乎都無所事事（珍恩、麗茨、愷西），所以我一向對自己充實的人生感到自負——我的慈善會，我的雜務（我總是親力親為而不是雇用傭人），跟朋友喝酒，孩子，孫子。聽別人談起老人很寂寞，我總是想：我才不會那樣。我被人包圍著。像我這樣的人渴望寂寞。可是聖誕節過了兩週了，我開始覺得，咳，寂寞。

「我發現奧利和埃門今天來過。」我跟湯姆說。

湯姆放低了報紙，露出一張慚愧的臉。

「你給了他們多少？」

我才剛去醫院把菲莎和寶寶接回她家，回到家來就發現埃門浮誇的跑車停在車道上。用膝蓋想也知道他們是來做什麼的。

「那是投資，」湯姆說。「投資他們的生意。」

我抓住湯姆穿著襪子的腳趾，朝膝蓋的方向彎，伸展小腿肌肉。他呻吟一聲。

「妳在生我的氣嗎？」他說。

「沒有，我沒生氣，我是累了。」

說真格的，有時候，當母親實在是不可能的任務。打從孩子還小開始，妳就在考慮早餐應不應該讓他們吃巧克力，「就這一次嘛」，妳同時也在怕會不會弄壞了他們的牙齒，給他們養成了一輩子的壞習慣，並且讓兒童肥胖流行病又多幾個病例。等他們長大了，就更糟糕。我擔心妮蒂沒辦法懷孕，我也擔心她可能會跟一個風流的男人生孩子。我擔心奧利的生意沒有起色。我擔心我的孩子會期待他們的父母在他們長大成年之後還供養他們。

湯姆放下了報紙。「如果我說我也給了妮蒂錢，妳會說什麼？在幾個月前，做試管嬰兒用的。」

我嘆口氣。「我會說我不意外。」

「可是妳不背書？」

我閉上眼睛。「對，我不背書。」

我感覺到湯姆的手按著我的腿。「別這樣嘛，黛。想想如果妳的父母支持妳，讓妳生下孩子而不是把妳送走，妳的人生會是什麼樣子。」

我搖頭。「那不一樣。」

「是不一樣，」他說。「可說來說去就是支持。妳想不想給他們支持？」

我睜開眼睛。「其實是給不給錢的問題。這是兩碼子事。」

第十四天，妮蒂遞出了橄欖枝。我出去辦事回來，就看見她坐在廚房的高腳凳上。她穿著訂做的長褲和白襯衫，脫掉了裸跟鞋，手肘架在流理台上。讓我想起了她的青少年時期，放學後懶洋洋地趴在流理台上，搜刮東西吃。

「妮蒂。」

她轉過椅子面對著我。她瘦了，眼睛在臉上變得更加突出，頭髮的顏色黯淡，像是有一陣子沒洗了。「嗨，媽。」

「真是驚喜啊。」

我往廚房裡走，妮蒂轉動凳子跟隨我。「我是來確認我們沒事的。」

我把皮包放在流理台上，坐上了她旁邊的高腳凳。「我希望沒事。」

「我也一樣。」

我點頭。「聽著，聖誕節的事我很抱歉。我不應該說那些話的，我知道妳有多想要個孩子，達令。」

她的眼眶紅了。「我們好像一直在試，我都快四十了，媽。我們的時間快不夠了，至少我的時間快用完了。派崔克的時間還長著呢。真不公平。」

我一手按著她的背輕拍。「跟派崔克還好嗎？」

她吸鼻子。「嗯。」

我又一次懷疑是否應該把我知道的事告訴她，至少是我聽說的事。我可以叫她自己去調查，看是不是真的。我可以只傳遞訊息，堅持不插手的立場。我可以跟她說無論她如何決定，我都接受。可是我沒有。可能是因為我知道如果我把聽說的事告訴妮蒂……我會失去她。她太有自尊了，我的女兒。我已經失去她很多了——輸給了成年，輸給了派崔克。我想要把握住僅存的部分。

「妳流產過嗎，媽？」

「沒有，」我承認。「從來沒有。可是我了解那一定——」

妮蒂兩手摀著臉，發出啜泣聲。「不，妳不了解。妳根本就不知道肚子裡有個孩子，而妳祈禱、哀求、討價還價，希望有一天妳能抱著它、愛它、把它養大、當它的母親是什麼滋味。」

說來也真好笑，年輕的一代居然會認定我們不知道這種事。他們認定我們不可能了解心碎的痛苦，或是購物的壓力。我們不能了解不孕或是憂鬱或是爭取平等的辛苦。要是我們經歷過這些事，也是比較和緩、輕微的版本，畫面像舊照片的深褐色，與他們的經驗不能相提並論。妳根本就不知道我知道什麼，我想要告訴她，但是我只張開雙臂抱住她，讓她靠著我的肩膀哭。

30

黛安娜

過去……

「妳介意我問妳一件事嗎？」姬則拉說。她在給女兒餵奶，而她嚴肅的小兒子阿拉徐在我的屋子裡遊蕩，以驚異的眼神看著每樣東西，卻什麼也沒碰。姬則拉現在不時會過來，帶來番紅花茶或餅乾或蛋糕，而我非常喜歡她來訪。

「說啊。」我說。

「妳為什麼幫助孕婦？我發現妳不需要工作。」

通常別人問起我總是說我需要找事情做，或是說我想要回饋社會。不過姬則拉和我的交情不同，不能拿標準回答來搪塞。說來也奇怪，有時候我發現我會把無法告訴別人……我的朋友、妮蒂，甚至是湯姆的事情告訴她。

「因為我年輕的時候也懷孕過一次，沒有錢，沒有人來幫我。我那時二十歲，沒結婚。我父母把我送走了。」

「對不起。」姬則拉向前坐，一隻赤褐色的手覆住了我的手。「他們把妳送去哪裡？」

我搖頭。「喔，不是非常遠，只是感覺上像另一個星球。我去了一個收容未婚媽媽的地方，住在那裡直到孩子出生。」

姬則拉仍覆著我的手，眼神中寫著理解。「孩子出生以後呢？」

我也不確定是為什麼，但是我決定一五一十告訴她。

一九七〇年

我從果園之家逃出來之後跑到了我父親的表姊家，梅芮笛絲看見我不是很開心。我仍記得她站在門口從頭到腳打量了我一遍，視線停留在我的肚子上。

「原來，」她終於說。「妳也被掃地出門了。」

我幾乎認不得她。之前，每次我見到梅芮笛絲，她及肩長的頭髮都梳得蓬蓬的，衣服都是剛燙好的。現在，她的頭髮剪短了，完全不講究，衣服也皺巴巴的，寬鬆實際。

「那，」她長嘆了一聲之後才說。「我看妳還是進來吧。」

事實證明，梅芮笛絲不僅僅是樣子不同了，她真的不同了。我看著她在小小的屋子裡忙碌——幫我炒蛋烤吐司，拿毛巾和床單——我真懷疑她是不是先前的那個人。我認識的梅芮笛絲住在霍桑的豪宅時最喜歡有客人，我記得母親說她往往得「帶她上床」去休息，即使只是一場小小的下午茶。而現在的她似乎是一副精明幹練的模樣。她在她的租屋的後院裡一個比窩棚好不了多少的地方幫我鋪好了床，而她的主屋也差不多就像個窩棚：四個房間——臥室、浴室、廚房、客廳。

「妳可以住到把孩子生下來，身體恢復了再說，」她說。「之後，恐怕妳就得靠自己了，我養不起兩張嘴。」

接下來兩週我盡力幫忙，以免吃閒飯——刷洗梅芮笛絲的地板，去商店拿雜貨，洗衣服。我整理了一大堆梅芮笛絲的衣服，縫鈕子，補裂縫。我整理她的食品櫃，我除草。就算梅芮笛絲有注意到，她也什麼都沒說。但至少可以讓我保持忙碌，不去想將來。

說到生產，我仍然沒有一點概念，儘管在果園之家的走廊上我聽過分娩初期的女生呻吟，卻一點也不能讓我安心。換作是另一段的人生——就是我結了婚，而且也有結了婚的朋友——我可以請教她們。這時候許多去歐洲的朋友也都回家來了，可能在奇怪我跑到哪裡去了。我想著跟他們聯絡，挺著大肚子，或是抱著我的新生兒。不需要別人說我也知道不會有什麼好結果。即使是我最要好的朋友——即便是辛西雅——也沒辦法在她的生活中為我找個容身之處。我們來自於一個緊密結合的社區，無論是不是天主教徒。把孩子送給別人，再回到舊生活已經就有問題了，如果還想帶著孩子回去，那是門都沒有。

我在住進梅芮笛絲家之後寫信給母親，跟她說了我的決定以及目前的下落。信寄出之後幾天，我一直坐立不安，半期待她會出現在梅芮笛絲家門口，親自把我拖回果園之家……但是她一直沒回信，更別說出現了。我知道她的沉默是什麼意思。我記得在家裡的車庫裡看過梅芮笛絲的來信，全都沒有拆封。「跟一個已經不在我們的生活中的人保持通信，一點意義也沒有。」她總是這麼乾脆地回答任何提起的人。

現在，很顯然我也不在她的生活中了。

抵達梅芮笛絲家兩週之後，我醒過來，感覺肚子深處有什麼迸裂了。那是寒冷的一晚，月光從窩棚門的裂縫中流瀉進來，照亮了我的單人床。我的兩腿間濕了。我抓緊了冰冷的牆壁，把自己推起來。站起來時，更多的水流下來，我一走動，就流得更多。我把腳塞進了拖鞋裡，拉過袍子披上，走向鄰接房子的廁所。我還不感覺痛，也不覺得該叫醒梅芮笛絲，以免只是虛驚一場。

我脫下內褲，坐在馬桶上。有血，只有一點，還有大量的清澄無味的「水」。我瞪著看，下腹拉緊了。要生了。

但是最讓我驚訝的是，我並不害怕。

十天後我返回梅芮笛絲的家，窩棚裡架設了一個二手搖籃，旁邊，整整齊齊摺疊在我的小床上的是一堆布尿布、兩件針織的外套、針織的長褲和一頂毛帽。這跟我想像中把第一個寶寶帶回家的場景差得遠了，可是卻讓我熱淚盈眶。

「這些只是最起碼的東西，」梅芮笛絲說。「只能湊合著用了。」

頭兩週梅芮笛絲並不插手照顧奧利，倒讓我意外，因為她顯然喜歡他。我經常發現她望著搖籃裡，面露笑容，而梅芮笛絲可是很少笑的。

「妳可以抱他。」我有一次跟她說，可是她立刻搖頭。

「抱他不是我的事。」

梅芮笛絲對於我的分內之事是分得滿清楚的。照顧奧利顯然就是一件，不過還有別的。她的汽車輪胎爆胎，是我得用千斤頂。燈泡需要換，或是需要出去辦事，也是我。我打掃屋子，負責洗衣服。我去買日常用品，抱著奧利到商店，因為我們沒有錢買推車。

梅芮笛絲從來不謝我，不過她要求我做事的態度卻耐人尋味。我開始期待她的要求了。（「妳可以修理那個漏水的水槽，妳很擅長把事情弄清楚。」「到屋頂上去，看妳能不能把破瓦補一補。」「找一家最便宜的店來補這些鞋子，我知道妳不會讓別人敲榨我們。」）我後來發覺她是對的——我擅長把事情弄清楚，我可以修理大多數的東西，而且我不會讓別人敲詐我們。我們的生活模式設定下來幾個月後，我發現她幾乎不再需要吩咐我做什麼事了。

奧利快兩個月大時，有天早晨我在扶手椅上睡著了，我是應該要去雜貨店的。雜貨店週日中午打烊，而我跟梅芮笛絲說我晚餐會烤雞。可是奧利晚上幾個小時不睡，我決定趁他在我的胸前打盹，我也可以補個眠。

我是驚醒過來的，就在正午之前。「糟了，現在幾點了？雜貨店快關門了。」我跳了起來，把奧利換到另一邊肩膀，四處找錢包。這時我才注意到梅芮笛絲坐在餐桌上，她比了比面前那隻雞。

「妳看起來像需要睡眠的樣子。」她說。

有時，在晚上，梅芮笛絲跟我會聊一聊。我問她失去先生和人生是什麼滋味。

「那是我這輩子最可怕的時光，」她回溯道。「我的朋友不跟我說話，我的父母和我斷絕關係。理察在一年內就娶了辛蒂，讓她住進了我們的家，而我卻在工廠一個星期工作六天。」

「真不公平。」我跟她說。

「更不公平的事還在後頭呢，同樣的工作我拿的薪水比男人少了三分之一，妳知道是為什麼嗎？因為他們認為女人家有個先生會照顧她！」她哈哈笑——非常稀罕、奇妙的款待。「不過也還是有好的一面。在當年，我能失去的東西太多了，現在什麼都是我自己的。這可就太值得了，超過了妳的想像。」

我漸漸了解她的意思了。

奧利三個月大時，梅芮笛絲叫我去找工作。

「我帶著孩子能找什麼工作？」我問。

「如果說有誰能想到的話，那就是妳，黛安娜。」

「說不定我可以做夜班，」我說，這是我輾轉反側了三晚，絞盡腦汁想法子的成果。我慢慢喜歡上梅芮笛絲對我的獨創性的評語，而且我決定不會讓她失望。「或是週末？」

「可是……奧利怎麼辦？」她問，一臉不解。

「喔，」我說，覺得很蠢。「我以為……妳會幫我。」

「達令，」她說。「我如果幫妳就是在害妳。」

我把故事說完之後，就沒有什麼是不可說的了。我告訴姬則拉我寫信給母親，告訴她她有了孫子，她仍不回信。我告訴姬則拉我每年都寄奧利的照片過去。有一天我搭火車回到我童年的家，看我父母是否仍住在那裡，結果看見我父親的汽車停在車道上，我母親在花園裡拔草。我告訴姬則拉我媽媽筆直看著我，隨即壓低草帽，遮住了臉孔，又回頭拔草。我告訴姬則拉那是在四年後我母親過世之前我最後一次見到她。而在我母親的葬禮之後，我也再沒見過我父親。

「真不幸。」姬則拉說。

「世道就是這樣。我繼續過日子，有了新的家庭。現在我有湯姆和兩個孩子了。」

「可是妳的孩子不喜歡妳？」

我嘆氣。「為了錢。總是為了錢。」

「妳的孩子想要妳的錢？」

「當然。」

「而妳不想給？」

我微笑了。姬則拉把事情說得真簡單——沒有語帶雙關，沒有批評。釋放了我，讓我也能暢所欲言。

「過窮日子，不能依靠我父母，這是我有過最關鍵性的經驗，讓我知道我有什麼能耐。身為母親，我認為這是妳能給孩子的最重要的禮物。不像錢，這是奪不走，也輸不掉的。」

「聽起來妳已經有答案了。」姬則拉說。

「可惜事情複雜多了。妮蒂想要生孩子，可她很難懷孕。試管嬰兒非常昂貴，她要我們幫她出錢。她現在四十了，生理時鐘不會等她。而且還不只是這樣，我有理由相信她的先生偷腥。」

姬則拉的褐眸瞪得好大。「她知道嗎？」

「我不確定。好笑的是……我不確定她會想知道。這個生孩子的事讓她變得有點著魔，她兩隻眼睛都盯在獎品上——一個孩子——別的什麼都看不見。」

「那……妳不跟她說那件事，反而……抓著錢不放，確定她不會懷孕？」

「我說了，我有許多理由不給她錢。不過老實說，對，我寧可不幫她把她自己跟一個可能偷腥的老公銬在一塊。她已經很辛苦了。我受不了看著她懷孕，放棄了事業和生計，最後卻只落得先生為了別的女人拋棄她。」

我看著姬則拉，等著更多的睿智之語，或是批評，甚至是問題。可是姬則拉一句話也沒說，而我發覺這才是更有力的回應。

31

露西

現在……

「不准玩iPad，」我跟孩子們說，換來的是齊聲的哀號。他們剛放學回到家，玄關上丟滿了書包，洗碗槽裡都是便當盒，而沙發上坐滿了孩子。「去玩遊戲或是看書。」

他們去投籃，而我自問……我這是何必？誰在乎他們是不是連著二十四小時盯iPad？他們的眼睛又不會充血或是變成鬥雞眼，他們的頭腦也不會腐化，根本連一點關係都沒有。然而，我繼續自動執行家規，自然得就跟呼吸一樣，即使周遭的一切亂糟糟的。

奧利從宣讀遺囑之後一回來就把自己關進了居家辦公室裡。他在車上就沒說什麼，只說他還沒回過神來，需要時間想一想。

自從黛安娜死後他還沒回去上班，我開始擔心了。過去一年想讓他離開公司簡直比登天還難——他固定週末工作，而且每天都工作到晚上。我希望到這個時候，創業已經四年了，他能夠稍微鬆懈一點，享受一下他們打造出來的事業，可他們卻似乎總是馬不停蹄朝著下一個目標邁進。（「等我們簽下這個客戶，我們就能帶孩子到迪士尼了。」「等我們敲定了這份合約，就請大家喝香檳。」）但是他們持續簽下客戶敲定合約——而且奧利一直媒合成功——可是利潤似乎總是很可憐。

一年前，我建議奧利和埃門找個人來查查帳，匡列出收入與支出。奧利很喜歡我的建議，回家來說埃門雇用了一位他認識的會計師，可是會計師回報的建議跟埃門一直在提的意見一樣。「更多客戶＝更多的錢」。理論是不錯，可是公司裡只有奧利這一個招募人員，又沒有錢請別人，所以壓力就越來越大。現在又聽說了他的父母沒有留下遺產給他，肯定是像最後的一根稻草。

我在客廳裡聽見奧利的手機響，很快就停了。他可能是在篩揀電話，他篩揀了一整天了。我想像著他坐在他的旋轉椅上，額頭抵著書桌。奧利跟我從沒有明確談過有一天我們可能會有錢——這種話題似乎太噲俗——但就連我都可以承認我時不時會想到這一點，而每次想到總讓我覺得放心，即使我們現在窮，退休後的生活還是會有保障的。我壓根就沒想到黛安娜會把我們每一個人都剔除在遺囑之外，而顯然奧利更是始料未及。

門上有清晰的砰砰聲，我的胃一緊。最近，砰砰的敲門聲總是代表壞消息，而聽這一個人使的力氣，這一次只怕也不會例外。

我慢吞吞走向前門，從門旁的窗戶看見是埃門鮮明的皇家藍套裝。我把門拉開，他挺直了背，嘴唇向上翹，我想大概表示微笑。「嗨，露西。」

「埃門，」我說。「有什麼事嗎？」

他的表情緊繃，而且微微抽搐，令人不安。「沒事、沒事，一切都好，啵棒。」

啵棒。奧利打從和埃門合夥做生意開始也漸漸學會了這種說法，主要是在講電話時。（「一切都好，你怎麼樣啊，史蒂夫？啵棒！」一定是有人在什麼網路課上跟他們說絕對要時時刻刻都啵棒。）

「奧利在家嗎？」他說。

奧利已經來到我的後面，我不用轉身看就已經感覺到他了，我退後一步，看著兩人瞪著彼此，像街貓一樣豎起了頸毛。

「你好啊，兄弟。」奧利說，卻不帶笑容。

「你好，」埃門同樣冷淡地說。「抱歉來打擾了，只是需要說句話。」

奧利轉身往回走，埃門跟上去。我發現自己有一股跟上去的衝動，質問是怎麼回事。可是奧利關上了門。

「媽？」

我嚇了一跳。是海莉葉。她出現在我面前，一臉不以為然。「嗄？」

「阿契在看 iPad！」

「喔。」我走進客廳。艾笛自己把電視打開了，瞪著《遊戲學校》（*Play School*），張著嘴巴。「他人呢？」

「他躲在床上！」海莉葉哀號。「不公平啦，媽！」

我跟著海莉葉到阿契的房間去，她指控地用手指比著床中央的隆起。我一把扯開了毛毯，而阿契則一臉有罪地抬起頭來。

「我說了不准用 iPad。」我說，卻不夠果斷。事實上，我正在考慮還要不要實施這條 iPad 禁令。我真的可以利用這個時間來整理我的思緒，當然還可以去偷聽奧利和埃門的談話。

「再來就都換我用了！」海莉葉說，撲過去搶iPad。

「才怪！」阿契大喊。

我奪走iPad，離開房間，阿契和海莉葉尾隨我到走廊上，像一條搖個不停的憤怒尾巴。我停在奧利的辦公室門口，他們說話的音量拉高了，我不用伸長耳朵就能聽見一拳擊中什麼的聲音：是牆壁？書桌？然後我聽見奧利的聲音。

「我他媽的怎麼會知道？」

孩子們都呆住了。我保持一張不慍不火的臉，抓著孩子們向後退，把他們往客廳推。

「狗屁倒灶，」埃門大喊。「真他媽的狗屁倒灶！」

接著是恐怖的碎裂聲，我跟孩子同時愣住，這時房門飛開來，埃門跌了出來，而奧利的兩隻手牢牢地勒著他的脖子。

32

露西

過去……

你想要佔住道德制高點，卻又要開口求人，真沒有比這種事更難堪的了。聖誕節過了三個月了，我們進入了汗流浹背、夏天像是永遠也過不完的階段，人們穿著泳裝和夾腳拖在超市裡廝混，買西瓜、火腿、麵包捲、防曬油。我也很想賴在超市裡（那裡有冷氣），可是我病得太厲害，連把頭從沙發上抬起來都無能為力。因為我懷孕八週了。

要不是海莉葉，我是能應付得來的。阿契可以看《大家一起扭一扭》的重播，接連幾天都不會來煩我（只除了要吃的），可是才十個月大的海莉葉尚未掌握不間斷的螢幕時光樂趣。奧利一整天都有面談，但是他保證會盡快趕回來，而我爸這星期去波塔靈頓了。我考慮要雇用保姆，可一看見費用我就流淚，奧利最近也一直錙銖必較。最後我發現走投無路了，我就打給了黛安娜。

「喂？」一如既往，她接電話的聲音總是微微的不勝其煩。

我平躺在地板上，阿契坐在我的大腿上，海莉葉拿著玩具一直在敲我的頭。「哈囉，黛安娜，」我說。「妳好嗎？」

「露西？」短促的一頓。「妳病了嗎？」

黛安娜總是開門見山。

「嗯，對。所以我才打電話來。我感冒了，而且我……呃，我覺得挺難過的。」

我決定不跟黛安娜說我懷孕了，等懷足了三個月再說。前兩次懷孕我等不及想告訴她——以為她會樂意早早知道秘密——可是兩次她都只是微笑，跟我保證在脫離危險期之前她不會告訴別人。沒有一聲恭喜。沒有擁抱。（奇怪的是，兩次懷孕，她都定期會送來一袋袋的葡萄。）所以這一次，我決定她可以跟別人一樣等到三個月後才知道。

「妳需要有人帶孩子嗎？」

這不是問題，也不是提議，不過我不得不佩服她不浪費任何人的時間。「對。」

我聽到背景有聲音，說不定是黛安娜在翻閱她的行事曆。她當然有滿滿的行程，但是我懷抱著希望，盼她能挪出個半小時來（「下午兩點半到三點之間，不過一定得三點準時來接，因為我要送一輛嬰兒車到城的另一邊，我想在尖峰時刻之前回來」）。老實說，半小時我也願意，乞丐還挑什麼？

「我有空，」她過一會兒說。「我馬上就過去接他們。」

我猛眨眼。「妳要……來接他們？」

「先讓我重新安排一趟接送，不會太久。我一個小時後到。」

黛安娜來敲門時，我仍然橫躺著，但是我挪到了沙發上。阿契黏在iPad上，海莉葉坐在我的肚子上，哭鬧著要我注意。地板散落著抱枕，咖啡几上充斥著吐司屑、盤子、杯子，居然還有我的一隻新娘鞋！我並沒有費力去遮掩這一片狼藉。我能應門已經很了不起了。

黛安娜拎著藥袋。「我到藥局停了一下。我買了感冒藥，其實就是乙醯胺酚，可是我生病的時候吃都覺得很可以紓解。我也買了治風寒的藥錠。我們離開後妳馬上吃兩顆，然後去睡覺。」黛安娜抱起了海莉葉。「好，我幫孩子們收拾個袋子。」

黛安娜如旋風般行動，找出一個過夜袋，塞進了孩子的衣服。她找到了奶瓶、奶粉和幾罐嬰兒食品，高效率地裝進了尿布袋裡，也塞了尿布、濕紙巾和奶嘴。我虛弱無力，只能躺在沙發上看。

「好了，孩子們，」她說，已經裝好了兩個袋子。「你們要到黛朵家過夜了。」

這個消息夠刺激，足以把阿契從螢幕上扯開。*過夜*？黛安娜從來沒讓孩子去過夜，就連阿契都沒有。到奶奶家過夜只會在我的夢裡發生。而看阿契歡喜地繞著圈跑，可想而知他也是美夢成真。阿契愛死了湯姆和黛安娜的房子。可以捉迷藏的地方太多了，而且黛安娜喋喋不休地叫他這個不准摸、那個不准打破也都被他當作耳邊風。我倒是擔心樓梯——當然是大理石的——還有海莉葉，她才剛學爬，但此時此刻，我決定放手一搏。

「小心海莉葉爬樓梯，」我在黛安娜去帶兩個孩子時說。驀然間我發覺我都還沒有謝謝她。我張口要道謝，話還沒出口，另一個想法就跳進了我的大腦。「還有別讓他們靠近游泳池！」

說我是瘋子好了，可是我怕死了孩子和泳池的結合。湯姆和黛安娜有個室內游泳池（想也知道），而且他們設法繞過了加裝圍欄的強制規定，裝設了自動關閉的門和位置很高的手把。是滿周到的，只可惜阿契就愛跑到游泳池區去看他們架設在那兒的巨型水族箱（想也知道），而萬一黛安娜忙著照顧海莉葉，接下來的情況我真不敢想。

「不准進入游泳池區。」黛安娜同意道，然後就帶著我的孩子消失在門外了。

這時我才發現我一直沒說謝謝。

我睡了。睡得毫無顧忌，又香又甜。懷孕就會有這種效果。

我有許多年沒這樣睡過了。我的夢很奇怪，變換個不停，而我每隔個兩小時醒一次，醒後只發現孩子不在家，我可以再倒頭睡覺。真是難以想像的奢侈。我發現自己想要享受每一秒。

大約下午五點，我又醒了，是電話在響。我從床頭几上抓過來，貼著耳朵，仍閉著眼睛。

「喂？」聽起來口齒不清。

「露西？」

我睜開了眼睛。是黛安娜，我立刻就聽了出來，即使她的音調不一樣，比平常高了一兩度。

「……怎麼了？」

我聽到背景有說話聲，不熟悉的聲音，語調急迫。我覺得背上像澆了一盆冰水，我用手肘把上身撐了起來。

「怎麼了，黛安娜？出了什麼事？」

「我們現在要去醫院，露西，」她說。她的聲音透著恐懼。「妳需要去那兒跟我們會合。」

33

露西

現在……

埃門走了。幸好我不用上前去勸架——奧利一發現我們在看，就放開了埃門，他拉拉衣服就大步走出了門。奧利也撫平衣服，轉頭就回去辦公室，一聲不吭。我先把孩子哄回去看電視，這才去敲他的門。

「進來。」他說。

奧利坐在椅子上，手肘架著膝蓋，雙手抱著頭。並未抬頭。

「剛才是怎麼回事？」我問。

他仍低著頭，這可一點都不能讓我心安。我想到了我對他的種種了解——他早餐的穀片喜歡乾吃，不加牛奶；他一年四季都裸睡；他對芹菜深惡痛絕，敏感到一走進屋子裡就知道有沒有。但是顯然他還有很多地方是我不知道的。

「對不起。」他喃喃說。

「對不起什麼？」

好不容易，他抬起了頭，滿臉都是淚水。我的心思立刻往最壞的地方想，其實是往某一個特殊的地方，而且非常迅速。我的腦海中出現一個畫面，奧利拿著金線靠枕悶住他母親的臉。有可能嗎？當然有，黛安娜就氣得我做出了我想都想不到的事情。

奧利吸口氣。「我說對不起是因為我們毀了，經濟上。」

愣了愣我才感到放心，而一放心，就如滔滔洪水。我在他面前跪了下來，握住了他的手。他的手又熱又是汗，但我吻了他的手。「喔，奧利！不會的。沒錯，我們沒有幾百萬幾百萬的錢會滾進來，可是我們沒有毀了。我們都熬了這麼久了，不是嗎？再說我們需要的也不多！」沉默的一秒過去，奧利盯著地板。「怎麼了？」

「我說的不是遺產，嗯……我是希望過遺產能救我們。可是……」他話說了一半就停住了。

我心如電轉，猛地想起了幾天前我看到的銀行通知。最底下寫了那麼大的一筆數字：債務。驚慌之情從我的胸口迸發。

「公司？」

奧利點頭。

「有多糟？」

「很糟，」奧利說。「頭一年為了讓公司上軌道，我們投入了太多。我真的不知道我們怎麼會花這麼多，錢好像就自己長翅膀飛走了。」

我往後坐在腳跟上。

「我們一直拿到新的合約，我也累得跟條狗一樣。而且我們真的有賺錢。可是好像不夠。我應該要更盯緊一點開支的，可我以為埃門心裡有數。」他一手耙過頭髮。「媽死的時候，我還以為我們可以付清欠款，把公司結束掉。可現在……」

「……現在，我們什麼也沒有。」

沉默包圍了我們。我舉起一手按著太陽穴。現在我們非但沒有繼承幾百萬幾百萬的金錢，我們還欠了一屁股的債。

「那埃門沒有錢能……投資？」我問。

「埃門也在指望遺產。我說過要把債還清，讓他能繼續經營公司。」

我閉上眼睛。我隱約聽見了《芝麻街》的聲音以及阿契在用iPad打電動的討厭音樂。「那我們的存款——」

「我們的存款早用完了。」奧利哭了起來——大顆大顆的眼淚。「我們欠了一屁股債。爸死了，媽死了，沒有人能幫我們。」

我很氣奧利，但我還是爬向他，摟住他的脖子。他說得對，現在沒有人能幫我們。好笑的是，這樣正中黛安娜的下懷。

34

黛安娜

過去……

說實話，我一直想讓阿契游泳。我知道露西說了什麼，可我看不出會有什麼傷害。畢竟，我會看著他。在阿契會說話，告我狀之前，我甚至還更常做我知道露西不喜歡的事情。我並不是為了要跟她作對，只是她實在是太愛為一些芝麻小事瞎操心了。

「一定要讓他穿著大衣。」她老這麼說，在我帶著阿契離開屋子時。我會點頭同意，但是阿契在公園裡把大衣隨手一丟，我是不會追著他要他穿上的。不要強求比較好。要是孩子會冷，他就會把大衣穿上。

「他在下午一點睡了兩小時午覺嗎？」她會質問。

「好像差不多。」我會說。睡午覺有那麼重要嗎？

「不准吃垃圾食物。」她會在我帶阿契去看電影時交代，可是有哪個孩子跟奶奶去看電影不吃爆米花和冰淇淋的？

不過顯然她有她的道理，而我應該要聽她的。

阿契一整天都纏著要去游泳池。有何不可呢？我自己就喜歡游泳，而我當然也會監督他。我會在事後幫他洗澡，而他會累得沉沉入睡，露西根本不會知道。我是這麼想的。可現在，我們卻在醫院裡。

我以為我每件事都做對了。我等著湯姆回來。海莉葉太小了，不能游泳。我也不敢同時讓兩個孩子下水。

「湯姆，」我一見他進門就說。「你能不能幫我抱海莉葉，我好帶阿契游泳？」

對一個那麼喜歡抱孫的人來說，湯姆卻意外地不情願。「喔。妳不能把她放進嬰兒車裡嗎？」

「我覺得她比較喜歡爺爺抱。」

阿契已經脫個精光，對著泳池直奔過去，後面留下一地的衣服。「阿契，不要跑！」我在後面喊。地板是石灰岩的，弄濕的話很滑。泳池的另一端有巨型水族箱，我覺得太浮誇了，可是湯姆堅持要裝，而且孩子們也很喜歡。

「把海莉葉抱到另一頭，讓她看魚。」我說。

湯姆照做了，心不甘情不願的。他的心情很奇怪，我不知道他在心煩什麼。我給阿契的手臂套上充氣臂環，他撲通一聲跳進水裡，而我則緩緩走階梯進水池。湯姆把海莉葉抱向水族箱。她是微胖的寶寶，比阿契矮，而且胖多了。我看到她肥嘟嘟的腿踢個不停，一邊看魚。

「看我，黛朵。」阿契說，而我看著他假裝走在街上，再意外摔進池子裡。真是個好玩的小不點。

我瞄了眼另一頭的湯姆，注意到湯姆抱海莉葉的姿勢很怪，像是用前臂把她按住。等我發覺她在往下溜，已經太遲了。我游出水面，離開了泳池，可是仍差幾米遠，海莉葉已經溜出了湯姆的掌握，砰的一聲頭撞到了石灰岩地磚。

在救護車上我唱著〈王老先生有塊地〉。

「王老先生有塊地呀，伊呀伊呀喲。」

有血，很多的血。頭上流了很多血，我記得有人說了這句話。接近皮膚的表層有許多血管之類的。

「這裡呱呱呱，那裡呱呱呱……」

海莉葉醒著，這是好跡象，可是她非常不舒服，吐了兩次，而且腦袋一側已經瘀青了一大塊。她似乎昏昏沉沉的，可現在正是她的午睡時間。我的責任，急救人員說，是不能讓她睡著。所以，我就唱歌。

「……這裡呱呱呱，那裡呱呱呱，到處都呱呱呱……」

也真是好笑，人的心思。我一下子想我可能會害我的孫女永久受創，一下子想為什麼湯姆會抱不住她。但我最主要是在想該怎麼跟露西說。我知道別人說妳可能保不住孩子是什麼滋味，我記得那種感覺，就像昨天的事。我不能讓自己變成露西得聽這種話的原因。

我輕撫海莉葉柔軟的嬰兒頭髮。

「伊呀伊呀喲。」

露西和奧利一陣風似地趕到醫院。奧利穿著上班服，只少了外套——他一定是來得太匆忙，沒空穿上。露西仍是那身我今早去接孩子時的運動服。

今天早晨好像是上一輩子的事了。

「露西，」我開口說話，可她不理我，逕自衝向海莉葉。我縮了縮。海莉葉的樣子很恐怖，頭上纏著繃帶，但是血還是滲出來。露西驚恐地退後。

「她……昏迷了嗎？」

起初我以為露西是在跟我說話，後來我才發覺門口有一位滿臉疲憊的女醫生，穿著工作服，眼鏡用鍊子拴在脖子上。

「妳的女兒打了鎮靜劑，為了給她照核磁共振，」醫生說。「年幼的孩子我們都這樣處理，以免他們亂動。請不要擔心。」

「她為什麼需要照核磁共振？」

「只是預防萬一。她是凹陷顱骨折，可能會需要動手術把骨頭掀起來，以免壓迫了腦部。我們也需要檢查腦破裂和腦挫傷，也就是腦部表面的撕裂傷和瘀血，」醫生說。「顱骨骨折時就可能會發生。妳的女兒在救護車上吐了，所以我們想確定我們沒有遺漏什麼。依照目前來看，她沒有什麼大礙，不過頭部受傷我們必須小心為上。」門口有動靜——一名護士在向醫生招手。她點頭，再回頭看著露西。「我只是要先確認都準備好了，然後我們再來帶海莉葉。」

露西轉身去看海莉葉。奧利站到她身邊，她伸出手緊緊抓住他的前臂。

「露西，」我開口說話，但是她舉起一隻手阻止了我。

「你們為什麼會在游泳池？」她甚至沒有看著我的臉。

「對不起，我知道妳說不准游泳，我只是覺得——」

「……妳比我更懂？」她霍地轉過來，眼神瘋狂。「覺得妳有權利在我的孩子的事情上無視我的存在？」

「我真的很抱歉，露西，真的。可是事情已經發生了，我覺得如果我們能夠——」

「怎樣？」露西的口中噴出一股氣來——幾乎是笑聲，又不像。「忘掉嗎？」

「這個——」

「妳聽見醫生說的話嗎？海莉葉需要照核磁共振。我的女兒可能會死，就因為妳自以為妳比我懂得多。」她朝我邁了一步。露西總是閒不下來——她就跟個小孩子一樣動個不停——可此時此刻她卻平靜鎮定得讓人毛骨悚然。我發現自己退了一步。

「我知道我們一直不親，黛安娜。首先是我結婚的那天。妳借那條項鍊給我，我還以為我們分享了那一刻。然後妳覺得有需要提醒我要把項鍊還給妳，我當然知道，可是像那樣子指明了說，活像是我計畫要把項鍊偷走，那可不是讓我對妳產生好感的最佳方法。」她又朝我走了一步。「我們跟妳借錢買那棟小小的工人屋的時候，妳讓我覺得像個拜金女。妳知道嗎？我根本就不要妳的錢。那是奧利的主意。」露西整個身體都在抖。「我生了孩子妳給我帶了一隻生的雞。生的雞！」我真的能看到露西的腦子在閃光，火花、金屬擦出的火花，回憶撞擊回憶。聚集起來形成了一個旋轉個不停的龍捲風，比單獨的火星子更強烈。「我的寶寶可能因為妳而有腦部傷害，我們絕對沒辦法忘掉這回事。」

「露西……」奧利說。我差點就忘了他也在。在我的思緒後面我想起了奧利是我子宮的果實，然而不知到了什麼時候，他變得幾乎是無足輕重。他和湯姆和派崔克是齒輪和輪輻，但露西和妮蒂和我，我們是輪子。「妳需要冷靜點。」

露西又朝我逼近一步。

一名護士出現在門口。「這裡沒事吧？」

「露西，」我說，舉起了雙手。「深呼吸——」

但是露西擊出了一掌，就像舉起了停止標誌，正好擊在我的手上，我踉蹌後退，覺得腳踝一痛，我就摔倒了，摔得很重。

「這裡需要警衛。」我聽見有人大喊。

露西消失了，我不認識的人出現在四周。

「女士，妳還好嗎？」

「這裡需要醫生！」

「妳還好嗎，媽？」

「不要動她。」

他們在大驚小怪。我沒事。我現在是躺在地上，我相信。我的眼前金星亂舞，然後就是……一片黑暗。

35

露西

現在……

我戴著黛安娜的項鍊參加葬禮，就是她在我大喜之日借我的那條。她在遺囑中留給了我。今天早晨我從信封裡倒出來時，發現還附了一張紙條。

至少這一次，妳不用還了。

說起黛安娜來，她的幽默感還真是讓人啼笑皆非。我本想配我那件亮粉紅色的V領前蓋式洋裝，結果我卻穿了簡單的黑色直筒連身裙。穿黑色的參加葬禮是有它的道理，不過我確實加了一雙亮粉色的楔形鞋。

葬儀社外有幾十個人聽過我的名字，他們談著我們在索倫托，或是在湯姆的六十大壽上，或是別的場合見過。我點頭微笑，問候他們的家人，但是閒聊卻侷限得很。所有正常的、日常的話題都不予考慮，因為太不適合今天的場合了，怪的是，唯一的例外是天氣，在葬禮上可以自由討論，而且也是寥寥可數的幾個話題。「陽光照耀著黛安娜，今天。」或是甚至，「天空在哭。」（不過有趣的是太陽並沒有照耀，天空也沒有哭泣，只是一個呆滯的陰天。我不由得發愣，這代表我婆婆是怎麼樣的一個人呢？）

妮蒂的狀態非常脆弱，預料之中。她至少特地打扮了，奶白色的直筒連身裙和褐色楔形皮鞋，但是她的神色疲累憔悴。她不時就淚眼婆娑，我真希望能安慰她。可是她甚至不肯接受派崔克的安慰，他手足無措地站在她身邊，禮貌地向上前來致意的人微笑。

孩子們在我的腳邊轉來轉去，既無聊又興奮，彼此又捏又推，但是我從皮包裡抓出一把小熊軟糖給他們，他們就安靜下來了。葬儀社內的來賓是典型的中等階級，七十幾歲，只有幾張黑色臉孔，在這些人裡夠突出的了，足以讓大家認定她們一定是黛安娜照顧的難民。我們走向前排座位時我看見了埃門。他臉上沒有前天跟奧利打架的痕跡，只除了微微不服氣的表情。要不是我知道他這個人有多重表面功夫，我還真會懷疑他幹嘛出席呢。瓊斯和阿米德也來了，倒是令人意外。他們穿著平常的黑套裝，照理說應該會像禮儀師才對，但是他們總是散發出一種警察的氣質，說不定就是因為這樣我才感覺到他們的存在，像螞蟻在我的背上爬。

葬禮緩慢沉悶，主要是因為沒有聖歌。奧利發表了一篇悼文，能有多感人就有多感人，也就是說，相當的一般。一大堆的我愛妳，一大堆黛安娜從事慈善工作的故事。我一面聽一面忍不住想到奧利在湯姆葬禮上的悼文，聽得滿屋子的人都掉淚。奧利自己哽咽得語不成聲，結果我大部分時間都站在他後面，一手按著他的肩膀。但是今天，他連眼眶都沒濕。

我努力想像我會寫給黛安娜什麼樣的悼文，如果角色對調的話。我瞧了一眼她的相片，立在她的棺木上。她揚著下巴，眼神警戒，嘴唇上彎露出最淡的笑意。真不愧是黛安娜，我不由自主感覺到什麼。很難相信我再也見不到那抹警戒的笑容了。同樣難相信她會不按照她自己的條件離開這個人世。

我漸漸知覺到身體裡有股躁動；起初只是小小的困擾，但慢慢填滿了我的胸臆，像一聲尖叫。我一手輕按著嘴唇，但還是沒止住哽咽，而且大聲得不得了。孩子們好奇地看著我。就連奧利都頓了頓，皺起眉頭。我想收拾情緒，它卻像失控的火車。我彎下腰，立刻被吞沒。那種赤裸裸的感情。那份徹底的、無法言喻的失落。

奧利和派崔克是抬棺人，另外兩名是湯姆的朋友，剩下的兩個位置——顯然是要求六個人——由葬儀社的人員擔任。我閃過一個想法，也許這兩個位置應該是保留給妮蒂跟我的，可是沒有人要求我，所以我也只能假設沒有人要求妮蒂。於是黛安娜就這麼被抬出去送上了靈車，而我們不得不再忍受四十五分鐘的閒聊，而我的孩子則在草地上撒歡，活像是參加花園派對。海莉葉爬上了樹，正跟我在會場看見的一個孩子坐在樹枝上，可能是黛安娜的朋友的孫女。兩人的洋裝下襬沾滿了泥巴。

賓客三三兩兩地消失，大多是進了半月飯店的多功能廳了，這個下午我們在那裡擺放了三明治和飲料。但是有些不往飯店裡走的人卻留下來向我們致哀。一個接著一個，沒有酒精的助力，說真的，真讓人聽得耳朵生繭。奧利顯然也是作如是想，從他疲憊的表情來看，所以我就叫他先走，我留下來跟最後的幾位賓客道別。

「那孩子呢？」他問。

「我會處理。去吧。」

他終於走了，搭上了湯姆一位老朋友的便車。

我站在那兒，艾笛抱著我一條腿，另一位客人走向我。是個年輕人，可能比我小個五到十歲，她的皮膚是米褐色的。她身邊的男人微微有些眼熟。

「妳是露西。」女人說。

「對，」我說。我的視線移回到女人身上。我想我沒見過她，但是話說回來，今天來的很多人我都不認得。「我們見過嗎？」

她微笑。「我在黛安娜家看過妳的照片。」她穿著黑色長袖連身裙、黑色靴子，包著翡翠綠頭巾。「我是姬則拉。這位是我先生，哈肯姆。」

「幸會幸會。妳是怎麼認識黛安娜的？」

「我來到澳洲的時候正懷著身孕，」姬則拉說。「黛安娜對我很好。我在廚房地板上生下我的兒子阿拉徐的時候，她陪著我。」

「原來是妳？」我驚呼道。「我記得我聽說過。」很難忘記黛安娜跪在地板上的模樣，更別提還在接生了。

姬則拉微笑。「她是個非常好的女人。」

「妳是做什麼的，露西？」哈肯姆問。

「我目前是家庭主婦。」我跟他說。今天這個問題我聽了很多遍了。（妳最近都在忙什麼啊，露西？妳現在孩子都生完了，打算做什麼？）我通常並不特別在意別人的想法，可現在阮囊羞澀又債台高築，我忍不住想……我打算做什麼？我一直都一心一意想當個全職媽媽，一心一意想跟我媽一樣，所以從來沒有懷疑過。可現在，突然間，我有了疑問。

「我以前在人力銀行上班——」我才開口就被哈肯姆打斷了。

「一定是家族遺傳。黛安娜幫我找到了工作，在幾年以前，那時我在這個國家連面試的機會都得不到。現在我又是工程師了，全都多虧了黛安娜。」

就在這時我想起了我是怎麼知道他的。那天，在黛安娜家。我記得他是如何感謝她，對她感激得無以復加。我記得黛安娜淡然以對，像沒有什麼大不了的。

「其實呢，就在昨天，哈肯姆跟我受邀加入黛安娜的慈善會董事會，」姬則拉說。「她希望董事會裡有難民代表。」

「我一點也不意外。」我說。「黛安娜對慈善事業很熱心。」

「我們會把她的傳承發揚光大的，我們不會讓她失望的。」

我愣住，心裡想著一直以來我不就是想要這樣嗎，不讓黛安娜失望。

姬則拉握住我的手。「黛安娜做的事是給別人機會，」她說。「可是也許，她太忙著去看世界上的問題，卻忘了要給那些在她鼻子底下的人機會。」

我對姬則拉微笑，而就這樣，在黛安娜死後，我對她的了解多了一點。

36

黛安娜

過去……

「妳確定妳沒事嗎？」湯姆跟我說，而我正脫掉病人袍。

「我沒事。只不過是腦袋撞了一下，大家是在小題大做。醫院要我住院一晚完全是怕我會告他們地板太濕滑之類的。」我套上了湯姆為我帶來的長褲。

「我還是不敢相信露西會推妳。」

「她在擔心海莉葉，湯姆。我們都是。我們應該把焦點放在孩子身上，而不是我腦袋瓜上的包。」

我穿好上衣，動手扣鈕釦。

「我們在離開之後要去病房看看海莉葉嗎？」湯姆問。

我遲疑了。「我大概不應該去。」

「胡說。妳是她奶奶。」

「露西說得很清楚——」

「露西是太激動了，不知道自己說了什麼或是做了什麼。她搞不好看到妳就會道歉呢。」湯姆就是這麼樂觀，可我卻沒有同感。他沒看見露西說那些話之後的情緒。從昨天起，我就只收到過奧利的一通簡訊，說：海莉葉醒了。檢查結果不錯。雖然我打給露西三次，卻一點消息也沒有。「我覺得不大好，湯姆。」

「我們去開車的時候順便停一下，」他堅定地說。「沒事的，等著瞧。」

我們來到了海莉葉的病房，露西坐在病床邊的一張椅子上，背對著我們。我從門口聽見她在低哼〈一閃一閃亮晶晶〉，即使海莉葉的樣子像是睡著了。她是個好母親，我得承認。我忽然想到我從來沒跟她說過。

湯姆舉手要敲門，卻被我先攔住了。「我只想看著她們，」我低聲說。「就看個一會兒。」於是我們就在門口看。而有史以來第一次，我真的看見了露西。不是一個放棄了一切的女孩子，而是一個知道自己要什麼的女孩子。一個家庭。儘管有艱難險阻，她都一直陪伴在我兒子和她的孩子身邊，甚至是我身邊。這個女孩的強悍超出了我的估計。

我想起了我跟珍恩、麗茨、愷西有關媳婦的談話。我們老是聚焦在她們跟我們有多不同，她們教養孩子有多不同，她們的態度有多不同。我們從來沒有去看我們的相似處。都是女人，都是妻子，都是母親。我霍地想到相同點可多了。

「走吧。」我跟湯姆說。

他的樣子像是要抗議，可是我把他從門口拉走了。露西今天不會想看到我們。而今天，我想著她。湯姆跟我在沉默中開車回家，我想這份沉默正好可以讓我整理我的思緒，想想我跟露西是怎麼回事，不過汽車在屋前停下，湯姆卻沒有立刻下車……我才明白我的假設錯了。

「都怪我，」他說。「是我沒抱好海莉葉。」

「胡說。」我解開了安全帶。「那是意外。」

「意外發生了好一陣子了。我的抓握力越來越差了。」

我翻個白眼。「我們有年紀了，湯姆，比不得從前了。」

「我去看過醫生，幾個月前。」

我愣住。「是嗎？」

「佩斯里醫生讓我做了一些檢查，說我應該去找專家。神經學家。我就去了。」

「你什麼？你去看專家？」我愕然無言。我怎麼會不知道？湯姆沒有秘密。（有一次，孩子們還小，他在耶誕夜跟他們說聖誕老公公跟他說他隔天會送他們腳踏車。「我就是等不及要看他們的小臉蛋會有什麼表情。」他那時說。）

湯姆直勾勾瞪著前方，兩手抓著方向盤，分別抓在十點鐘和兩點鐘的方向。「我還沒去看過專家，可是我約好了明天。是一個專治運動神經元疾病的傢伙，那種病又叫肌萎縮性脊髓側索硬化症或是漸凍症。」

我瞪著他。

「我不想在還沒有更多消息之前就告訴妳，可是……發生了這件事……海莉葉會受傷都怪我。我一開始就不應該同意抱她的。」

我的喉嚨發乾。我想吞口水，卻是乾涸的。我瞪著湯姆的側面，他粗獷的大臉。

「我想讓妳明天陪我去看診。」

「我當然會陪你去，我希望之前就是我陪著你。」

「我知道。」他說，說著放開了方向盤，一隻手放在我的大腿上，手心朝上。我們就這麼坐了將近一小時，瞪著擋風玻璃。

隔天，湯姆跟我去了神經科醫生的診所，進了候診室，報上了姓名，就在椅子上坐下。我旁邊的空間有個人坐在輪椅上，頭搖來搖去，下巴有白色護墊支撐，脖子上套著旅行頸枕。乍看之下，他比湯姆還要小個十歲。他身邊的女人，大概是他太太，翻閱著雜誌，時不時就抬頭看他，面帶笑容，不然就是傾身用面紙幫他擦嘴角。即使她發現我在看，我也無力移開視線。

「湯姆．古德溫？」醫生說。

「是。」湯姆說。

我仍然看著那位女士，她微微皺眉，但是眼光一飄向湯姆，她就恍然大悟。她朝我點了點頭，動作極輕，幾乎看不出來。

「黛安娜？妳要來嗎？」

「喔……好。」我硬生生扯開了視線，湯姆跟我走入了診間。

我駕車回家。有湯姆同車，只有零星幾次是由我駕駛的，主要是因為他喝得太多——比太多還多，不過通常他照樣開車，我們那個年代的人對於酒駕還不是很注意。但是還有別的兩次。一次，我們新婚，正要去維多利亞省的鄉下拜訪他在布萊特的親戚。奧利坐在後座，還只是小娃娃，湯姆開得太快了，我就叫他慢下來。最後他停到馬路邊，拉起手煞車說：「好，既然妳不想去，那就妳來開。」湯姆有時候就是那麼急躁。我跟他換了座位，儘管湯姆沒有信心，我們還是到了，而且並沒有遲到。他嘟嘟囔囔了半個小時，隨後就像平常一樣平靜了下來。等我們抵達時，我們已經在拿這件事輕鬆說笑了。我不免好奇，是不是沒多久之後我對湯姆的回憶就會像這樣子。記得他當父親，記得他當爺爺。記得吵架，記得歡樂。一切都是回憶，因為他不在了。

「等我們回家，我再打電話徵詢別的醫生的意見。」我說，我的聲音充滿了權威。而且我會徵詢第二人的意見，還有第三人。我們會走過全部的過程，尋遍所有的路徑，但到頭來，湯姆還是會死，我知道。他不會活到九十歲，他甚至不會活到七十歲。他會死，而我也非死不可。

「等我們回家，」湯姆說。「我要上床睡覺。」

我們停下來等紅燈，我轉過頭好好地看著他。他的眼睛閃亮，下唇厚重，像隨時會流眼淚。

「好，」我說。「我們上床睡覺。」

我駛過十字路口他的眼淚就掉下來了。我讓他哭，這是他個人的哀傷過程。他不需要我來跟他說沒事，因為我們倆都知道不會沒事。所以我只是用力握了握他的手。我的角色很清楚，我得當那個堅強的人，我得很拿手。我清楚我自己的弱點。我不是個溫暖的人，我也沒有特別仁慈，可是我能堅強。我可以允許湯姆一點一滴消失卻知道我會陪在身邊。這一點，我可以給他。

回家後，湯姆立刻就上樓了。我也一樣，但是他朝臥室走，我卻說我需要沖個澡。在浴室裡，我打開水，脫掉衣服，站在水流中哭了起來，一直哭到分不清是淚還是水。

我一直哭到擦乾身體。

等我走出浴室，湯姆已經在床上了。起初我以為他睡著了，但我一爬上去，他就睜開了眼睛。

「沒有我妳要怎麼活？」他說。

我們倆都咯咯笑，即使有顆眼淚從湯姆的眼角滑落。

「我不活。」我說，而他向我伸出手，我們不再說話了。

一九七〇年

奧利四個月大了，我在亞拉維爾的明星戲院找到了工作。明星戲院對這個地區來說可以說是極盡奢華之能事，每週六晚上都客滿。戲院最特別的地方是有托兒室，推車裡的嬰兒排成一列，有號碼牌。如果有寶寶哭了，他的號碼會在螢幕上閃動，他的母親就會來抱他。奧利也是其中一個寶寶。我用籃子裝著他，因為我沒有推車，而如果他哭了（幸好極少見），就會有人到販賣部來找我。

正如梅芮笛絲所說，我找出了兼顧工作與奧利的方法，而我很意外地發現能兩者兼顧的感覺有多好。我不算是完全自立，我沒付梅芮笛絲房租，現在仍睡在她的窩棚裡，可是我也開始在帳單和食物上面有了貢獻。我一開始是週二和週六晚上工作。週二忙，但是週六幾乎每次都客滿，一千個座位全部售出。我在售票亭和販賣部之間來來去去，大廳擠滿了客人。我以前也來過明星，那時是顧客，但是在這裡工作有一種不同的活力，我更喜歡。我覺得我是躲在節目的幕後，或是有演奏會的後台通行證。我不時會看見認識的人，但是他們從沒見過我。我存在的世界跟他們不同。有時，他們筆直看著我，卻仍然看不到我。

我在繁忙的戲院裡東奔西跑，以手電筒指引客人，遞交爆米花。等大家都就座之後，我常常會到托兒室去看寶寶，排列成一排一排的。看著他們很難不去想到果園之家的那些女生，她們生的孩子也會在醫院的育嬰室排列起來，以後再被別人帶回家。沒有一個女生認為她們有別的選擇，我真希望能回去告訴她們有的，她們有別的選擇。

電影播放中，如果我聽見有寶寶哭了，我會先哄他一會兒，然後才讓他的號碼在螢幕上亮起。十次有九次，寶寶都被我哄得乖乖的。奧利總是在睡覺，即使是在那時就是我單純滿足的兒子。

有天晚上我在看孩子，一個年輕人從電影院裡出來，電影才開始二十分鐘。我走向販賣部，他前往的方向。

「一份爆米花，謝謝。」他說。

「大、中、小？」

年輕人朝我眨眼，這次直接望著我的臉。我愣了愣才發現這個人是湯姆．古德溫，去過我爸媽家兩次的水電工。根據我父親的說法，他是個「好工人」。他長得不英俊，但是有一雙清澈的藍眸、濃密的頭髮，笑起來很好看。他的個子偏矮，而且他完全沒有掩飾發現我在亞拉維爾賣零食的好奇。

「我認識妳。」他說。

「我也認識你。」我微笑。「湯姆，對吧？」

他歪歪頭，我真的能看見他的腦子裡齒輪在轉。

「妳在這裡幹嘛？」

「我看起來像在幹嘛？」

「我有一陣子沒看到妳了，」他終於說。我聽出了他的意思：是詢問。也就是因為如此，我的直覺是要回答得模稜兩可。我在忙躍上了我的嘴唇，我去了歐洲一陣子也一樣。但是我硬是把兩句話嚥下去。剎那之間，我了解了梅芮笛絲說不再有什麼好怕的自由。

「我去生孩子了。」

我非常喜歡湯姆並沒有試圖掩飾他的驚訝。他眨眨眼，動作又慢又長，然後再眨眨眼。他還真的倒退了一步。我很確定是因為我坦白承認，而不是因為發生那種事，讓他這麼驚愕的。

「是個男孩，」我說。「叫奧利佛。他就在那邊的籃子裡。」

「他……在這裡？」讓我意外的是湯姆走向托兒室，往奧利的籃子裡看。「這個小不點？」

他凝視著他，表情變得柔和。「那……妳的家人——」

「他們嚇壞了。」

我哈哈笑，湯姆也哈哈笑，倒是沒想到。他的笑聲很好聽。宏亮渾厚的笑聲，發自丹田。

「那妳現在是自力更生了？」

「我住在斯帕茨林的一間窩棚裡，在我父親不光彩的表姊家的後院。我幫她做飯打掃。而且我也在這裡賺錢。」

他皺眉。「開玩笑。」

「恐怕不是。不過放心好了，我還過得去。其實還過得非常好。」

我瞄了一眼時鐘，我聊太久了，我得在散場前把東西都整理好。我抓起了一個爆米花筒，幫湯姆裝了一個大杯的，交給他。「一塊錢。」我跟他說。

他伸手到口袋裡，掏出一把皺巴巴的鈔票，看都沒看就給了我。

「你最好快點進去，不然會錯過電影。」

他微微抽動，扭頭看後面，好像忘了身在何方。然後他回頭看我，給了我今生所見最美的笑容。「問題是，我不想錯過的是外面這裡的事情。」

37

露西

現在……

守靈一向就是一件很有意思的事。舉凡會把家人和酒精扯到一塊的事情向來都是。我在黛安娜的葬禮後抵達半月飯店時，奧利一瓶啤酒在手，樣子更加放鬆，偶爾甚至還會因為某人說的話而咯咯笑。背景的電視播放著橄欖球賽，也給這種不正常的場合提供了一點正常的東西。

妮蒂也比在葬禮上振作多了。她坐在外頭的陽台上，艾笛坐在她的大腿上，用兩根吸管分享一杯像是粉紅色檸檬汁的飲料。我很高興我們跟她的齟齬並沒有擴及到我們的孩子。不管你對妮蒂有什麼意見，她都是一個好姑姑，為了這一點，我也不得不愛她。

派崔克在我來之前就灌了至少半打啤酒，而我比大家都晚到一個小時，不得不說，他的樣子有點糟。我想我也不能怪他，我自己都想要灌個幾瓶，可是我追著孩子跑，命令他們從桌子底下出來，我實在挪不出時間。海莉葉和阿契踢掉了鞋子，滿地撒歡，地上因為灑出的飲料而變成了爛泥巴，沒多久就會有人打破杯子，而有一個孩子會踩上去，我們就得衝到醫院去。其實，能離開這裡會是一種解脫。

「嘿，」我說，在吧檯找到了奧利。他帶著一種幾瓶啤酒下肚的呆滯表情，不過還算清醒，畢竟他是來參加他母親的葬禮的。「你沒事吧？」

除了今天是你媽的葬禮之外，你的生意在走下坡，而我們在經濟上全毀了？

「說真的，」他說。「我正在想我今天的悼文說得有多差勁。」

「沒那麼差勁。」

他歪著頭。「再說一遍。」

我摟住他的腰。「聽著，反正她又不可能會批評你。忘了吧，沒事的。」

他張口欲言，卻被一對年長夫妻打斷了，他們過來道別。同時，海莉葉跑來跟我說：「艾笛尿褲子了，妮蒂姑姑想知道有沒有幫她準備內褲。」

「我去處理內褲。」我跟奧利說。

我跟著海莉葉走過人群，側身擠過去。海莉葉跟我來到陽台上的一塊空地，艾笛站在那兒，全身赤裸，只有腳上還穿著金色涼鞋。微醉的大人露出微笑。真妙。妮蒂蹲在她旁邊，拿一疊紙巾幫她擦腿，她的動作那麼的母性，我的腳步一滯。我還得提醒自己艾笛是我的女兒，我是她的母親。

湯匙敲玻璃杯的聲音吸引了大家的注意，我一轉頭就看見奧利站在椅子上。我把艾笛丟給妮蒂，衝回室內。*怎麼回事？*

「可以請大家注意這裡嗎？」我溜進去時聽見他在說。

房間漸漸安靜下來，我覺得五臟六腑揪成了一團。奧利不是那種會即席演說的人，他總是事前計畫，是執行者，是會用索引卡的人。我東瞧西瞧，尋找支援，可是只有妮蒂，而她仍在外頭照料艾笛。派崔克站在吧檯邊。

「抱歉打斷了各位喝飲料和交談的時間，」他開口說。「我只是覺得今天我沒能把我想說的話說出來。」

客人一個接一個低聲結束了交談，給予奧利充分的注意。我從侍者的盤子上抓起一杯香檳，一飲而盡。

「說真的，媽並不是世界上最溫暖、最迷糊的人，她其實是一個嚴格的工頭。要是有蜘蛛或是老鼠要殺，猜猜看是誰去殺？我給你們一個提示，不是爸。」

室內響起一陣溫和的笑聲，讓我多了一點信心。

「小時候，每次我們一坐下來，媽就會交給我們一袋嬰兒服，是要捐贈的，她逼我們按照大小給衣服分類。我們會抱怨，常常會，而她會說她更想做的是把我們的衣服都拿走，讓我們接受別人捐贈的衣服，看我們對於幫助別人的態度會不會改變。」說到這裡，奧利的聲音開始顫抖。「我記得摺過一件好小的白色針織外套，放在新生兒衣服的最上層。媽發現了，一把扯過去，說有污漬。我跟她說他們可能還是會接受，她說：『我的工作並不是給他們他們會接受的東西。』」奧利把黛安娜的語氣模仿得維妙維肖。「『我的工作是給他們他們值得的東西。』」

他瞄向我，我點頭。完美。

「媽有時很難討好，但是這也是她偉大的地方。這也是讓她成為某些人的生命線的原因。」

「拜託，少來了！」

聲音來自房間的後部，在吧檯邊，隆隆作響，而且一點也不覺得不好意思。大家紛紛轉頭。想不看見派崔克也難，因為他比人群都還要高出一個頭。

「黛安娜不是『生命線』，」他說。「她是個生命的吸血鬼。」

奧利一臉驚愕。他和大多數人一樣，太沉浸在他漂亮的致辭中，沒料到會有人嗆聲。我也一樣驚愕。人群轉身去看著派崔克。我朝他邁步，但是房間人太多了，簡直就像是在泥漿中跋涉。

「如果大家肯誠實的話，我們就會承認她死了我們沒有一個難過，我們只是為了免費的酒和食物來的。有什麼關係？」派崔克看見我從人叢中朝他殺過來。「省省吧，露西，我說完了。」

他舉高酒杯。「敬黛安娜。祝她腐爛得很快。」

他酒杯一傾，一口就喝完了酒。我東張西望找妮蒂，發現她站在角落裡，臉頰落下了一顆清淚。

38

露西

過去……

我拍了一張海莉葉的相片，在醫院病床上睡覺。晨光灑落在她身上，我對這珍貴的一刻超級敏感。幾天前要是情況稍有改變，她可能就不在這裡了，我不會把這個第二次的機會視為理所當然。

「我們的小天使如何？」英格麗在門口問。

英格麗是照顧海莉葉的主要護士。幾天前她很得意地告訴我她當奶奶了，孫子叫菲力克斯，跟海莉葉差不多大。可能就是因為如此，她對我們超乎想像的好——甚至在聽見我跟奧利說我受不了醫院的咖啡後順路幫我到當地的咖啡店帶一杯拿鐵。不過，英格麗就像那種對人人都特別好的類型。

我把手機放下。「她很好。在睡覺。」

「妳要不要我幫妳們兩個拍一張？」

我想了一秒。「那就太好了。」

我坐著挪到睡覺的女兒旁邊，頭偎著她，讓英格麗幫我們拍照。畫面上都是下巴，而且你可以直接看到我的鼻孔，但我會一輩子珍藏。

「妳婆婆剛剛打電話來。」英格麗輕聲說。

黛安娜每天打電話，一天兩通。我不接手機，她就打到醫院，向護理站的護士詢問。她知道海莉葉會康復，我們一得知消息我就叫奧利傳簡訊給她了。我仍然在氣她，可是誰也不該為孩子操不必要的心。

我感覺到英格麗在看我，忍不住嘆氣。英格麗知道，想當然耳，我對黛安娜做了什麼——整間醫院的人都知道攻擊事件。那是發現我們的護士的用詞。攻擊。其實她的描述應該是滿正確的，儘管黛安娜立刻就駁斥，即使都躺在擔架上被送往急診室了，都還堅持只是家務事。我不得不承認，黛安娜．古德溫會竭盡所能避免大吵大鬧的場面。

「妳在這裡還滿出名的，知道嗎，」英格麗說，打開海莉葉的病歷。「每個人這一生裡至少都會有一次想要給她們的婆婆一次腦部重創。」

「連妳也是嗎，英格麗？」

「尤其是我！而且我的媳婦偶爾也想要這樣對付我，我敢打賭。」

「我很懷疑，」我說。「要是我有像妳這樣的婆婆，英格麗，我就樂翻天了。」

「啊，妳現在是會這麼想。」她微笑。「可是過一陣子我就會氣得妳牙癢癢的。不管是誰，只要變成了妳的家人，假以時日，都會恨得妳牙癢癢的。」

「為什麼婆媳之間老是會出問題，可是女婿和岳父就不會？」

英格麗在病歷上寫了些字。「女婿和岳父之間不夠在乎，所以不會出問題。」

「原來我們會有問題是因為我們在乎？」我問。

「我們會有問題是因為太在乎了。」英格麗瞧了瞧手錶，又記錄下來。接著她把病歷表掛回海莉葉的床尾，走到門口，正要離開，又停下來。

「妳婆婆打了不少電話，知道嗎？」

「她很愛她的孫女，」我說。「這點我承認。」

「也許吧，」英格麗說。「可是妳應該知道，每次我接電話，她第一個問起的一定是妳。」

奧利半小時後抵達醫院，我跟他說我得走了。他沒問去哪裡，我很確定他是以為我要回家洗澡，或是換衣服，或是幫海莉葉拿東西——我們這樣團隊合作一個星期了。我就由他去假設。

我一邊開車，一邊想著英格麗說的話。我們太在乎了。不知道是不是真的？要是我不在乎，我就會自顧自過日子，接受我的這個婆婆。跟派崔克一樣。他並不特別喜歡黛安娜，可除非她在某個特別的時刻做了什麼事惹惱了他，否則他就完全不會被他不喜歡她的情緒所左右。他也不假裝跟她合得來，或是因為合不來而生氣。他似乎絲毫不受影響。所以，我要原諒黛安娜，不是因為我喜歡她或我認為她做的事值得原諒。我要原諒她是為了解放我自己，我不要再太在乎了。

我在湯姆和黛安娜家停車，湯姆的汽車停在前門——很不尋常，特別是上班日。我按了門鈴，卻沒有人來應門。等了一會兒，我又按一次。

過了很久很久黛安娜才來開門，但我終於從玻璃門看見她了。

「露西。」她說。

我眨眨眼。這可能是我第一次看見黛安娜沒化妝。她的頭髮濕淋淋的，向後梳，露出她小小的卵形頭顱，而她的整張臉、皮膚、睫毛、嘴唇都像是同樣的淡而無味的米色。她一手按著胸口。「喔不，是……是海莉葉嗎？」

「不、不，」我趕緊說。「海莉葉沒事。」

可是黛安娜在發抖，全身上下都在抖。我伸出手扶住她。

「黛安娜，海莉葉沒事。」我再說一次。

可她仍抖個不停。我抓住她的肩膀，把她往屋子裡帶。不對勁。她瞪著我，眼睛又大又脆弱。我握住她另一邊肩膀，正要問她是怎麼了，她的膝蓋卻撐不住了。我接住她，慢慢把她放到地板上。

「湯姆？」我大喊。「湯姆？你在家嗎？」

「對不起，」她說，哭了起來。「對不起，露西……是湯姆。是我的達令，湯姆。」

「湯姆得了漸凍症，」黛安娜說。「運動神經元疾病，是——」

「我知道是什麼。」我說。我想起了幾年前的冰桶大挑戰，大家把冰水倒在頭上，為這種病症募款。顯然是成功了，因為之前我聽都沒聽過這種疾病。

「湯姆覺得不對勁有一陣子了，可是他什麼也沒說。現在知道以後再來回顧，一切都清清楚楚。他會抽筋。虛弱。他寫的字比阿契的還潦草。他會流口水。」一滴淚珠滾落她的臉頰，除此之外，她恢復了鎮定。「我老覺得他流口水好可愛。我們不知道……」

黛安娜跟我坐在漂亮房間裡。黛安娜抱著抱枕，玩弄著上頭的金線。「漸凍症不會影響他的智力，可是會剝奪他的肢體，最後他會沒有辦法表達他的智力。最後別人會當他是小孩子一樣說話，而他也無力告訴他們他並不是聾子。」又一滴淚落下。「可是我不會讓他們那樣做。誰也不能當他是白痴一樣跟他說話。他還有我。」

黛安娜拂掉頰上的淚，微一點頭，彷彿這一點讓她欣慰。而很可能就是。她或許無力控制湯姆的疾病，但是她可以控制別人對待他的態度，而且她會確定大家待他好。儘管她有一堆小毛病，可是黛安娜是妳想要當靠山的人。或許問題就出在這裡，我從未感覺過她是靠山。

「我能做什麼？」我問。

黛安娜無奈地聳聳肩，我沒見過這麼悲情的聳肩。她緩緩眨眼，把腿上的抱枕往身上壓。她的樣子好脆弱，我真想抓起一張地毯，披在她的肩上。我對黛安娜從來沒有過這種感覺。

「黛安娜——」我開口，手機卻響了。是奧利。「對不起，我最好接這通電話，可能是海莉葉怎麼了。」

「別告訴他，露西。拜託不要告訴他。」

黛安娜看著我，就彷彿靈魂回到了她的身體，眼神中又出現了那份幹練。她回神了。讓我覺得哀傷，同時也異樣的榮幸，她在我面前居然會放下防衛，即使只有幾秒鐘。

「好。」我說。

她別開了臉，好似在給我們些許隱私。

「海莉葉醒了，」奧利說。我聽見她在背景裡喋喋不休，可能是因為湯姆生病的消息吧，不過把女兒抱在懷中的感覺太過強烈，連我的呼吸都奪走了。「我想妳會想過來。」

「對，」我說。「我想過去。我馬上就到。」

「謝謝，」黛安娜說，在我把手機放回皮包時。「湯姆真的想親口告訴小鬼頭們。」

聽她叫奧利和妮蒂是「小鬼頭」還滿好笑的。不過，話說回來，在做母親的心目中她的子女或許永遠都是小孩子。我不禁納悶，我們所有問題的癥結會不會就在這裡。

我坐在黛安娜和湯姆的漂亮房間裡，但這一次我心裡藏著秘密。妮蒂和派崔克並肩坐在過於飽滿的沙發上，身體挺直，全神貫注。奧利和我坐在扶手椅上，面對著彼此。黛安娜和湯姆則相偕坐在派崔克和妮蒂的對面。

「有人要飲料嗎？」黛安娜問，我們全都搖頭，急於得知今晚的家庭會議的重點。我們之前沒開過家庭會議，而我知道奧利以為是因為海莉葉的意外。我一直都沒能告訴他們，因為一提起來就得要承認黛安娜跟我說了，而我不想這麼做。一來是因為我認為那是湯姆的權利，二來是因為我第一次贏得了黛安娜的信賴，而我決心要證明我是個守口如瓶的人。

我盯著湯姆，找尋漸凍症的跡象。依我看來，他很健康。至於他微微的口齒不清，我已經漸漸習慣了，也滿喜歡的，我總以為是因為他總是在微醺和大醉之間。

「好，我就不東拉西扯了，」他說。「我們都知道我是來告訴你們什麼事的，而你們可能也都感覺到不是好事……很遺憾，確實不是好消息。我被診斷出了運動神經元疾病，你們可能聽說過。這個就是幾年以前大家在玩冰桶挑戰那種無聊事的病。它又叫肌萎縮性脊髓側索硬化症或是漸凍症。總之呢，這是一種退化性的疾病，會影響主宰肌肉的腦部神經和脊髓。到最後我的肌肉會變得虛弱無力，僵硬，完全無用。我會走不好路，說不清話，也不太能吃喝，甚至連呼吸都會困難。」

湯姆說得很快，語氣微帶懊惱，但我知道只是因為他覺得太不對勁。他一向都是家裡的調解人，大事化小小事化無。這次卻變成了麻煩製造人，簡直就是要了他的命。

「總之，就是這樣了，而我會盡量撐下去。」他說。然後，他就一句話也沒有了。

妮蒂和奧利的反應倒是讓我詫異，因為他們一點反應也沒有。沒有動作，沒有尖銳的吸氣，只有規律的眨眼，一兩秒鐘眨一次。派崔克一手摀住嘴，下巴架在大拇指上。

「你會死嗎？」妮蒂終於問。

「我會死，對。妳也一樣，妳哥哥、妳母親、露西和派崔克……我們都會死。可是很顯然我會是第一個走的人。可能就是五年之後，甚至可能是明年。」

黛安娜伸手去握住湯姆的手。

「誰也不能長生不老，」湯姆說。「所以我想讓明年好好地過。我的意思是一家人常常在一起。我的老婆、我的孩子和他們的配偶……」他的視線找到了我的。「還有我的孫子，妳准許的話，露西。海莉葉的意外都怪我，要是她恢復不了，我死也不能原諒自己。」

「你當然可以看孩子，湯姆，隨時都可以。」

「爸，我……」奧利向前坐。他似乎在天人交戰，但最後只是接著說下去。「我知道說這些還太早，可是你會想要把事情都安排好。你的委託書，你的醫療選擇。你會想要檢視生意由誰來接手，如果想賣給合夥人的話，也得安排。」

我愣愣地想著奧利怎麼會知道這些。他的話說得極其自然流暢，就彷彿他是個遺囑律師，而不是個人力招募者。然後，突然之間，他一臉彆扭。

「另外，你也得確定你的遺囑更新了。」

「喔，我覺得現在就討論這個太早了，親愛的。」我說。

「一切都安排妥當了。」湯姆說。

奧利點頭。「我可以問裡頭寫了什麼嗎？」

「奧利！」黛安娜跟我齊聲驚呼。我能理解壞消息可以引出不尋常的情緒來，可是奧利卻是遲鈍到像一截木頭。

「我沒有什麼事需要瞞著你們，」湯姆說。「等我死後，一切財產都留給黛安娜。萬一黛安娜比我先走，那就都留給你們兩個小鬼頭和你們的伴侶，兩個人平分。」

我瞥了奧利一眼。他似乎很滿意。

「誰也想不到會跟家人討論這種事情，」湯姆接著說。「內心深處，我們都以為自己能長生不老，而我承認，這一次有點像是很突兀的覺醒。」湯姆想笑，聲音卻嘶啞。

「喔，爸。」奧利走到湯姆身邊，擁抱住他。「我很遺憾，我真的很遺憾。」

湯姆偎進奧利的懷抱，暫時閉上眼睛。這一刻很美。

我只希望這是在他們討論遺囑內容之前發生的。

39

露西

現在

感覺很奇怪，回到湯姆和黛安娜的家。傑若德事前嚴厲告知我們，除了有紀念性質的東西，不得拿走別的東西，可是妮蒂和派崔克昨天來過了，然後有些東西就失蹤了。比方說主廳陳列的一只花瓶。說真的，我也不能怪他們。我們自己的經濟那麼拮据，連我都忍不住想拿一兩只花瓶的。幸好，讓我鬆了口氣的是奧利並沒有如此建議。他最近的行為變得非常古怪——我很高興發現他仍是我嫁的那個正直的男人。

我在圖書室裡看見他翻開一本相簿，翻了幾頁就放下了，連看也沒看。

「我們不必一整天都耗在這裡。」

「遲早都是要做的，」他說。「乾脆就現在做。」

我握住他的手，拉他走向沙發，坐在他旁邊。「奧利。有什麼心事就跟我說。」

他閉上眼睛，以拇指和食指按摩額頭。「只是回來這裡，這棟屋子裡……很詭異，對不對？我到現在還不敢相信她走了。」

「我也是。」

他睜開眼睛，瞪著前方。「我沒有爸媽了，我不應該驚慌才對，我都四十好幾的人了，可我就是會。而且，我的妹妹不想跟我有瓜葛。」他眨了幾次眼睛，彷彿在消化。「我只有妳了，露西。妳，跟孩子們。」

「我們會陪著你的。」我跟他說。

他看著我。緩緩點頭。

我盡量想像我們以後的生活就會像這樣，我們的新生活，破產之後的生活。我得去找工作。大一點的兩個孩子得送去安親班，艾笛得去上托兒所。情形會不一樣，那是當然的，可是我們一家子都會在一起。

奧利看著我。「妳最近有點不一樣。妳的衣服沒那麼……豔麗張狂。」

我低頭看著身上的黑色牛仔褲、灰色T恤和肉色平底鞋。T恤前襟的圖案是令人眼花繚亂的艾菲爾鐵塔，但以我的標準來說算是樸素的了。我甚至沒有髮飾，更沒有花時間在頭髮上作文章。事實上，我唯一佩戴的珠寶就是黛安娜留給我的項鍊。

「我的風格在……進化。」我承認。

奧利微笑。「這一身裝扮真的讓我想起媽會穿的衣服。」

我回以一笑。我沒告訴他黛安娜連一條牛仔褲都沒有，要是她聽見她可能會穿一件亮晶晶的T恤，只怕她會在墳墓裡翻白眼。奧利說我最近比較常穿更樸實、更實際的衣服，他並沒有說錯。說起來也許很奇怪，不過黛安娜可能有一點影響。

我們又看過了一些物品才決定到此為止。我們正要上車時，我聽到車道上有踩踏碎石的聲音。

「露西！奧利。」

我們一齊轉身。阿米德和瓊斯正朝我們走來。我立刻就提高警覺。

「哈囉。」我遲疑地打招呼。

他們繼續往我們走來，而且並不是只有他們兩個人。阿米德旁邊還有一名穿著運動服的女人，一臉不善。她在我們後面幾公尺處立定站好。

「是他，」她悄悄跟阿米德說。「就是他。錯不了。」

阿米德停在女人身邊，而瓊斯則繼續往前走，最後停在我們面前。

「有什麼事嗎？」奧利說。

「我們剛剛又去找鄰居談了談，」瓊斯說。「想要確認令堂死前最後一個見到的人是誰。」

她扭頭瞧了瞧穿運動服的女人，女人盯著奧利，卻稍微偏向他的臉的下方，彷彿很緊張，不敢直視他的眼睛。不敢直視奧利。

「就是他。」女人又說一遍，這次比較大聲。

「什麼就是他？」我問她。

「我住在馬路對面，」她說。她似乎是滿高興能正視我的。「上個禮拜我出門去跑步，就是黛安娜被殺的同一天，而我看見了他，」她一隻拇指朝奧利戳。「走過大門。」

「你那天來過嗎，奧利？」瓊斯問。「在令堂遇害的那天下午？」

奧利搖頭，一臉迷糊。「沒有。」

「你有，你穿著……海軍藍的長褲，一件格子襯衫。」女人用力點頭，好像是更加肯定。「藍白色的！」

「妳一定是看錯人了，」我說。「說不定妳不是那天看見奧利的？」

兩種解釋都很合理。再說了，奧利的外表並沒有什麼突出的地方，個子高，不胖不瘦，褐髮。要推翻這個女人的說法輕而易舉，而我就是在這麼做。但是一段記憶卻閃進了我的腦海。是奧利，在黛安娜去世的那天下班回來。

他就穿著海軍藍長褲和藍白格子襯衫。

40

露西

過去……

「噓，」我們一進入黛安娜和湯姆的家我就對孩子們這麼說。不過當然是白費力氣，要讓孩子的塑膠鞋靜悄悄地踩在大理石地板上是不可能的。阿契和海莉葉吵鬧地飛奔，鞋子劈啪響。

最近我們都自己開門進來。我有種感覺，黛安娜不是很高興，可是她現在得二十四小時照顧湯姆，她的生活講究的是實際，要她一天到晚來應門一點也不實際。

我跟在孩子後面，把艾笛連同安全座椅一起抬進一樓。湯姆坐輪椅之後，什麼都搬到了一樓。其實我比較喜歡這個樣子。多了家具，屋子更充實，還有一種之前沒有的溫馨感。還有，每樣東西都更靠近。你可以大聲喊，而差不多屋子裡的每個人都能聽到。

「是我們。」我說，走進了裡間。

湯姆的輪椅推在餐桌邊，黛安娜在他身邊，大聲讀報紙，可是她停下來擁抱阿契和海莉葉，因為兩人一看到她就撲了上去。

「給爺爺抱抱。」她指示他們。

他們狐疑地看著她，她點頭。去啊。他們現在有點怕湯姆，他的雙手扭曲變形，頭抬不起來。他說的話很難聽懂，可是他鐵了心要說個不停。我覺得很棒，可是孩子們會覺得沮喪，最後失去興趣，或是更糟，說出什麼不禮貌的話來。

「爺爺在噴口水，」海莉葉會這麼說。或是「爺爺的頭為什麼會這樣？」。

「爺爺會聽見喔。」我說，用一種虛假的歡樂語氣。

不過黛安娜不像我這麼遮遮掩掩的。兩個星期前她叫阿契和海莉葉想像想跟別人說話卻沒有人想聽是讓人多麼灰心的一件事。阿契幾分鐘後來找我，跟我說他會聽爺爺說話，而且他說到做到，從此之後非常有耐性。海莉葉就沒有那麼富於同理心了，跟我說她不懂爺爺為什麼不乾脆看電視，不要跟別人說話。我進退兩難，一方面想接受她只是個孩子，一方面又覺得將來有一天海莉葉會出社會，逮著哪個倒楣鬼就滔滔不絕說個沒完，而那個人會受苦都是我害的。

湯姆的時日不多了，幾個月來他進進出出醫院，上呼吸道感染、呼吸困難、疼痛、不舒服。黛安娜忙個不停，餵湯姆吃飯，幫他調整姿勢，餵他吃藥。她打電話給醫生和護士，發號施令，安排事務，她彷彿變成了他的延伸——他只需要看她一眼，她就從椅子上站起來，過去照顧他。

湯姆的病讓家庭戰爭暫時休止，我們都合作無間，像一個團隊——帶他去看醫生，送餐點，開車到城的另一邊去拿為他訂做的器具，讓他能更舒服一點。可是每個人都傷心欲絕。我傷心欲絕。我無法想像失去了他這一家會怎麼樣。

我觀察著黛安娜，她不時會幫湯姆擦嘴角。她跟他說了什麼，他的眼睛縮起來，嘴唇扭動，我知道他是想要笑。我們其他人，在湯姆過世後都會傷心，但是最傷心的還是黛安娜。我不確定她會怎麼樣，我不知道她要怎麼過下去。

41

露西

現在……

「奧利被逮捕了嗎？」妮蒂問我。

她在我的客廳地板上，四周都是樂高，派崔克則跟孩子們在玩你捉我躲，玩的人得站在靠枕上，以免腳被岩漿燙到。那名穿運動服的女士指認奧利在黛安娜遇害的當天去過她家，瓊斯就說她要和奧利回總部談一談，我立刻就打給妮蒂，問她是否有空來帶孩子。（我自己的事絕不會請她幫忙，可是我知道妮蒂會為了孩子過來，而我絕對需要她的援助。）

「沒有，他只是去回答一些問題。等一會兒他就會回來。」

但說真的，我不知道我說得對不對。奧利跟瓊斯和阿米德離開時並沒有被捕，可是據我所知，他現在被捕了。而我不知道他是五分鐘後就會回來，或是五小時後。我唯一知道的事就是他在黛安娜死的那天穿著藍白格子襯衫……而且還提早下班，即使他並沒有不舒服。

而現在，我在想是為什麼。

妮蒂拉長一張臉，神色擔憂。妮蒂是妹妹，小了奧利六歲，可是她似乎總是比較老成。儘管不和，我知道她是愛哥哥的。

「妳還好嗎？」我問她，她的眼眶立刻就紅了。我把樂高掃到一邊去，跪在她的身邊。

「對不起。」她從衣袖裡抽出面紙，輕點眼睛。「我不知道我是怎麼回事……只是什麼都亂糟糟的。」

我彆扭地在她身邊徘徊。換作是從前，我會擁抱妮蒂，可是那樣的關係不在了，所以我只是一隻手按住她的肩膀安慰她。她卻突然伸長雙臂抱住我的脖子，嚇了我一大跳。

「噓，」我說。「沒事、沒事。」

但是並沒有沒事，一點也沒有。我的心為妮蒂流血。即便沒有這些事情……我仍記得失去母親的痛，好像就是昨天的事。我忽然想到我和妮蒂現在有這個共同點了。她失去母親的時候年紀顯然比我大，可是我覺得世界上沒有一種傷痛能比得上女兒失去母親。

「對不起。」妮蒂說，往後坐，擦掉眼淚。

「拜託，不要道歉。」

「只是……來這裡。孩子們。玩具……實在很難，知道嗎。總是讓我想起……我不會擁有的東西。」

「妳不會擁有的……？」我愣了愣才明白，她不是在為她的母親傷心。她甚至不是在為奧利傷心，她是在傷心……她自己的不孕。

我挪開了。

「我還以為妳是在為妳母親難過。為了奧利被叫去問話。」

「喔，誰沒被叫去過！」妮蒂不以為然地揮揮手。「沒什麼大不了的。」

「沒什麼大不了？警察沒跟妳說抱枕的事嗎？他們沒跟妳說他們認為黛安娜可能是被悶死的？」

妮蒂開始撿樂高，漫不經心地往籃子裡放。「在我目前的生命階段，」她說，聲音嘶啞。「我還以為我家的地板上會到處是樂高，牆上有塗鴉。我以為我的週末會花在學校的活動和芭蕾課上。我想要的妳都有了，露西。」

我看著她，真正的看。生理上，她就在我的眼前，但是感情上，她卻在別處。我猝然想到她在別的地方有好一陣子了。

「我真的以為妳會幫我。」她說，隨即哭得像個淚人。

「妮蒂……」我察覺到房間一角有動靜，派崔克上前來。我不知怎地覺得他站在那兒有一會兒了。

「我想我應該帶妮蒂回家了。」他說。

派崔克拿起妮蒂的皮包和大衣，而我還是第一次去想這件事對他的影響，活在妮蒂對孩子的執迷之中。這種事情給人的壓力遲早是會爆表的。

「你們何不再多留一會兒？」我說。「我可以……泡茶？」

妮蒂站了起來，眼神遙遠。

「派崔克說得對，」她像機器人一樣說。「我們該走了。」

42

露西

過去……

「請進，」我說。「後面房間有點心。」

我站在湯姆和黛安娜家的華麗對開門前，擺渡一小群一小群的客人。湯姆的葬禮在聖女貞德教堂舉行，教堂就在轉角，所以大多數的客人決定要步行過來，即使是些老人家。天氣清爽明朗，陽光耀眼，人人都說是湯姆的傑作，說不定就是。如果有來生，奧利在祭文中說，湯姆絕對能找到入口，要求一切都要最好的，包括陽光。

湯姆在上週五過世，死因是上呼吸道感染。他要求要在家裡過世，黛安娜堅決捍衛他的希望，但是到頭來兩人都不得不接受現實。他的病惡化得太快，超過了每個人的預期，最後的兩個月他連呼吸都不能自主，更遑論做別的事情。多虧有黛安娜幫他做。

艾笛一整天大多由妮蒂抱著，兩個大孩子在屋子裡胡鬧撒野，活像是在過生日，而不是在守靈。就連阿契，在教堂裡哭得很兇，現在似乎也比較放鬆了。他摘掉了領帶，是他要求要戴的，還跟爸爸借，而現在他忙著在賓客的腿間鑽來鑽去，追逐海莉葉。

「阿契！」我壓低聲音吼。「你們何不上樓去玩？你們想要的話，還可以把電視打開。」

不到幾秒，兩個人都消失了。

屋子裡，侍者端著盤子繞圈穿梭。一面牆邊架立了一張長桌，擺滿了三明治和軟性飲料、蛋糕和酒。黛安娜真了不起，每個小地方都安排得妥妥當當的，所以氣氛溫馨卻不帶歡樂、莊重卻不帶沉鬱。湯姆一定會很滿意。

我的角色是由黛安娜指派的，負責招呼抵達的賓客。並沒有很多。人們進屋來，說葬禮有多溫馨，也說他們有多遺憾。我招呼他們，指出可以找到飲料和雞肉三明治的方向。一年前，我會認為黛安娜指派我這個工作是為了要讓我離她遠一點，或者是因為我的能力不夠，但是今天，知道她特地指派給我這個崗位，我感覺到一股強烈的使命感。

從我在門口的崗位，我時不時就能瞥見黛安娜，站在一圈圈人的邊緣，接受別人的弔唁，而她的態度極其鎮定優雅。黛安娜憑一己之力安排了葬禮，只把祭文指派給奧利，而他也不負所託。我在葬禮中會扭頭看黛安娜，發現她坐得筆直，而我心中油然而生一股衝動，想滑過去，可能是伸手去覆住她的手。現在，我真後悔沒有。

「請進。」我說，又一群客人穿過大門。我扶住了一位老婦的胳臂，她一定有九十幾歲了，我攙扶著她登上三級的門階。她向我微笑，說：「謝謝妳，親愛的。」

讓我想起了我的母親。露西，親愛的，晚餐好了。很久很久沒有人叫我親愛的了。我都忘了當某人的親愛的是什麼滋味了。

「不好意思，夫人。」

我轉過去，發現是一名穿灰外套的侍者站在我面前，我猜他可能是領班。「我好像找不到古德溫太太。」

我環顧四周。房間到處是人，聊天的聲音變大了，桌上壁爐架上到處是吃了一半的小菜，黛安娜卻不見人影。「喔……那，有什麼事？」

「我想問問是否應該要供應咖啡和茶了？」

「有何不可。」我瞧了瞧前院小徑，斷定現在離開無妨。「我去看看能不能找到黛安娜。」

我搜尋了一樓，發現妮蒂在後院裡，仍然抱著艾笛。

「露西，尿片袋在哪兒？艾笛要睡覺了，我需要奶嘴和羊咩咩。」

「放在樓梯口的臥室裡。嬰兒床已經架好了。妳看到妳媽了嗎？」

妮蒂搖頭。「不過大衛叔叔在找她，她和蘿絲嬸嬸要走了，他們想說再見。」

妮蒂抱著艾笛上樓，我則繼續在人叢中開路，一面掃瞄臉孔。奧利在前廳，聽他的表親彼特連說帶比講故事，顯然是跟一頭驢子有關。「露西！」他高聲喊。「媽呢？大家都在問。」

「正在找。」

我爬樓梯到二樓，不抱多少希望——黛安娜和湯姆有一年沒使用這個樓層了。第一間臥室的門——就是我幫艾笛放小床的房間——關著，所以我悄悄經過。我望進第二個房間，海莉葉和阿契趴在床上看電視，眼睛瞪得老大，嘴巴也張得很大。隔壁臥室是湯姆和黛安娜的老臥室，門也是關著的。我在門口猶豫了一會兒，這才輕輕敲門。

「黛安娜？」

沒有回應，我就走了進去。我之前沒進來過，而且坦白說，房間滿古怪的。有玄關，有客廳，真正的臥室（不過湯姆和黛安娜在樓下睡了一年多了），浴室的大小就跟我們那棟工人房子一樣。最後，在最後一扇門後是一間步入式衣櫃，凱莉．布雷蕭[1]見了一定會掉淚，裡面排列著全套的櫃子，還有一架附滑輪的梯子可以從這面牆滑到另一面牆。房間中央是一張鄂圖曼椅，而黛安娜就坐在上頭，雙手摀著臉。

「黛安娜？」

她抬起頭來。她在哭，可是臉並沒有腫，也沒變紅。眼影完全沒有糊掉。黛安娜連哭都哭得淡定。

「妳還好吧？」

這樣子的她給人一種弱不禁風、一碰就碎的感覺。她的肩膀動了動，算是聳肩，好似肩膀實在太重了，抬不起來。接著她嘆氣。「同一句話再怎麼說也只能說那麼多次。是啊，葬禮很溫馨。是啊，陽光真美。是啊，湯姆會很喜歡。我的限額用完了，所以我就來這裡，躲起來。」

我點頭。

她環顧四周。「很荒謬，這一切，對不對？這個房間是湯姆的主意，想也知道。我的衣服根本填不滿櫃子。」她指著十二個衣櫃中的一個。「湯姆老是極盡奢華。數大就是美。我不討厭他還真是奇怪了，對不對？」她笑了，不等別人回應。「我現在大概應該搬到小一點的地方，這樣才合理，我一個人住在這裡。可現在他走了，我又不確定搬不搬得了了。他是這棟屋子的一部分。我感覺他在這裡。」

「我也感覺他在這裡。」我說。

黛安娜正面看著我。她的嘴唇抿在一塊，在令人極度尷尬的一瞬間，我以為她要哭了。她的唇角彎曲，下巴皮膚起皺，但是就在最後一刻，她恢復了自制。「大家都在找我是吧？」她以一種怪怪的正常聲音說。「所以妳才會上來？來找我？」

她動也不動，但是我能看出她在振作。她會把臉擦乾，拉直衣裳，然後下樓去做她需要做的事。黛安娜畢竟就是這樣的人。可是她不應該這麼勉強，今天不必。所以我搖頭。

「根本就沒人發現妳不在樓下，」我說。「一切都很順利，妳想在這裡待多久都沒關係。」

那天下午我都在跟素昧平生的人說話，代漸凍人基金會收取捐款。黛安娜要求大家不要送花，改為捐款，儘管我不認為她的意思是現金，最後我卻帶著一個被巨額鈔票塞得鼓鼓的信封。我在心裡記下待會兒得算一算是多少錢。

我幫外燴公司簽帳單，在他們要離開時幫忙打開後門，然後我就站在飲料區，自己充當酒保。派崔克和妮蒂已經喝了太多了，妮蒂回來又要一杯，我反而幫她泡了一杯茶，不過我很懷疑她會喝。

晚上七點前，孩子們都在樓上睡著了。

晚上八點前，大家又餓了，我叫了披薩。

❶ 美國影集《慾望城市》的女主角，極重時尚，愛鞋成痴。

據我所知，黛安娜仍在那間步入式衣櫃裡。我跟大家說她不舒服，提早上床休息了，同時我希望大家能聽出這個暗示，識趣地離開，可是他們好像沒聽懂。

晚上十點，我做了一盤三明治，到處傳送。妮蒂整個人喝掛了，派崔克也好不到哪兒去。奧利比較清醒，一等彼特和其他的親戚離開，他就過來幫我處理妮蒂。

「吃個三明治，妮蒂，」我跟她說。「我再幫妳泡杯茶好嗎？」

她臭著臉搖頭。「我要酒。」

「我想妳喝得夠多了，小妮，」奧利說。「再說，酒都喝光了。」

「哼，連自己老公的葬禮都還這麼小氣，」她口齒不清地說。我又塞了一個三明治過去，是烤牛肉加辣根醬，卻被她推開了。「她甚至不下樓來陪大家說話！你還以為她對爸的葬禮至少有一丁點尊重呢！下一步她就會賣掉房子了，等著瞧好了。然後就會像爸從來就沒住在這裡過。」

「我覺得不會。」我試著打圓場。

「她會，」妮蒂說。「我了解我媽。她搞不好會把所有的財產都留給流浪狗之家呢。」

我走開了，走向廚房。我需要把洗碗機裡的杯盤都拿出來，反正妮蒂現在也不可理喻。我想著黛安娜在樓上的大房間裡。不知道我走了之後她動過沒有？我幫她裝了一盤三明治和一杯茶，上去她的房間，自行進去。她現在躺在床上了，卻睜著眼睛，瞪著牆壁。

「大多數的人都走了，」我說，把盤子和馬克杯擺在她的床頭几上。「派崔克和妮蒂還在，不過我會幫他們叫Uber。房子整理好了，多多少少，不過我明天會過來幫妳吸塵拖地。」黛安娜瞪著我，目光穿透了我。「妳餓了的話，床頭有三明治和一杯茶。」

我等候著，她卻沒回應，所以我就轉身走了，正要出去時隱隱約約聽見了「謝謝妳，親愛的。」。

43

黛安娜

過去……

是湯姆堅持不讓奧利知道他不是他的生父的。起初我不同意，但是湯姆寸步不讓。

「我覺得我們不應該騙他，湯姆。不應該騙孩子。」

「大家老是這麼說，可是為什麼要立這麼一條死規矩？應該是比較像風險／利益分析吧？不告訴奧利的話，我們得冒風險，怕以後他自己會發現，會責怪我們害他沒能跟他的親生父親培養感情，這個人，我多句嘴，打從一開始就不要他。可是不告訴他的利益呢？奧利會相信他是在爸媽相親相愛，而且想要他的家庭出生的。他會相信他有個親妹妹，他會有所有雙親家庭的孩子都有的良好調適能力。我們為什麼要否定他這些東西，就只為了以後他不會怪我們？要不是能讓孩子把一生的麻煩都怪罪到爸媽頭上，那要爸媽何用？」

湯姆怎麼說都說不動，最終我只好依從他的希望。他的邏輯或許不通，可如果他願意為了我兒子的適應力而終身三緘其口，那我也看不出我有什麼立場反對。我想這種決定大概就是做父親的會下的決定吧。

所以我就由著他了。

湯姆不在了。

我有太長的時間盡量不軟弱，都忘了軟弱的滋味有多好了。也不知道有多久了，我得要為我的家人堅強。而堅強是有它的好處的。它讓你感覺強而有力，好像你能面對任何橫逆並且存活下來。所以我才會這樣子過日子，努力工作，不和稀泥，不接受軟弱。可是力量被高估了。而軟弱——還有在爛泥裡打滾——卻美妙得出奇。

湯姆不在了。

我躺在樓下的沙發上，瞪著冷冷的壁爐。每週二、四清潔工會來，清理壁爐，而今天是星期三，讓人鬆了口氣。我可能不會再雇用清潔工了，我可以自己打掃屋子。

「少胡鬧了！」湯姆在我的心裡說。但我沒有胡鬧。憑良心說，我老覺得清潔工礙手礙腳的，根本就沒幫上忙。對我來說，清潔工來的日子我會忙著挪到這邊挪到那邊，確保自己不會像一頭擋路的死豬，另外還有一種讓自己隱形的需要，因為在家裡，玩著大拇指，卻讓某個陌生的女孩子在我先生的主浴室裡揮汗刷洗一些不可明說的東西，實在是太難為情了。湯姆就不像我這麼在意清潔工。他在家的話，就會拿著報紙和茶待在沙發上。有一次，我記得看見他抬起一隻腳，然後是另一隻，讓清潔工吸他腳下的地毯。他朝她眨眼，而她咯咯笑。只有湯姆能那樣輕鬆以對。

湯姆不在了。

我並不孤單。我有很多人可以找來作伴。奧利會來，我知道。他會立馬離開辦公室，直接過來，樂於有機會為他的老媽做點善事。大概就是因為這樣他的生意才會失敗——輕重緩急他分不清楚。他需要好好工作，賺錢養家。

如果我開口的話，妮蒂可能會過來——除非她又在忙什麼生孩子的事。我在她的食物鏈上的位置是很高的，卻不是最高的，而本來也就該是這樣。再者，我有種感覺：她有她自己的問題。自從派崔克在戴爾斯福特被看見之後，我就聽說了更多的閒話。有人在布萊特見到他，有人在奧爾伯里見到他。原來派崔克竟是個大忙人。如果是從前，我會當面質問他，問他有什麼要說的。可現在，我幾乎沒有力氣下床。

我也可以打給愷西或是麗茨或是珍恩，她們一直打電話或是傳簡訊來，提議要幫我送餐點過來或是帶我出去。兩天前麗茨確實說服了我去巴斯飯店小酌一杯，但是我仍然不算恢復正常。正常太沉重了，我還沒準備好要正常。湯姆死了。我不在乎妳的媳婦，或是妳跟先生吵架，或是妳的膀胱控制不住鬧出的笑話，或是遛狗公園。我什麼也不在乎。

因為湯姆不在了。

我懷念他的感覺。就在一週前，湯姆雖然只剩下一口氣，我還是可以伸出手就摸到他。他的身體總是暖烘烘的，同時他也是個暖心的人。他的熱力就是他的超能力。別人想要他來領導他們，朋友想要圍繞在他身邊，我們的孩子也愛他。

我最愛他。

做母親的人不該說這種話，但這是實話。我生下來就是要愛湯姆．古德溫的。

門鈴響了，我不理會。這裡感覺像是救生筏，外在世界則是鯊魚蜂擁的水域。我把小毯子拉過來，披在肩上，希望睡眠會光臨，帶著我熬到晚上，那時我就能真正換上睡衣，躲進夜晚的舒服黑暗之中。我可能會烤片吐司泡杯茶，打開電視，給寂靜添點聲音，在我在這個空曠的老屋子裡心慌地走來走去的時候。有時，在晚上，我假裝湯姆還活著。我假裝我醒了，準備幫他舒緩另一次的抽筋，或是餵他一口水喝。我們在夜闌人靜分享的那些時光現在感覺起來奢侈得難以想像，那些偷來的時光，他跟我，抵抗這個世界。

「我馬上就來，吾愛，」我對著空洞的房子低聲說。「你馬上就會覺得比較舒服。」

門鈴又響了。

「你去開，湯姆。」我低聲說，閉上了眼睛。

44

露西

現在……

我聽見鑰匙插入鎖孔的聲音，已經天黑了。妮蒂和派崔克走了，孩子們都睡了，我坐在沙發上，聽著虛無，瞪著虛無。

「奧利？是你嗎？」

我聽見鑰匙落入缽裡，接著他就出現在客廳裡。他一屁股坐在沙發上，仰頭靠著抱枕，閉上眼睛。

「是怎麼回事？」我問。

他仍閉著眼睛。「他們訊問我。」

「問什麼？」

「什麼都問。」

「奧利——」

他張開眼睛。「真的，他們什麼都問。媽死的那天我在做什麼，我跟她的關係。他們問我跟妮蒂的關係，我跟妳的關係。我的生意。」

我皺眉。「你的生意？怎麼又扯上這個？」

「唉，他們顯然知道我的生意不是很好。他們手上有我們所有的損益表。債務是很強大的殺人動機。」

「可你又沒有從她的死亡獲利！」

「可是我並不知道我不會獲利啊……這一點瓊斯很親切地指出來的。」

「她是想告訴你的。」

他扭頭看我。「什麼？」

「我是說……那是一定的嘛。這種事情黛安娜一定會告訴你的。」

奧利聳肩。「我真的不知道。」他的額頭擠出了皺紋。「我去的時候看見埃門了，他也被帶去問話。」

「問你母親的死嗎？」

「大概吧。誰知道？」奧利倒向沙發，像鬥敗的公雞。「露西，我能問妳一件事嗎？」

「問啊。」

「妳覺得是我殺了媽媽？」

我看著他，他的每一吋都是那麼的熟悉——臉孔的角度，老實的褐眸，胸膛的弧度。「不。但是我確實覺得你隱瞞了什麼，而我要你告訴我。」

45

露西

過去……

我從來不相信命運，或是「有種預感」，可我沿著濱海路行駛，莫名其妙有一股去看黛安娜的衝動。事實上，我的決定下得太快，險些就把一名自行車騎士擠出內車道，他氣得向我揮拳，我只得忙不迭地揮手。

「對不起。」我以嘴型說，他卻對我比中指。

我轉入黛安娜的車道。她不會喜歡我這樣不請自來，可打從湯姆的葬禮之後我好像就沒辦法把她逐出腦海。她在這麼大的屋子裡一定很寂寞，只有她一個人。我叫奧利打過兩次電話，他也打了。「聽起來還好，」他每次都這麼說。「可能有點沒精神，不過那也在情理之中。」

確實是在情理之中，可並不表示她不需要朋友。如果我算的話。

我按了門鈴，沒聽見動靜，我就去轉門把，一轉就開了。「哈囉？」我大聲喊。「黛安娜？我是露西。」

我在男人窩裡找到她，躺在沙發上。

「黛安娜？」我說，可是她連頭都沒抬。

而就在那時我明白了。出大事了。

黛安娜從我車上的乘客座瞪著外面，失了魂似的。她穿著平常的「制服」——海軍藍休閒褲、白上衣、珍珠項鍊——可是她的衣服皺巴巴的，像是昨天穿過，脫下來丟在地上，今天又穿上。她也穿了黑色運動鞋，而不是肉色包頭鞋或平底鞋，而且她的頭髮一側是扁平的（可能是她睡覺的那一側），而她卻連吹都懶得吹。她坐進車子之後一句話也沒說，連我在她坐下前急著拂開的餅乾屑都沒批評。

「妳還好嗎，黛安娜？」我問，這時我們停下來等紅綠燈。她瞪著馬路另一側的海邊，瞪著布萊頓海灘滑行的風箏衝浪客，但我覺得她什麼也沒看見。

「我沒事，」她說，而我已經想問第二遍了。我建議打電話給奧利（「不必，他忙著上班。」）和妮蒂（「她最近滿腦子只有生孩子！」）。不過她似乎是願意讓我陪著她的。她說她沒生病，但是她顯然不太好，所以我要帶她去看她的家庭醫生佩斯里醫師。

可是我停入了停車場，黛安娜仍文風不動。

「好啦，」我用假裝的歡樂聲音說，連我自己聽了都打哆嗦。「我們到了。」

好不容易，她動了，卻動得很慢，像個老很多的老太太。她直接走向候診室，坐下來，讓我去櫃檯報到。這不是我認識的黛安娜。湯姆死後她就一直很傷心，但是今天她幾乎像個小孩子。這樣的她要好處理得多，說真的。可是我不想「處理」她。看見這麼一位自制的人變得這麼……

無助，實在是太震撼了。

我到櫃檯掛號，然後坐在她身邊，等待。黛安娜接下了我拿給她的雜誌，卻沒有翻開。我也沒翻開我這本。幾分鐘後她的名字被叫到了，我轉向她。「妳要我陪妳進去嗎？」

她聳肩，我就當是同意了。

佩斯里醫生五十五、六歲，身材豐滿，笑容滿面，一身鮮豔的中東長袍。黛安娜顯然是她多年的老病號。

「哈囉，」她說，坐在辦公桌後。把椅子轉過來面對我們，朝我伸出手。「我叫蘿姬，幸會幸會。」她回頭看著黛安娜。「我聽說湯姆的事了，黛安娜，我很遺憾，請節哀。」

「謝謝。」

「今天有什麼需要我的地方？」

我看著黛安娜，她則看著我。她嘆氣。「唉，湯姆死後我就一直提不起勁來，我想這也是情理之中的事。可是露西要我過來看妳。」

佩斯里醫師的眼神跟我的接觸了一秒鐘。「妳說得對，失去了伴侶誰都會有一陣子提不起勁來，有時候還是很長的一陣子。可是我們需要在這段期間留意妳的健康，所以露西帶妳來是對的。」

黛安娜聳聳肩。「我的身體很好。」

「妳的睡眠呢？」

「斷斷續續的。」

「妳有在做通常會做的事嗎？跟朋友聯絡？看妳的孫子？」

「我上星期才跟她們去巴斯飯店小酌。」

「那情況如何？」

黛安娜看著窗外。「還好吧。」

我們一邊聊著，蘿姬一面給黛安娜綁上血壓計，機器開始充氣。黛安娜壓根沒注意到。

「妳的心情整體來說很低落嗎？」佩斯里醫生問她。

「可以這麼說。」

「記憶方面有問題嗎？」

「我不記得了。」黛安娜故作嚴肅地說，而我笑了出來。

蘿姬又問了幾個問題，對每一個回答都點頭，好似全都合情合理。

「好吧，」她最後說。「我覺得驗個血應該不錯。」

黛安娜挑高了眉毛。「驗什麼？」

「好幾項。貧血。甲狀腺。還有一般的檢查項目。」她敲著鍵盤，印表機就吐出一張藍紙。

「但是聽妳的描述，黛安娜，我一點也不懷疑妳是憂鬱症，所以我不得不問……妳有沒有自殺的念頭？」

黛安娜不回答。過了一會兒，佩斯里醫師的目光移向我。

「妳想請妳女兒到外面去等妳嗎，黛安娜？有時候會比較容易說出口，如果——」

「我不需要私底下談，」黛安娜說。「不，我沒想過要自殺。」

「好。好。」

佩斯里醫師推薦了一位很好的心理學家，開了抗憂鬱藥，我們預約了下星期回診。一直到我們離開了診所我才想到醫師說我是黛安娜的女兒，而黛安娜並沒有糾正她。

46

露西

現在……

「奧利，」我才開口家用電話就響了。「你母親過世那天。你是不是去了她家？」

他向前坐，雙手置於膝蓋，深吸一口氣。「是。」

「為什麼？」我說，隔了一分鐘再提出更重要的問題。「還有你為什麼不告訴我？」

「我是想說。」

「那為什麼沒說？」

電話一直響，尖銳吵鬧的打擾。我真想把那個鬼玩意從牆上拔下來。

「我來接。」奧利說，走向電話。

「奧利，不要！別管——」

可他已經拿起了電話。「喂？」

我低聲咒罵。

「我是奧利。」他安靜了一會兒，然後目光與我相觸。「對，等一下。」他把電話交給我。

「是瓊斯。」

「找我的？」我接住電話時心揪了一下。「我是露西。」

「露西，我是瓊斯警官。阿米德跟我需要跟妳談一談，是急事。」瓊斯的聲音很乾脆。「妳覺得妳能到警局來一趟嗎？」

「幹嘛？」我說。我想說我受夠了警察在半夜三更打電話來，把奧利或是我拖到警察局去。我想告訴瓊斯我們還有年紀很小的孩子在睡覺，除非我被捕了，否則她就得等到早晨。可是我一句也沒說。因為我有種感覺：我好像不夠資格義憤填膺。

「我們想跟妳談一談某個叫VEI的組織，全名是自願安樂死國際。我們得到了情報，妳婆婆是該組織的會員……而我們有理由相信妳知道。」

我跟她說我會盡快趕到。

47

露西

過去……

我把黛安娜從診所送回家之後也就回家了，派崔克和妮蒂也正好在我家門口停車。

「嗨，」我說，從車上下來。「真是驚喜啊。」

「我們打給奧利，」妮蒂說。「他說我們可以過來。」

「喔，好。其實呢，我滿高興你們來了。」

「我們也是。」妮蒂說，愉快得有點奇怪。而派崔克卻顯得有些消沉。他慢吞吞鎖好汽車，沿著小徑走上來，落後我們幾步。

「最近好嗎？」妮蒂問。

我用鑰匙開門。「其實有點怪怪的。所以我才很高興你們來了。我需要跟妳談黛安娜的事。」

我們走入廚房兼客廳，奧利站在冰箱前，正在開啤酒。「大家好啊，」他說。「喝啤酒嗎，派崔克？」

「媽呢？」妮蒂跟我說。「媽怎麼了？」

「對啊，媽怎麼了？」奧利說。

孩子們穿著睡衣坐在電視機前，也抬起頭來，但立刻就又低下了頭。

「他們吃飽了嗎？」我問奧利。

「雞塊、豌豆和王米，」他得意地說。「要喝葡萄酒嗎，小姐們？」

「好啊。」我說。

奧利拿了瓶啤酒給派崔克，他一接過來就忙不迭地打開。我不由得想他還好吧，不過我滿腦子都是黛安娜，沒空去細究。

「我們何不都到餐廳去，以免有小耳朵偷聽？」我建議道。「然後我會跟你們報告黛安娜的情況。」

我清理了餐桌上的東西，注意到妮蒂給了派崔克一個表情——介於微笑和疼痛之間。我覺得心頭一振，她懷孕了，我如夢初醒。她一定是懷孕了。

「那……你們有什麼事要告訴我們的嗎？」我問，等大家都坐下來。妮蒂的笑容表示她有事要說，可她卻搖頭。

「沒有，沒有，妳先說。跟我們說媽怎麼樣了。」

「好吧，」我說。「其實我今天去看過她。」

一陣沉默，雖然短暫卻是意味深重。就連派崔克都瞪著我，活像我長出了兩個頭來。「妳去看媽？」奧利說。

沒錯，這不是我平常會做的事情，可是每個人程度不一的震驚還是讓我很驚訝。

「嗯……湯姆過世以後我們就很少看見她，甚至連她的消息都沒有。我很擔心！事實證明，我的擔心是對的。她好像衣服都沒換就穿著睡覺，飲食也不正常。我帶她去看醫生，只是為了放心。」

奧利放下了啤酒。「醫生怎麼說？」

「她抽了血檢驗，最主要是憂鬱症。醫生給她開了抗憂鬱症的藥，也建議她運動，保持某個固定的作息。我覺得我們可以輪流帶她出去，送食物過去，諸如此類的。」

「好主意。」奧利說。

「好，」妮蒂說。「好啊，有何不可。」

可是妮蒂的心思卻不在這兒。緊張不安。她的眼睛轉來轉去的，像小孩子約好了到某人家去玩，抵達之後卻無法決定要先玩什麼。很讓人分神。

「妳還好嗎，妮蒂？」

「呃，其實呢……派崔克跟我確實有事情想跟你們商量。」她對派崔克嫣然一笑，而他則笑得不那麼熱烈。

「妳懷孕了！」奧利高聲說。

妮蒂的笑容黯淡了一點。「呃，不是，還沒有。不過我們想跟你們商量的就是這件事。是這樣的，我的不孕症問題很複雜，不只是多囊性卵巢症候群，還有我的卵子和子宮。只要是跟不孕症有關的毛病，我全都有。」她的笑聲薄弱空洞。「我們的醫生這個星期跟我們說我們能受孕的最好機會就是用捐贈的卵子和代理孕母。」

我喝了一口酒，垂下眼皮。

「跟我們想當父母的方式顯然不一樣。寶寶在生物學上不會和我有關，可是它和派崔克有關，而且生下來也是我們兩個的。我覺得這是我們最好的機會了。」

「哇，」奧利說。他的表情在說他不知道這算不算是好消息，而我則非常確定不是。「那，你們兩個決定要做了？用捐贈的卵子和代理孕母？」

「唉，問題就出在這裡，」妮蒂微微蹙眉。「我們是想這麼做，可是在澳洲捐贈卵子和代理孕母只能是利他性質的，所以我們不能付錢找人。得有人自願這麼做——」

「你們難道不能到國外去？」奧利打斷了她。「我看過一部紀錄片，有人到印度去生？還是美國？」

「這倒是一個選項，」妮蒂說。「可是費用會非常昂貴。更重要的是，寶寶在子宮內的時候離我們太遠了。我們沒辦法做掃描，或是檢查母親的健康，甚至連生產的時候也沒法趕去，萬一代理孕母早產了。再者，我們也不了解那邊的健保制度。我們怎麼知道他們的制度靠得住？」

派崔克仍然一言不發。也難怪，妮蒂說這麼多的話，要想插嘴是很困難的。

「那你們打算怎麼做？」奧利問。

奧利還沒搞清楚，天底下大概找不出他這麼鈍的人了。我又喝了一大口酒，強迫自己吞下去。

「她是想叫我幫她。」我說。

妮蒂看著我。她的興奮已經是小心翼翼的了，但仍盡量壓抑。她從皮包裡拿出一個透明塑膠袋來，放在桌上。

「我這裡有一些資料，」她說。我看見了紫色小冊上的封面印著成為代理孕母幾個字，旁邊是一張圖片，是一個無頭的、懷孕的身體。「其實過程滿簡單的。」

奧利看著妮蒂，眼睛眨個不停，像被汽車大燈照到的鹿。「妳要露西捐卵子？當妳的代理孕母？」

妮蒂一直盯著我。「我知道我沒有權利這麼要求。」

「妳有權利要求……」我說。「可是——」

妮蒂往前坐，雙手交握置於桌面，幾乎像在談生意。我有種感覺她成竹在胸，準備要駁斥我可能會有的反對意見。我覺得腋下直冒汗。

「慢點，」奧利說。「妳真的要露西捐卵子？而且幫妳懷著孩子？那孩子就會是露西和……派崔克的？」

「不，」妮蒂說。她緊張的能量似乎稍微緩和了，現在鎮定得出奇。「它會是我和派崔克的孩子。」

「可是，」奧利死咬住這一點不放，而我難得跟他意見一致，「生物學上，它是露西的？」

「對，」妮蒂承認，直盯著我。「我不想害妳為難，露西，可是……妳能不能說說妳的看法？」

我推開了椅子，緩緩眨眼。「我的看法是……這件事有點太突如其來了，妮蒂。我顯然需要時間考慮考慮。」

「那是當然的，」妮蒂說，一邊點頭。「那是當然的。可是……也許妳可以說說妳的直覺反應？」

「她都說了她需要時間考慮！」派崔克粗聲粗氣地說，很不像平常的他。「妳就饒了她吧！」與妮蒂的談生意架式恰恰相反，派崔克幾乎是一張臭臉。他往後靠著椅背，雙臂抱胸，下巴向下，差不多碰到胸口了。

「妮蒂，我的直覺反應是震驚，」我告訴她。「這種事有許多方面需要考慮。奧利跟我得好好談一談——」

「那麼是有可能嘍？是妳會考慮的事？」妮蒂緊緊閉上眼睛，揮舞拳頭，像在許願。

「說真話嗎？」我說。「我不認為是。」

妮蒂睜開眼睛，但是視線仍向下。

「對不起。我以前就思考過這種事，但純粹是哲理上的思考，而……我就是辦不到。畢竟，那是我的孩子——」

「半個是妳的。」妮蒂虛弱地糾正。

「沒有什麼半個不半個的，它是我的，就像阿契、海莉葉和艾笛一樣是我的孩子。對不起，可是我沒辦法懷個孩子，懷到足月，然後再把它送人。我就是辦不到。即使是為了妳。」

「妳連考慮都不考慮？等個幾天？等到明天？」

「我是可以，」我說。「不過我的答案還是不變。」

妮蒂站了起來，用力把椅子往後推，椅子都撞到了牆壁。「妮蒂，」我說。「妮蒂，我很抱歉。」

派崔克一手抹臉，抹過額頭。我看不出那是傷心或是鬆了口氣的姿勢，我倒是能看出妮蒂臉上的表情，而且沒有絲毫疑惑。

那是恨。

48

黛安娜

過去……

結束自己的生命，安詳地，無痛地。

我把這些字敲入谷歌搜尋，按了確定鍵。我都想不起上一次是幾時用這部混蛋電腦了，不過一定有一陣子了，因為滑鼠的電池跑光了。這下子我得用可惡的觸控板，害我滿肚子怒火。我好不容易才讓游標移到第一個連結，「生命線澳洲」，一個防止自殺的組織。不是我要搜尋的，不過這種連結也算是慎重了。可能有各種的青少年因為失戀或是裸照曝光而想要自殺，那些孩子不知道這些小小的危機是會過去的，而他們也會不經一事不長一智。將來有一天，他們跟自己的孩子談起往事，會說到曾經他們以為不值得再活下去了，可是嗐，看看現在的他們，當了家長，過得幸福快樂！那些人才需要找生命線，打這個號碼。不是我這樣的人。我是個老太婆。我過了美好的一生，結了婚，有了孩子。

我需要有人幫我死，不是幫我活下去。

我又弄了一會兒觸控板，限制搜尋條件。自願安樂死，澳洲。谷歌說了些我知道的事，像是安樂死在澳洲是違法的，即使醫院裡那些無藥可醫的末期病人經常會如此死亡。谷歌也說了我不知道的事，像是想要購買藥物或是設備來自我了斷是極其困難的。我不是群醫束手的末期病人，不夠格到瑞士的「尊嚴」去，而且他們要求的醫學證據得要鉅細靡遺，同時不可能造假。所以依我看，我唯一的選擇就是網路。

我服用佩斯里醫生開的抗憂鬱藥將近半年了，我覺得有效。我的睡眠改善了，我更能得到樂趣。我有辦法換衣服，吃東西，做一點事情。可是湯姆還是走了。沒有什麼藥能改變這一點。

我找到了一個連結「自願安樂死國際」（VEI）的組織網部，在連結下跳出來的文字寫道：

VEI的主張：一切心智健全的成人都應有權以可靠、祥和的方式，在他們選定的時間點結束他們的生命。VEI相信控制一個人的生死是基本民權，而任何一個心智健全的人都不該被剝奪。VEI的使命：通知會員，並且支持他們在結束生命上所做的抉擇。

我按了連結，繼續閱讀。

49

露西

現在……

我自行駕車去警局。奧利提議要跟我來，可我叫他別犯傻了，得有人在家裡帶孩子。我沒跟他說我不要他來的真正原因。我是怕等他發現我做了什麼，我會不敢看他的臉。

我走到櫃檯去通知他們我來了，可我連開口報上姓名的機會都沒有，瓊斯就出現了。

「露西，上來吧。」

在電梯裡她為這麼晚了打電話給我而致歉，我說沒關係，沒問題，我樂意幫忙，可是我的聲音怪怪的，因為我緊張得腦袋亂烘烘的。奧利在一個多小時前一定也搭過這部電梯。妮蒂和派崔克也搭過。顯然埃門也是。我想到了一個笑話。要殺死一位有錢老太太需要多少人？

我要是知道就好了。

我們從走廊通向另一間偵訊室，充斥著廉價香水和香菸的味道。我坐下了，瓊斯也是。幾秒鐘過去了，她卻一言不發。

「妳有什麼……問題？」我終於忍不住問。

「我們是在等阿米德。」

「我來了。」他適時說，出現在門口。房間很小，三個人擠在裡面感覺更小。害我比剛才更緊張。角落有錄影機，他們又滔滔不絕地說明會全程錄影。終於，談正事了。

「我在電話上說過，」瓊斯說。「我們請妳來是因為我們發現妳婆婆是某個倡導自願安樂死的組織的會員。這個組織在集會時會提供一個人如何人道地自殺的資訊。」

我小心翼翼地保持一片茫然的神情。「喔？」

「我們查到妳婆婆參加過一次集會，並且加入了會員。」

「有嗎？」

瓊斯筆直盯著我。「有。」

「那……你們認為她真的是自殺的？」

「我們認為她是在考慮，但是卻解釋不了她的死，因為她的生理系統查不出藥物……不過這條線索倒是有耐人尋味的發展。」

我不知道該說什麼，就保持沉默。

「妳能說說妳的專業背景嗎，露西？」瓊斯在差不多一分鐘的沉默之後說。

我找到了手指上的一片倒刺，就去挑。「我是個全職媽媽。」

「在那之前呢？」

「我在人力資源業。」

「人力資源？」瓊斯瞧了瞧阿米德，並不掩飾她的冷笑。「哪一種企業？」

我猶豫了。「資訊科技。」

「妳大學念的是資訊科技和數據分析，對嗎？」

「對。」

「那如果有人問妳如何解密電郵地址，妳會知道怎麼做？」表面上這句話是個問題，但是瓊斯的語氣清楚表明這是一句陳述。

「我……」

「妳能辦得到？」瓊斯說。

「大概吧。」我承認。

「妳知道什麼是比特幣嗎？」瓊斯的問題來得更快了，我不免好奇是不是一種想打亂我的技巧。是的話，很有效。

「知道……大概吧……怎麼了？」

他們瞪著我，眼中有種會意的神情。

「我被捕了嗎？」我慌亂地問。「因為時間很晚了，我真的需要回家照顧孩子了。」

「再一個問題，露西，」瓊斯說。「然後妳就可以回家了。可是我要妳在回答之前想一想，好嗎？認真的想一想。」

「好。」我說。

「妳知道協助他人自殺在澳洲是違法的嗎？最高可以判處二十五年的刑期。」

50

黛安娜

過去

圖書館外有人在抗議，倒是出乎我的意料之外。他們不是安靜的那一種，他們舉著標語和十字架，大聲誦唸什麼唯有上帝能夠決定一個人幾時死。顯然不是，我心裡想，否則的話他們就沒什麼好抗議的了。

我真希望隨身帶了一本書來，那我就能把書舉高，他們就不會煩我了。*只是來還書的*，我會這麼說。結果我卻被一個舉著螢光黃標語的人攔住，標語寫著**自殺是求救的呼號，不是想死的要求**。他還提議要為我的靈魂祈禱。一位帶著小娃娃的母親和兩個帶著筆電、學生型的年輕亞洲人跟我同時進入，卻沒有人接近他們。

訂票倒是滿簡單的。訂票須知上說必須年滿五十歲或是身染重病（必須有文件證明），而我完全符合第一項要求。我不確定會是什麼情況。也許是某種神秘的握手和骯髒的後面房間。但是集會卻是在圖拉克舉行的，這一區就算不是墨爾本最富裕的地區，也是其中之一了。最富裕的有錢人可以有機會主導自己的死亡。

集會是在圖書館地下室的一間大房間裡。一男一女站在門口，女的拿著寫字板，男的，看他的體型以及不像是有什麼特別用處的樣子，就覺得是保全。我之前沒來過圖拉克圖書館，但是以週四下午來說，倒是人多得很不尋常。不知道是不是因為這次的集會。

我向那個手執寫字板的女子走去。「我叫黛安娜・古德溫，我在網上訂了票。」我拿出了摺起來的票，是我今早印出來的，女人查看了她的名單。網上說與會者可能需要出示證件，我帶來了，可是她長長地看了我一眼，並沒有要求我出示證件。不過她一點也不馬虎。她注視我時，我想到了站在移民局裡，被打量、被詢問、被要求說出一個你究竟是什麼人的可信版本。最後，我通過了檢驗，可以進去了。

房間毫不起眼——藍灰雜色地毯，酒紅色座墊的黑色鋼椅排列成行——粗估是二十行——左右兩邊各六張，中間隔著走道。前方有面舊學校白板，放著麥克筆。我坐在倒數第二排，盡量不引人注意。隔幾張椅子坐了另一個女人，年紀和我差不多，顯然也在盡量不引人注目。我們前方坐了一個不到五十歲的女人，她的旁邊是個坐輪椅的年長男士，可能是她的父親。他插了一大堆的管子，歸總到輪椅後面的一個氧氣瓶上，像高爾夫球桿插在球車上，我忍不住想到我親愛的湯姆。房間裡的其他人都各有各的健康問題——兩個戴著氧氣罩，三個不像是自然的禿頭。有個七十幾的男人握著老婆的手，她顯然是罹患了某種心理疾病，不停地低聲嘀咕，我還聽見她冒出了最不堪入耳的髒話。只有兩個人大膽地坐在前排——像是夫妻，銀髮，但是背卻挺直。驕傲的、交會費的 VEI 會員。男人的襯衫豎著衣領，外罩海軍藍毛衣，他靠著椅背，雙手抱胸，一隻腳踝架在另一隻腳上。女的穿白上衣、森林綠毛衣，戴珍珠項鍊，她半轉過來跟另一個女人說話，怪的是她談的是藥草園以及另一個女人老種不好的羅勒。穿綠毛衣的婦人似乎很懂羅勒。看著她我感覺心中一痛，我想可能是因為她的先生就在她身邊。對不留心的旁觀者來說，他的健康狀況似乎不錯，但是粗心的眼睛並沒有什麼都看見：這一點我再清楚不過了。

大約五分鐘後，門關上了，帶著寫字板的女士走到房間的前部，讓那條大漢駐守在門外。我這時才了解這次集會的負責人是這位女士。我知道集會是由一位醫生主持的——我可能是性別歧視吧，我假設醫生是男性。要是湯姆做出了同樣的假設，我會讓他吃不了兜著走。

「午安，」她說。「謝謝大家過來。我看見了幾張老面孔，也看到了幾張新面孔。我是漢娜．費雪醫師。」

費雪醫師溫暖、開朗、有效率，講演的內容顯然是她很熟悉的。確實，她畢生都奉獻在這類講演以及她對協助自殺和自願安樂死的信念上。她廣泛地談到自願安樂死的歷史，當前的法令限制，以及準備一份遺囑和證詞的需要。她談到了自己的意圖要明確清晰，這一點很重要。「如果你要自殺，」她說。「你需要表明這是你的意願。你要盡可能避免害你所愛的人因為受到牽連而入獄服刑。我們的推薦是寫封信把你的意願說清楚，放在明顯的地方。過去我們見過親屬因此而被起訴。如果你有可觀的財產，或許可以捐贈給慈善機構，以免你所愛的人被指控是為了你的財富才協助你自殺的。」

我想到了我的資產，無疑是非常可觀的。我想像著要是奧利和妮蒂發現他們一毛錢也繼承不到，表情一定很精采。我決定了，那也總比被認為有動機助我死亡要來得不那麼可怕。

我們分到了一本手冊，叫《安寧的結局》，裡頭載明了安樂死的詳盡方法，包括如何透過網路取得需要的材料。「我要如何購買你推薦的藥物？那個……樂圖本？」坐在可能是她父親身邊的女人問。

「我們等一會兒會談到，」費雪醫師說。「你們最好把筆記本準備好。我可以告訴你們一個結束生命的有效方法，但是拿到這種藥卻得花費你們不少的精神和意志力。」

我向前坐，筆和筆記本都就緒了。終於，我這一趟的目的快到手了。

51

黛安娜

過去

「阿拉徐！放下。」

小男孩轉過來，黏答答的手拿著我的青花瓷。湯姆是在幾年前在巴黎買下的，即使當年的價值就已經超過一萬歐元。簡直是天價，不過我一直很喜歡這只花瓶。

「別管了，姬則拉，」我說。「不要緊。」

我其實滿高興看見阿拉徐在我的屋子裡亂跑，就像是自己家一樣。他的妹妹阿姬扎也是一樣的自在。不像頭兩次來，阿拉徐戒慎恐懼地走動，活像這裡是博物館，他現在很自然，讓我想起了我自己的親孫兒，在家具下方亂鑽，找出小小的縫隙躲藏、亂摸易碎的東西。有何不可？要不是能讓孩子們玩，要這些東西何用？湯姆就一定會這麼說。

「哈肯姆好嗎？」我問。

「他很努力工作，」姬則拉說。「他剛為了一項工程雇用了兩個人，一個是阿富汗人，一個是蘇丹人。」

「太好了。」我擠出笑容。我跟姬則拉在一起比跟別的許多人要自在，不過，這些日子來微笑並不容易。

「我們現在有很多阿富汗來的朋友了。哈肯姆的妹妹和妹夫也來了。」

「太好了，」我說，而這一次笑容真的浮現了。「他們有工作嗎？」

「他們在找。可是已經找了一陣子了。」

「他們在家鄉時是做什麼的？」

「很多工作。有時賣東西，有時是資訊科技。阿拉徐，把那個放下來！」

阿拉徐又拿著那只青花瓷，望著瓶口，當那是望遠鏡。可是聽見了母親的聲音他就重重放在地上。花瓶沒破，但也嚇得姬則拉一手撫著心口，閉上眼睛。

「拿起來，」我跟他說。「沒關係，玩吧。」

我沒辦法幫姬則拉所有的朋友都找到工作，很遺憾。即使湯姆仍活著，我也不能。不過，我倒是可以讓阿拉徐和他的妹妹拿我價值連城的花瓶玩。我可以讓他們拿著或是摔破或是用來當望遠鏡。我就要讓他們玩。

「妳的朋友住在哪裡？」我問。

「我們附近的一棟公寓，」她說。「他們知道他們很幸運，只是沒有我們幸運。不是每個人都能遇到像妳一樣的人，黛安娜，像母雞護著小雞——」我們聽見了很響亮的一聲哐啷，姬則拉的兩隻手遮在嘴巴上。「阿拉徐！喔，不。」

我們扭頭去看。花瓶碎成了三塊，掉在鑲木地板上。兩個孩子瞪大眼睛，嚇得啞口無言。

而我只是哈哈大笑。

52

黛安娜

過去

「我有件事要告訴妳。」我跟露西說，在我去參加過VEI集會後一週。她站在我的洗碗槽前，正在洗碗。艾笛在她的腳邊玩著保鮮盒和蓋子。我想叫露西別洗了，我可以自己來，但是我並不確定我行不行。我覺得累到了骨子裡，心力交瘁，好像我如果把頭靠在流理台上，就不會再抬起來。除此之外，我很享受有人照顧的感覺。雖然無法填補湯姆走後留下的大洞，但至少填進了一點點東西。

「什麼事？」露西問。

「我上禮拜去看了佩斯里醫生。」

露西用戴手套的手拂開了臉上的一根頭髮。「我不知道妳預約了。」

「是去回診，去看報告。」

她給了我一個怪怪的表情。「什麼報告？」

「乳房X光片和超音波。我每年都會做的兩項檢查。」

「喔。」露西拿了一條擦碗巾。「妳應該跟我說的，我可以載妳去。」

「我又不是殘廢，我自己可以開車。」

露西一臉受傷。「我沒說妳是殘廢。」

「對不起，」我趕緊說。「我太沒禮貌了。這兩個月來妳一直很照顧我。」

現在她又一臉感動。言語對這一個女孩的影響還真是大啊，我幾乎要後悔接下來要說的話了。

「我得了乳癌，滿嚴重的了。」

她僵住，手裡拿著一只盤子。洗碗水從指尖滴到地板上。「黛安娜，不。」

「我還沒跟孩子們說。我當然會說，只是我想先告訴妳。其實，我是希望妳能協助我——」

「我當然會幫妳。」露西放下了盤子。「我可以在這裡，妳告訴他們的時候。我可以幫忙支持他們……而妳——」

「不，」我打斷了她。「我的意思不是這個。」我搜尋著我計畫好的說詞，卻一個字也找不著。這件事比我想像中困難多了。「我需要……別的幫助。」

露西摘掉了手套。「妳需要什麼幫助？」

「我需要買一些東西，網購。可是，妳知道……我需要加密的電郵地址和比特幣。我覺得妳也許知道該怎麼弄。」

露西眨眼睛，起初一頭霧水，但漸漸地我看出迷惑轉化為懷疑。

「妳最近有按時服藥嗎，黛安娜？」

「有。」

「那妳有感覺比較好嗎？」

我聳聳肩。「湯姆走了，什麼藥也改變不了。」

我們落入沉默，只有艾笛在地板上玩得盡興。我盯著露西看，看著她露出恍然大悟的表情。

「而現在，」她慢吞吞地說。「妳發現妳病了，妳就想要網購一些需要加密電郵地址和比特幣的東西？」

「對。」

真好笑。這麼久以來我一直覺得跟她格格不入，然而，我卻能夠和她溝通而不需要多說一個字。

「如果我跟妳再多說一個字，露西，我就會害妳惹上麻煩，所以拜託不要再問了。我會寫一封信把我的意願表達得一清二楚。誰也不會知道跟妳有關。奧利不會知道，誰都不會知道。」

她閉上了眼睛。「黛安娜——」

「幫我，露西，拜託，我只能求妳了。」

我說的是真話。奧利和妮蒂是絕對不會幫我的。我是他們的母親，也就是說在我們的關係中他們永遠是孩子，只會從他們的角度來看事情。他們不想要我死，沒得商量。可是露西看我就不同了。婆婆，對，但也是另一個女人。

也就是說，在這件事上，媳婦是完美人選。

53

露西

現在

我從警察局回家，路途漫漫，我一邊駕駛，一邊滿腦子都是問號。這是妳要的嗎，黛安娜？害我進監獄？把我牽扯進來就是妳處心積慮的計畫？還是說妳的計畫不知怎地出了大差錯？我的心思飛轉，所有的可能性盤旋飛舞，而最糟的地方是我不能問她。

我在警察局宣稱我毫不知情。這下子我得找個律師了。不能找傑若德，我們請不起他。坦白說，我們什麼律師都請不起。我們得宣告破產，我們沒有遺產可以繼承。我八成得去「法律援助」找律師。

我審視著這幾週來我分崩離析的人生。我先生的生意失敗了，我跟我小姑先前的友好關係走調了，我的婆婆死了。好笑的是，在最近之前，我婆婆的死訊並沒有什麼殺傷力（除了同情我的先生和孩子之外）。可現在，失親的傷痛卻切割得非常之深，出乎意料之外。

我開門進屋時一片寂靜。然後我就聽到了奧利。

「露西？」他低聲說。

我把鑰匙放進缽裡，循著他的聲音到臥室去。床頭燈開著，奧利坐在床沿，穿著四角褲，手肘架在膝蓋上，雙手抱頭。我進去時他抬起頭來。

「你還好嗎？」我問。

「不怎麼好，」他說。「我想解釋媽死的那天我為什麼會去她那裡。」

媽死的那天我為什麼會去她那裡。我愣了愣才明白他在說什麼，但我想起來了。在我去警局之前，奧利承認他在黛安娜死的那天去了她家。那段對話像是一百萬年前的了。

「好。」我坐在他旁邊，打開了床頭燈。「說吧。」

「我順道去看她，」他說。「我想告訴她我的生意上的麻煩。」

奧利向下看，剎那間我很害怕聽見他的回答。我不認為奧利能夠傷害他的母親，可是顯然兩人的會面出了什麼事。他不想讓我知道的事。我不認為我能承受另一次的打擊、另一次的背叛。可是從奧利果斷的神情來看，我是迴避不了的。

「因為很久很久以前，」他說，低頭埋進雙手裡。「妳就要我答應不能再跟媽要錢了。」

54

黛安娜

過去……

我到咖啡館去和妮蒂見面，依照她的建議。妮蒂跟我通常不會約在咖啡館，可最近反正也沒有一件事是正常的。

我兩個星期前跟孩子們說我得了乳癌。奧利先是震驚，然後是傷心，一如我的預期。妮蒂的反應就有點出乎我的預料。我原以為她的反應會是雖然擔憂卻有節制——詢問資訊、數據、其他的醫師。可是她連一個問題也沒問，她的心思在別處，即使是在這樣的事情上。

自從湯姆走後，我就注意到她的行為越來越古怪。每次她來，她不是跟我說話，而是滿屋子找湯姆，翻窗帘，查看沙發的摺縫，她雖然沒說她是在找湯姆，但是我知道，因為我也一樣。有一次，就在湯姆走後幾星期，我回家來，發現她窩在他睡的那邊床上。我沒驚動她，悄悄離開，她不知道我看見了她。有時候我們需要一起傷心，而有時候我們需要一個人傷心。

快到咖啡館時，我注意到對街有片遊戲區，充滿了穿羽絨衣推著娃娃車的母親，或是大聲呼喝爬到攀爬架頂端的孩子下來喝茶的母親。我在想是否該在室內找桌位，遠離這個景觀——畢竟，何必害妮蒂更難過？——結果我卻看見她坐在露天的桌位。

「媽！」

我幾乎不認得她了。她從沒這麼瘦過，皮膚蠟黃蒼白……然而她卻又比我上次見到她時稍微更有活力一些。我腦海中閃過一個念頭，以為她可能是懷孕了。我無法斷定這是好消息或是壞消息。

「哈囉，達令。」我吻了她的臉頰，坐在她對面的一張冰冷金屬椅子上。到處都放了暖爐，椅背上也披著羊毛毯，但依我看來，仍取代不了四面牆壁的遮護效果。「坐這裡不會有點冷嗎？」

「不會啊。」妮蒂微笑。

我見過那麼多的人，我確信妮蒂是個開心、活潑的人，從來不會說別人的壞話。而她也確實滿面笑容，至少以前是。可是有些事只有做母親的才看得出來。比方說這抹笑容就不是開心的笑，而是一種策略，是師心自用的笑容。它在說：我們坐在外面。如果妳不喜歡，那妳就得當那個掃興的人。妮蒂的每一抹笑都有它的深意。

「妳既然不冷，」我說，也帶著一抹笑容。「那就坐在這裡吧。」

我忽地想到我應該要把握住在戶外的每一個機會，我應該要呼吸新鮮空氣，走在山裡，完成我的每一項人生願望。但是我的單子滿短的，也沒有什麼新鮮事。老實說，我的單子上唯一的一件事就是跟我的家人在一起，確定在我拋下他們之後他們都會好好的。

「妳需要電郵地址的網站在這裡，」露西兩星期前這麼說，把一張紙塞給我。她又一次不請自來，說話快了一倍，像是不這樣的話她就會卻步。「至於比特幣，妳要先弄一個比特幣錢包，那是一種應用程式，妳可以下載到手機上，然後妳需要買一點比特幣，妳應該可以從那個應用程式直接買到。」

我瞪著她。她是在說火星話嗎？她盯著我一兩秒，隨即嘆口氣，伸手要我的手機。

不到半個小時，我要的一切都就緒了。兩瓶藥，樂圖本，昨天寄達，現在擺在冰箱的門上，隨時可以喝。（很顯然沒有味道，應該要單獨喝，不過喝下之後願意的話可以喝杯葡萄酒。）我寫好了信。我需要去見傑若德，把遺囑敲定——我要把每一分錢都留給慈善會，確定我的家人沒有一個會因為我的死而受惠。我會讓孩子們知道我做了什麼，然後我就要去找湯姆了，無論他在哪裡。

女侍過來，妮蒂和我都點了茶。

「妳好嗎？」我等女侍走後就問妮蒂。

「好啊，」她說，然後是幾秒的沉默。「我是說，我沒懷孕，如果妳問的是這個的話。」

「我確實懷疑過。很遺憾，達令。」

「對，嗯，我就是想跟妳談這件事。上一次的門診，薛爾頓醫生說了兩個問題，我的卵子和我的子宮。她說我最好的機會就是用捐贈的卵子和代理孕母。

「我知道妳在想什麼。」她說，過了一兩分鐘。

「真的？我自己都不知道我在想什麼呢。」

女侍送來我們的飲料，放在桌上。我端起茶杯，舉到唇邊。

「聽著，我懂，」妮蒂說。「我也是過了一陣子才接受的。我是說……生物學上它不會是我的孩子，我不會自己懷著它。一開始我也不是很願意，後來我開始想……那會是由我們，為我們創造的孩子。我可以是懷孕的一部分，我會在生產時在場。我仍然是個母親。而且，媽，這是對我來說最重要的事。」

「領養呢？」我問，妮蒂一聽臉就垮了下來。我這才明白我聽到這個機會是應該要歡欣雀悅的。

「妳知道維多利亞省去年有多少件領養？」她說。「六件。六件！四個是由親戚領養。領養在澳洲幾乎是不可能的。」

「那代理孕母呢？在澳洲就是有可能的？」

「在澳洲有非為圖利的代理孕母，由朋友或是親戚自願。我問過露西了，可是她不喜歡這個主意。」妮蒂說話很快，幾乎像著了魔。我發覺她的兩隻手在抖。「為了獲利當代理孕母是不合法的。最普通的辦法，也是我們的醫生建議的途徑是從印度取得捐贈的卵子，再到美國付錢找一個代理孕母。問題是……不便宜。過程，包括卵子、授精、代理孕母的醫藥費……加總起來會超過十萬。」

她終於停下來喘口氣。

「十萬美金？」我瞪著她。「妳付得起？」

妮蒂定睛看著我。「不行。不過妳可以。」

我把茶放回小碟上，一瞬間了解了這次會面的目的。我覺得有點傻，領悟力這麼差。

「花這筆錢妳絕不會後悔的，」她說，已經在反駁我尚未出口的爭論了。「而且妳得到的是個外孫！」

「可是萬一失敗了呢？萬一我們找到了代理孕母，而你們也移植了胚胎，結果卻……被排斥了？到時怎麼辦？」

「我們就再試一次。」

「再試幾次，妮蒂？每一次都得花上十萬塊？」

她聳肩以對，彷彿只是小事一樁，稍後可以處理的。「該幾次就幾次吧。」

我怎會看不出來？我知道她極其渴望要個孩子，我早就懷疑她可能會因此而得憂鬱症。可是今天，我忍不住想會不會問題更嚴重。會不會是一種陷入瘋狂的開端——或是中段？

「所以妳真正的要求，」我小心翼翼地說。「是能夠取得無限制基金。」

「這是我最後的機會了。我需要妳，媽。」

我一下子又回到了果園之家，坐在我母親的對面，懇求她。為了孩子懇求。我閉上眼睛，吸一口氣。

「我會考慮，好嗎？」

55

黛安娜

過去

我站在餐廳裡整理募捐來的嬰兒衣服，聽到鑲花地板上有清楚的腳步聲。我僵立不動。腳步聲比妮蒂的沉重，沒那麼精準謹慎。就是在這樣的時刻我會看見我的脆弱——一個上了年紀的女人獨自住在一幢洞穴似的豪宅中。我偷偷朝對開門走了幾步，瞥見了一眼龐大笨拙的身形。

「喔。」我的心跳恢復了。「派崔克啊。」

「抱歉嚇了妳一跳，」他說。「門沒鎖。」

派崔克並不常來看我。事實上，我不確定他可曾撇下妮蒂一個人來過。

「我需要跟妳談一談妮蒂。」他說。

他拉出最靠近我的椅子，坐了下來。我仍站著。

「妮蒂有什麼不對？」我問。

派崔克挑起一道眉。「妳真的要問我妮蒂有什麼不對？」

我從驚訝中回過神來，惱怒之情油然而生。派崔克居然有臉跑到這裡來，跟我這樣子說話，天底下的人都知道他背著我女兒在偷腥。「是代理孕母的事嗎？」我把一袋嬰兒服倒放在桌上。

「不然呢？」派崔克漫不經心地拿起一件小小的針織外套。「我假定妮蒂是會錯意了，因為她說妳在考慮幫她出錢。」

我皺起了眉頭。「而你是來敲邊鼓的？」

「事實上，我是來請妳否決的。」

這倒讓我大出意外。「你來找我是因為你不想要錢？」

我承認，我茫然失措。我的孩子以及他們的配偶來看過我那麼多次，從來就沒有人要求我不要給錢。

「萬一讓妮蒂知道了，她很顯然會宰了我。」派崔克望著窗外，望著花園。「她扛起了要生孩子的使命。整個人走火入魔了。」

「你以為我不知道？」

「妳什麼也不知道。」他拉高嗓門，打斷了任何假裝的偽飾。「她好像是鬼上身了。有時候我跟她說話，她卻像靈魂出竅！她打荷爾蒙打得滿腿滿肚子都是瘀青，她一天到晚盯著網路在看那些嘗試了多年以後終於懷孕的人的故事。那些做過人工受孕或試管嬰兒的人的論壇她一個也不放過，最後，又多了代理孕母。她現在開口閉口都在說這個，沒有別的話。」

他把小外套拋回桌上。

一時間，我非常詫異。但只有一下子。「你一定很受不了，」我靜靜地說。「難怪你會找許多女朋友來紓解你的壓力。」

派崔克瞪著我。

「如果你想在這附近保有秘密的話，那你得走遠一點，超過維多利亞省，派崔克。」

派崔克至少還懂得覺得羞愧，那這個人還算有可取之處吧。

我端詳他。「那……你不想要孩子，是嗎？你不想和妮蒂綁在一塊？」

「不，不是這樣的。我是想要孩子。至少以前想。可是我在幾年前就接受了事實了。妮蒂卻沒有。而現在我……我不知道該怎麼幫她。她要嘛就像殭屍，要嘛就因為最新的懷孕點子而瘋瘋癲癲的。她不是我當初娶的那個人了。」

他一臉哀傷，所以我壓抑住怒氣。

「那你是要我怎麼樣，派崔克？」

「我什麼也不要，這就是我的意思。」

「其實你是想要什麼。你要我不給我女兒錢，好讓你避開你跟她需要的一次長談。」

派崔克張口欲言，卻被我搶先一步。

「——然後呢？等妮蒂放棄了她的生孩子夢呢？你就放棄你的女朋友，你們從此就幸福快樂過一生？」

他吐口氣。「我不知道，好嗎？」

但是他知道。而我突然也知道了。在澳洲，當代理孕母是有年齡限制的，甚至連有意於此的父母也是。再過幾年，妮蒂和派崔克當父母的年紀就太大了。也就是說，派崔克只需要再忍受妮蒂的瘋狂一兩年。而加上我最近的「罹癌」診斷，兩三年後他就能夠享受安逸、沒有孩子的人生了。充滿了他這些年來跟著我們一塊享受的各種奢侈品。威士忌、雪茄、海濱別墅。這一切就要唾手可得了，他是不會放棄的。

「嗯，」我說。「無論我給不給妮蒂錢讓她去找代理孕母，你都需要跟她談一談。你需要告訴她別的女人的事，你也需要告訴她你不想要孩子了。」

派崔克搖頭。事情並沒有照著他的期望走。他還以為他能過來這裡，跟我結為同盟，我懂。我跟他聯手反對我的女兒。一想到這個就讓我反胃。

「黛安娜，我真的不認為——」

「你不說的話，派崔克……就由我來說。」

派崔克站了起來，眼睛閃著光。他微笑，笑得很卑劣猙獰。「看看妳，表現得一副很關心女兒的樣子。妮蒂這一輩子都在爭取妳的注意，而妳從來沒有讓她滿足過。妳把時間都花在擔心妳的女難民身上了，而不是在妳自己的孩子身上。而現在妳表現得跟個聖人似的。妳以為妳是誰？」

「我認為我是她的母親。」

「哼，什麼母親。」

他挺身威嚇我，但是我沒被嚇到。如果派崔克想叫我回心轉意，那他得殺了我才行。

56

黛安娜

過去……

派崔克在他想恫嚇我的可悲嘗試失敗之後，終於離開了。我把嬰兒服都分類好，走進書房。我坐在湯姆的老椅子上，手指在桌面上滑動，把玩著鋼筆和便條紙，摸著他摸過的東西。他走了一年了，開始在別的房間消失了，那些房間打掃過無數次了，可我仍然能感覺他在這裡。

我記得幾年前我們的一段談話，談孩子和錢。重點是在支持，湯姆那時說。無論給不給錢。派崔克不要我出代理孕母的錢，而妮蒂要。無論如何，妮蒂都得面對一段艱難的未來，而她會需要有人支持。

我聽見鑰匙開門聲，一會兒後：「黛安娜？妳在家嗎？」

是露西的聲音。

我坐直了。露西從那晚來幫我的電郵加密，教我如何使用比特幣之後就沒來過了。我不知道在那之後我還會見到她。但現在她卻繞過轉角，穿著白色T恤和牛仔褲、亮粉紅色的平底鞋，頸上圍著斑馬紋圍巾。仍然很時尚，只是近來沒那麼花俏。就好像她在成熟，慢慢醒悟，摸索出她究竟是什麼樣的人。

「抱歉一直沒來看妳。」她說。

「不用道歉。我了解。」

我真的了解。幫忙別人購買違法的藥品以供自殺，還要叫你來看他們，實在是強人所難。我們能談什麼？未來顯然不是妥當的話題，聖誕節計畫或是即將來臨的假期也是。已經無話可說了。但我仍不能否認我覺得……見到露西很開心。這兩個月來我習慣了有她在附近，弄飯或是洗碗，或是幫我預約。她不在的時候屋子感覺更寂靜。她的投入令我驚訝，甚至是慚愧。也許最大的驚訝是儘管我知道她不想要我自殺，她卻從來沒有，一次也沒有，勸我打消主意。讓我想起了她是如何支持奧利的。忽然間，我看出是什麼了：一種天賦。

「妳在書房裡做什麼？」她問。

我環顧四周。感覺空蕩蕩的，即使是充滿了家具。「找湯姆。」我過了一會兒才承認。

她的臉上綻開溫柔的微笑。「好溫馨，妳對他的愛。」

「好笑了，我剛剛也才這麼想妳對奧利的愛。」

死亡的好處是讓各種事情有了新的視角。我現在知道我在乎什麼了。我在乎我的孩子和孫兒。我在乎我的慈善會能夠持續經營。我在乎大家能夠公道。

而且我在乎露西。

露西抿著嘴唇，吞嚥一口。「妳……妳從來沒跟我說過。」

「對，不過我應該說的。很抱歉我沒說。」

她穿過房間，過來摟住我。「我會想妳的。」她說，開始在我的懷裡哭泣，哭得很傷心。

「噓。」我拍她的背。「沒關係的，親愛的。」

抱著她，我覺得自己軟化了。我記不起有誰這麼抱過我，自從……湯姆走後。我自己也快落淚了。

「我不會做的，露西。」我附在她耳邊說。

露西全身凍結，但仍好一會兒保持同樣的姿勢。等她終於抬起頭來，我竟覺得一股失落，剛才她溫暖的頭依偎的地方變得冰冷。

「真的？」

「現在千頭萬緒，我不能丟下妮蒂，」我說。「我不能丟下奧利和我的孫兒。我不能丟下我的慈善會。」露西的頭髮充滿了靜電，像馬鬃一樣披散在她的臉龐。我幫她把頭髮撫平，塞到她的耳後。「而且我不能丟下妳，露——」

我還沒能說完，露西就又張開雙臂抱住了我，力道之大險些害我喘不過氣來。

「我愛妳，黛安娜。」她說。

我微笑。「我也愛妳。」

然後，我倆就站在房間的中央，抱著彼此，一起哭泣。

57

黛安娜

過去……

他們說小男孩都愛母親，而我覺得其中還有深意。當然小女孩也愛母親，但是小男孩對母親的愛是純潔的、無瑕的。男孩子以最原始的方式看待他們的母親，保護者，奉獻者，門徒。兒子沐浴在母愛中，不質疑，不測試。

母子關係中我最喜歡的是它的簡單。奧利小時候，日子很不好過，我會有一閃即逝的愧疚感，不能給他一切。我記得問他生日想要什麼，而他說：「我想到海邊去，然後晚餐吃維吉麥三明治。」我們那時可能也只吃得起這個。我以為他會這麼說就是因為這個緣故，後來我才發覺他還沒那麼懂事。在海邊吃三明治是他心目中的完美的一天。

所以今天，奧利打電話說要來，我沒深究，我就認為他只是想來看看我。奧利對露西很忠實，家人總是擺在第一位，可是我老愛自認為他的心裡有一部分是保留給他親愛的老媽的。可他出現在門口，我一眼就看出來他不是來看我的。他一臉難過，而且並不掩飾——他穿著上班服，卻邋邋遢遢的，好像睡在辦公室裡。

「是怎麼了，達令？」我問他。

他閉上眼睛，搖頭。「可以進去談嗎？」

我們去了男人窩，奧利拒絕了茶和咖啡，只是重重坐進沙發裡。我坐在他對面，他的臉棲在我的大腿上。我把手指埋入他濃密的黑髮裡，既不是傳承自我，也不是傳承自湯姆，像他小時候一樣梳理。現在他已經是個四十八歲的大男人了。

「什麼事？」我又問一次。

「我的生意走下坡。我們沒辦法付貸款，」他說。「而銀行在跟我們催債。」

我的手在他的頭髮中僵住。「喔不。奧利……我都不知道。」

「我也不知道，真的。我為了公司這幾年做牛做馬，可是好像就是一點進展也沒有。我真的不知道錢都到哪兒去了。」

「可能是進了埃門的口袋了。」我嘟囔著說。我之前沒有這樣想過，可是剎那間卻像是最明顯的答案。

奧利瞪著我。

「我可能猜錯了，」我說。「可是我敢打賭我沒有。」

奧利在我的話說了一半時眨眨眼，可能是在消化。接著他坐起來。「不，埃門不會——」

「不會怎樣？不會不擇手段裝滿他自己的口袋？」

奧利搖頭。「天啊，我不知道。我甚至有好幾個月沒跟他好好說過話了。」

「你試過嗎？」

「當然試過。他說一切順利，我們可以以後再談。」

「你得堅持。」

他陰鬱地一笑。「就算我談了，媽，現在也沒有什麼好說的了。完了。公司一文不值。」

他用手指壓進眼窩。我沒見過他這麼萎靡不振。

「除非你付清了貸款。」我過了一兩分鐘後說。

奧利皺眉。「可是……拿什麼付……？」

「我也許可以當個隱名合夥人。或許，前提是問題不是出在埃門身上。其實呢，我對你的公司有個想法，以後的業務會跟你現在的略微不同。」

「怎麼個……不同？」

我把我的主意告訴了奧利，他的表情是那麼的驚訝加佩服，我很努力才沒感覺被冒犯了。沒錯，我想要說：不是只有你父親有生意頭腦。他單手托腮，一面聽我說話，讓我想到他真像湯姆，我發現很難去相信他們不是親生父子。我們會活下去，我頓然領悟。我們會透過我們的孩子活下去。

「妳知道嗎，」他最後說。「這樣的生意我真的可以一頭栽進去。」

58

露西

現在

背景又有電話聲，可惡的鈴聲就是不肯停，可是奧利跟我都不去接，甚至當耳邊風。

「你跟黛安娜要錢？為了你的生意？」

「對。」

「你為什麼沒跟我說？」

奧利以拇指和食指捏眉心。「妳說妳會跟我一拍兩散。」

我眨眨眼。「嗄？」

「一拍兩散，妳自己說的。要是我敢再跟媽要錢。我已經失去這麼多了，我不能再失去妳。」

我嘆氣。「天啊，奧利。你不會失去我的。」我閉上了眼睛。

「最詭異的是她同意了，」他說。「我從來沒想到她會同意。」

「那你幹嘛還去要？」

「我不知道。可能是……我只是去找我媽說話。妳可能不相信，可是她有時是……非常理智的。」

我稍微咯咯笑。「其實我相信。」

家用電話鈴停了，有一會兒我們被純淨的寂靜包圍住，可惜只持續了一兩秒，因為奧利的手機又響了。我張開眼睛，我真想把手機摔到牆上。

「她不一樣了，」奧利說，皺起眉頭，彷彿在回想。「她沒叫我自力更生，或是自己想辦法解決。她說她會幫我。她說我們要付錢給埃門，叫他走人，然後一塊做生意。」

「她想跟你一塊做生意？」

「其實她有一個真的很妙的點子。幫有高級技術的難民仲介工作。工程師、醫師、資訊科技專家。一間全面業務的公司，幫助客戶在澳洲取得合法資格，給他們所需要的一切工具來過渡到好的工作，在各個領域。真的是一個很棒的點子。她還覺得妳可能會想加入。」

「真的？」

「家族事業，她說。」奧利的下巴皺了起來。「可是後來她自殺了。她為什麼要說這些話……然後又自殺，在不到一個小時之後？」

我當然是猜不透。黛安娜跟我說她改變主意不自殺了，我相信她。如果是假話，她幹嘛要說？就算是她又變卦了，那抽屜裡的信或是她手上的線頭也說不通。失蹤的抱枕也說不通。

「我只能想到一個解釋，」我跟奧利說。「在你離開後一定是有人進去了。」

59

黛安娜

過去……

奧利離開後，我到湯姆的書房去拿出我的信，低頭閱讀。

我大可多寫一點，不過到頭來，只有兩句話值得留下來。我在乎的每一件事我都全力以赴。而我在乎的事沒有一樣是需要花一分錢的。

媽

我一向不是個多話的女人。我是可以細細推敲，寫出一封信向我的孩子解釋我為什麼選擇結束自己的生命，或是說我有多愛他們……可那不是我的作風。況且，那又能幫他們什麼？多愁善感有一種稀釋真相的作用，而我如果想留下幾句睿智之言給我的孩子，我就要它簡明扼要。

至少我是曾經想這麼做的。可現在，我不需要寫什麼信了。起初我想要把信燒掉，後來又覺得是否留下來當個提醒，提醒我這一年來的感受。說不定去記住是一件好事情。我把信塞進辦公桌抽屜裡，然後就下樓去，才剛走過前廳，就看見妮蒂進來了。

「嗨，媽，」她說。「我們可以談一談嗎？」

妮蒂走進了小小的客廳，我跟著她，坐在她旁邊。她拿起了一個抱枕，開始緊張地挑撥金色流蘇。「我是來要錢的，想也知道，」她說，一點也不浪費時間。「給代理孕母的。我一直在跟那家機構聯絡，我很快就得付訂金。我很抱歉這麼催妳，可是這是我……」

「……最後一次機會。」

「對。」

我的心思飛向了派崔克。他閃爍的眼睛。她扛起了要生孩子的使命。整個人走火入魔了。她好像是鬼上身了。

「那派崔克……同意了？」我輕快地問。「找代理孕母？」

「當然。」她迴避我的視線，跟小時候一樣，不想談什麼事就會這樣。「他當然同意。」

「妳跟派崔克還好嗎，妮蒂？」我問。「你們的關係……穩固嗎？」

她聳聳肩。「當然了。」

「真的？」

妮蒂抬起頭來，看清了我懷疑的表情，就起了戒心。「怎樣啦？」她的語氣幾乎是憤怒的。

「妳知道派崔克有外遇，對不對？」我說。「妳一定知道，安東妮特。」

妮蒂臉上的表情──某種迷惘的憤怒──太令人震撼，一時間我不禁納悶有沒有可能她不知道。接著她笑了。「我當然知道了，大家都知道。」

我猶豫了一會兒，被那種詭誕的笑嚇到，但仍決定繼續。要是我要幫我的女兒，我就需要了解她，從她的角度看事情。「那妳為什麼還要把個孩子帶進這樣的關係裡？告訴我，達令。」

她翻白眼。「問題不在派崔克，妳看不出來嗎？問題在我。」

妮蒂站起來，開始踱步，來來回回好幾趟。

「妮蒂，我很擔心妳，」我說。「妳的狀態並不合適找代理孕母。我覺得妳需要去看醫生，尋找專家的協助。」

她的腳步戛然而止，眼睛鎖定我。「這個意思是妳不幫我了？」

「這要看妳說的幫助是指什麼。我會幫妳找位心理學家，跟妳談一談。如果妳決定要離開派崔克，我會支持妳；如果妳跟定他了，我也會支持妳。可是我不會資助妳的捐卵人和代理孕母計畫，不。現在不行。」

妮蒂居高臨下，憤怒地兩手發抖，在我面前身體重心從這腳換到那腳。我文風不動，像是唯恐嚇到了一頭受驚的動物。「妳知不知道妳唯一想要的東西被奪走是什麼滋味？」她的聲音變得越來越大、越來越激昂。

「知道。湯姆從我身邊被奪走了。」

「它會讓妳懷疑妳的人生嗎？妳的目標？」

「會。」

「我不相信。要是妳知道我在說什麼，妳就不會這樣對我了。」

「相信我，妮蒂，我知道，」我說。「我了解妳整個的人生目標都被一樣東西、一個人包裹住是什麼感覺。」我並不打算把我計畫自殺的事告訴妮蒂，但是突然間似乎只有這件事能讓她恢復理性。「妳父親走後，我思考過自殺。我做了研究，我上網買了藥——現在仍放在冰箱裡！可是那麼做瘋了，整件事。我愛湯姆，可是他不是我全部的生命。我還有妳和奧利和露西。我還有我的孫子。我的朋友。我的慈善會。妮蒂，妳現在也許不能了解，可是妳的人生不是只為了生孩子。」我站起來，跟女兒眼睛對眼睛。「忘了孩子的事，把妳的人生帶到另一個方向去。妳願意的話什麼都做得成！」

「那妳是不會給我錢了？」她說，就在我說完之後。

「妮蒂！我說的話妳一句也沒聽見嗎？」

妮蒂背對著我，一時間，只有絕對的寂靜。可是幾秒鐘過後，有種奇怪的噪音冒了出來，薄弱尖細，像是錫罐凹凸不平的邊緣。我花了一會兒工夫才明白聲音是妮蒂發出來的。我伸手去握她的肩膀，還沒碰到，她就霍地一翻身，使出全身的力道衝向我。她的手肘打到了我的鼻子，我歪歪斜斜向後退，重重落在尾骨上。我大喊一聲，妮蒂出現在我上方，死攥著抱枕，用力得雙手上青筋暴突。

「妮蒂。達令……」

我陷入沉默。她臉上的表情是純粹的、徹底的痛恨。我想到幾分鐘前奧利來訪，驀然間看出了兒子和女兒的對比。兒子看見妳最好的一面，但是女兒能真正看見妳。她們看見妳的錯處和弱點。她們看見不想看見的地方。她們看見妳的真面目……而她們為此而恨妳。

「到此為止，媽，」妮蒂說，而我不確定她說的是什麼，直到她把抱枕壓進我的臉，力道之果斷，我知道她是不會放手的。我感覺到她的重量壓在我的胸口。我抓住她的手腕，用力擠壓，但她只是把抱枕拚命往我臉上壓。我沒辦法呼吸了。我的肺像著火。視線邊緣變成黑色，我自己想……她的這份果斷是像了我了。

60

妮蒂

過去

媽的腿動得慢了，她並沒有束手待斃，不過這就是典型的媽。而且於我有利，每一踢都只會讓她累得更快。現在我跨坐在她的胸口上，就跟小時候奧利老是跨坐在我身上，訊問我有沒有到他房間窺探一樣。她像老虎鉗一樣箍住我手腕的力道減弱了，最後她整個放開了手，可我仍緊緊按著抱枕到她靜止不動幾分鐘之後，我這才站了起來，把抱枕留在她的臉上。

媽死了。她的腿落向兩邊，鞋尖指著不同的方向。看著鞋子，我想起了《綠野仙蹤》裡的東方壞巫婆被桃樂絲的房子壓住。這部電影是我九歲生日那天媽帶我去豪華大戲院看的，還幫我買了一雙桃樂絲穿的紅寶石鞋。我有大半個劇情都錯過了，因為我老是在欣賞我的鞋子在戲院的燈光中閃動著光芒。我每天都穿這雙鞋，把鞋底磨得像紙那麼薄，都能感覺到腳底的石頭和土壤。那是寥寥可數的幾次媽懂得怎麼寵我。

我的大腦爬梳過所有手邊的資訊，努力釐清下一步。媽的左臂彎在頭頂，指甲搽著難看的肉色粉紅指甲油，中指戴著她的戒指，很簡樸，黃K金的。我從沒看過她脫下來過。戒指就像是怪誕的指節，活生生的，是她的一部分。不過現在是死掉的她的一部分了。

我漸漸領悟出我惹了多大的麻煩了。我殺死了我的母親。殺了她，就像電影一樣，赤手空拳殺了她。然而，我俯視她，那麼的安靜死寂，我只感覺到祥和。不像爸死時那種沒有了牽繫、自由落體的恐懼。祥和。說來也好笑，在理論上，母親和父親做的是相同的事情，他們養育你，保護你，盡力讓你成為一個理性的人類。如果他們做對了，這些事可以讓你腳踏實地。萬一他們做錯了，他們就會阻礙你飛翔。差異極其微小，影響卻極其深遠。

在我，是爸的方式給了我生命。

爸。他的名字跳進我口裡，我吐了出來。我猝然想到這是生平第一次我有了問題，一個真正的問題，而他卻不在身邊幫我解決。

「只不過是個問題罷了，安東妮特，」他可能會這麼說。「只要妳把它解決了，問題就不是問題了。」

我輕輕按摩右腕，接著是左腕。像媽這麼瘦的人力量居然這麼大。這麼的堅毅。

妳父親走後，我思考過自殺。我做了研究，我上網買了藥——現在仍放在冰箱裡！

是她說的，不是嗎？難道是我自己想像出來的？

我走向廚房，把冰箱打開，以髖骨頂住門。半瓶牛奶斜插在一瓶未打開的通寧水和兩只褐色玻璃瓶之間，上面有白色標籤，寫著一堆醫學文字。我蹲下來細看標籤。紅綠色字母拼出了**樂圖本**三個字。

一個想法在我的心中萌芽。

我套上了一雙清潔手套，把兩只瓶子帶回到客廳。我把抱枕從媽的臉上拿開，注視著她一會兒，發覺她的表情不夠安寧。她掛著一張苦瓜臉，像要發出憤怒的苦澀的哭號。我放下了一只瓶子，拔開另一瓶的瓶蓋，我專心地把藥水倒進她的嘴裡。大多數都落在她的臉頰上，匯聚在她的嘴裡，所以我就把最後一點倒進了壁爐裡，把空瓶留在她軟弱無力的手邊。似乎沒有必要再打開另一瓶，所以我就把藥瓶塞進了皮包裡。不是什麼偉大的計畫，但我只能想得到這樣。

我轉身離開，一面揉搓手腕。明天一定會瘀血。

61

露西

現在

奧利的手機不響了，終於。卻又立刻換成是我的手機在響，而我突然心中一凜。

「我們應該接。」我說。

奧利點頭，好似也領悟了。我的手機就在他旁邊的沙發上，他拿起來貼著耳朵。

「喂？哪位？」他的視線迎上了我的。「什麼意思？」他的眉毛揚得老高。「不。」

「什麼事？」我問，可是奧利舉起了一隻手。

「你確定嗎？」他對著手機說，接著就沉默了，簡直是讓人坐立難安。我看不出他是在聽呢，還是在消化訊息，還是什麼。他閉著眼睛，閉得很緊，五官都皺在一塊。我不敢說話，我連喘氣都不敢。

「好，」他好不容易才說。「好，我們馬上就到。」

「什麼事啊？」我一等他掛斷就問。

「是妮蒂，」他說。「她死了。」

62

妮蒂

過去

我們死了以後會變成什麼？我忍不住好奇。這是個值得深思的問題。大多數的人沒辦法立刻就回答，他們會皺眉，思考一分鐘。說不定思考個一夜，然後答案才會慢慢浮現。

我們是我們的孩子。我們的孫子。我們的曾孫。我們是那些會活下去的人，因為我們活過。我們是我們的智慧，我們的知性，我們的美，世世代代篩濾下來，繼續灑落世界，有所貢獻。

大多數人的答案多少都像這樣。然後他們會點頭，滿意於他們的貢獻，確定他們的人生不會缺乏意義。

不用說，除了生孩子之外還有很多方式可以賦予你的人生意義。大家都這麼說。有些人相信，但是說到底都無關緊要，因為我可不相信。而這畢竟是我的人生。

問題是，派崔克也趕在錯誤的時間回家來了。我正坐在床上，穿著睡衣。在大肆搜尋網上的訊息，確定一瓶樂圖本就足以殺死我之後，我把它倒進了馬克杯裡。就擺在我的床頭几上。我的大腿上放著拍紙簿和一支筆，剛落筆就看見派崔克的汽車駛入了車道。

我本來是想寫封遺書的，向派崔克說明一切，以免他被大家責怪，內疚又自責。我想為他這麼做。即使發生過那些風風雨雨，我仍然對派崔克有感情。他也盡力了。要是我能輕輕鬆鬆就懷孕，派崔克跟我可能仍是幸福的一對。大家輕忽了命運在我們兩人的生命中扮演的角色。真傻。

所以，我看見了他的車，我就把馬克杯舉到唇邊，幾乎是一口氣喝完。然後我躺下來，閉上眼睛。我走了。

63

露西

現在

爸在妮蒂的葬禮那天一大早就抵達了，帶了一袋甜甜圈給孩子們。他留下來幫忙帶孩子，而我和奧利就像彈珠一樣忙個不停，到處尋找失蹤的襪子和領帶（給阿契的，他跟我們說他現在有葬禮制服了）。攝影師今天又堵在外頭，妮蒂死後兩天他們就來了，那時整個曲折離奇的事件已經上了媒體。「**金錢、貪婪與家人：上流社會家庭謀殺——自殺內幕**。」報導的內容沒有多少真實之處，但是警方警告過我們可能還會有更多報導。事關富豪家庭由雲端摔落的醜態——大眾對這種新聞是難以滿足的，而且情節越是腥臭難聞越是精采。警方另外也警告我們攝影師幾乎一定會擠在葬禮外頭，試圖拍下我們哭泣的鏡頭。（昨天海莉葉向攝影師比出和平的手勢，嘟著嘴走向汽車。那可能是今天的封面故事，可是我不忍心去看。）

「妳還好吧？」爸問我。我正在燙艾笛僅有的乾淨洋裝，她得搭配兩隻不同的襪子，因為我怎麼找就是找不到兩隻一樣的。發生了那麼多的事，我實在找不出理由來在意。

「說真的嗎？我覺得一切都不會一樣了。」

「事情總會過去的，甜心。」

我抬起頭來，眨回湧上眼眶的淚水，這些天來我動不動就掉淚。「你怎麼知道？」我問。這是個幼稚的問題，不過，誰叫他是我爸呢。

「我會知道是因為……我是過來人。」

即使長大成人了，你也很容易會忘記你的爸媽也是人。現在，我猛然想到他當然是過來人。我母親就緊接在我爸的母親，我奶奶之後過世。當時我並沒有多想，畢竟我爸是個大人了，而我只是個小孩子。而奶奶，在我眼裡，很老了（六十一）。但就在一年後，幾乎是同一天，爺爺，爸的爸爸，心臟病發作過世。他六十七歲。

一年內失去三個人是太多了。

我放下了熨斗。「會持續多久？」

他露出傷感的笑容。「會持續……一陣子。」

「媽啊啊啊，」海莉葉大喊。「阿契在看iPad！」

「我來。」爸說。

孩子們對妮蒂姑姑過世很傷心，三個都哭了，很多次，就連艾笛也是，但是他們的傷心幸好是變幻無常的——上一分鐘還在哭，下一分鐘就好了。這種情況我也是越來越熟悉了。

「我的樣子怎麼樣？」奧利問。

他站在洗衣室的門口，那身穿著我覺得是他的「埃門裝」。很合身，海軍藍。是一件招募套裝。他看來很英俊。

「我明天會賣掉，」他說。「到eBay去賣。」

現在叫他不用擔心或是過一兩個星期再說只是白費口舌。自從妮蒂死後，奧利就肩負起賺錢、省錢、把錢收回的使命。我們賣掉了手錶、我全部的珠寶、一小撮有價物品。感覺上有種迴避傷心的味道，但是同時，我發現自己從中得到了慰藉。他好像是在重新確認他在家中的角色，向我們展現他想要成為哪種人。

「其實臉書上有專門讓大家購買二手Hugo Boss套裝的網頁，」我說。「你搞不好能賣到比較好的價錢。你要的話，我可以幫你po上去。」

「那太好了，」他說。「不然乾脆把網頁告訴我，我自己來。」

如果要在妮蒂的死亡悲劇上找出個優點來，那是太勉強了，不過硬要找的話，我會說是奧利和我之間出現了新的和諧。不知怎地，我們發現我們在家庭的目標上完全一致，而我們絕對是一對好搭檔。奧利從來就不適合當那個獨力養活一家的男主人，而好笑的是，我一向知道。現在，我們兩個人合作，我發現我們又表現出優點來了。我不知道葬禮過後會是什麼情況，我不知道我們能否保得住房子。我不知道未來是什麼，我知道很可能會很糟……一陣子。但是我希望不會一直糟下去。

「該走了。」我說。

我關掉了熨斗，把艾笛的洋裝從燙衣板上剝下來。奧利來到我身邊，輕拉我的項鍊。「這是媽的，對不對？」

我點頭。自從黛安娜死後，我就一直戴著。奧利把墜子翻轉過來。「我記得小時候看媽戴過，她說這個代表力量。」

我們都低頭看墜子。「真可惜她沒有送給妮蒂。」

我們安靜了一會兒，盯著項鍊。然後奧利放開了墜子，讓它落在我的胸口。「也許是因為她知道妮蒂不夠堅強，沒資格戴。」

64

露西

一年後

「露西？阿布都·亞維德來面試了。奧利在嗎？」

我瞧了瞧手錶。「他一定是遲到了，姬則拉。我馬上來。」

「好。我現在要回家了。晚安。」

我掛上電話，穿上了套裝外套。不需要面試的話，我常常在辦公室裡穿緊身褲和T恤，這是自己當老闆的一個好處——可是今天奧利跟我一整天都忙著面試。我們的辦公室距離我們家很近，在一棟破舊的老透天厝裡，距姬則拉的老家不遠。許多新難民在這一區落腳，他們方便，我們也省錢。奧利跟我都有辦公室（先前是臥室），而姬則拉的辦公室是在舊客廳裡。姬則拉來上班的日子都會帶食物來跟我們在客廳分享。她也為了最小的孩子架設了一個遊戲欄，他並不是每天都去托兒所。

姬則拉現在有五個孩子了。哈肯姆賺的錢足以養家，所以她不需要再工作了，除了在黛安娜的慈善會擔任董事，她也全天到我們這兒來幫忙——翻譯、讓面試者安心、幫忙說明文化差異。

是她主動在黛安娜死後幾個月來和我們聯絡的，她聽說了我們想要開創的事業，她也清楚有一筆黛安娜遺贈的款項是指定給「董事會認為符合慈善會宗旨的嘗試」。

而我們的生意符合這個標準。

我走進門廳，跟一個非常高的人握手，他的皮膚跟燒焦的木頭一樣黑。

「亞維德先生？」我說。

「古德溫太太？」

「拜託，叫我露西。」

「那妳一定要叫我阿布都。」

阿布都笑起來露出一口白牙。除了他的長褲褲腳短了幾吋之外，他的樣子非常體面。阿布都在南蘇丹是某家大建築公司的企劃經理，四個月前來到澳洲，一直在當地的醫院當夜間清潔工，同時努力尋找工作。

「進來，阿布都。我的合夥人奧利等一下就會到。」

「有人叫我嗎？」

奧利費力地從後門進來，穿著一件襯衫和牛仔褲。那些穿著閃亮的緊身套裝的日子早就過去了。現在，奧利許多面試是透過Skype進行的，所以他可能腰部以上衣裝筆挺，但腰部以下就任君猜測了。他工作勤奮，比他為埃門工作時還要勤奮。他總是遲到，文書工作永遠做不完，可是他也比我見過的任何時候都還要活力四射。他花數小時和面試者相處，極盡所能幫助他們為工作面試做好準備。

跟其他機構接洽大部分是由我來負責，我在沒有職缺時找出職缺，打開大公司決策人的眼光，讓他們接納某個或許不符合他們理想的人。

「就給他們一次面試嘛，」變成了我的經典呼籲。「一次面試。」而不止一次，一次面試幫我們的客戶找到了工作。我和奧利一樣，現在就是為此而活的。我們這個團隊對於讓大家都能有個起跑點越來越熱衷，我喜歡覺得我們是從黛安娜那裡學到這一點的，而她也會以我們為榮。

黛安娜死後不久奧利和埃門的生意就宣告破產。埃門因為侵占公司基金被調查，最後以詐欺罪起訴。奧利一直沒拿回被埃門偷走的錢，但是他得知埃門被判刑半年，總算得到些許安慰（而且埃門的年輕女朋友貝拉為了一個鐵人離開了他，我們聽說他們兩人合出了一本原始人飲食法食譜）。

我們在圓桌落坐，阿布都把他在澳洲的經歷告訴我們。他說明了找工作上的種種碰壁，有些是跟他的英語有關，奧利插口說我們可以幫他。

「我們什麼都可以幫忙，」他說。「英語課，跨文化關係，師徒制。」

妮蒂死後，奧利全心投入工作，讓我懷疑這樣是否健康。他在一年之內失去了雙親和妹妹，而他需要癒合。我過了一陣子才看出這個生意對他的真正意義。

我們再也沒見過派崔克。頭兩年我們還寄過聖誕卡片，但是等他再婚（顯然這個女人從她已故父親的包裝業那裡繼承了一筆不小的財產），又變成了一對雙胞胎男孩的父親之後，我們就徹底斷了聯絡。奧利仍然覺得非常難以接受。

「不公平。妮蒂一心一意只想當媽媽，要不是她有不孕的問題，她——跟媽——就都不會死。」

也許是真的，也許不是。事實上，孩子跟我是他的家人，而且坦白說，一天到晚都在一起，感覺上再真實不過。

「好，」我跟阿布都說。「你何不談談你自己？」

從我們的工作成果來看，生意非常成功，尤其是我們還為客戶找到了一些先前絕不考慮雇用沒有澳洲經驗的公司。然而，我們可能再也買不起房子了。我們租房子住，距離辦公室不遠，在城裡的工業區附近。孩子們的學校簡陋、多樣化，而且極為出色，家長來自各行各業，三教九流都有。每天放學後，孩子們都到辦公室來寫作業，或是跟姬則拉的孩子玩。黛安娜一定會高興死（而湯姆一定會一頭霧水）。我覺得這就是奧利的動力所在。每個人，無論年紀有多大，都想要母親的認同。而且**每個人**，無論是誰，都想要他們的岳母或婆婆的認同。

我抬頭看著黛安娜的最後一封信。黛安娜的死亡事件調查結束之後，警方就把信還給了我們，現在已經裱了框，就掛在我的辦公室牆上，是我一個最珍惜的物品。

我大可多寫一點，不過到頭來，只有兩句話值得留下來。我在乎的每一件事我都全力以赴。而我在乎的事沒有一樣是需要花一分錢的。

媽

這樣的一課得來不易。但是現在，我們學會了。

Storytella **128**

屍報告

Mother-in-Law

屍報告/莎莉.赫普沃斯作；趙丕慧譯. -- 初版. -- 臺北市：春天出
國際文化有限公司, 2022.03
面；　公分. -- (Storytella；128)
自：The Mother-in-Law
N 978-957-741-499-1(平裝)

.57　　111001602

N 978-957-741-499-1
nted in Taiwan

作　者　莎莉・赫普沃斯
譯　者　趙丕慧
總編輯　莊宜勳
主　編　鍾靈

出版者　春天出版國際文化有限公司
地　址　台北市大安區忠孝東路四段303號4樓之1
電　話　02-7733-4070
傳　眞　02-7733-4069
E－mail　bookspring@bookspring.com.tw
網　址　http://www.bookspring.com.tw
部落格　http://blog.pixnet.net/bookspring
郵政帳號　19705538
戶　名　春天出版國際文化有限公司
法律顧問　蕭顯忠律師事務所
出版日期　二〇二二年三月初版

定　價　360元

總經銷　楨德圖書事業有限公司
地　址　新北市新店區中興路二段196號8樓
電　話　02-8919-3186
傳　眞　02-8914-5524
香港總代理　一代匯集
地　址　九龍旺角塘尾道64號 龍駒企業大廈10 B&D室
電　話　852-2783-8102
傳　眞　852-2396-0050